叢書・ウニベルシタス　715

肖像と回想

自伝的交友録

ピエール・ガスカール
佐藤和生 訳

法政大学出版局

Pierre Gascar
PORTRAITS ET SOUVENIRS

This book is published in Japan by arrangement
with les Éditions Gallimard, Paris,
through le Bureau des Copyrights Français, Tokyo.

目次

家の守護神

フィリップ・エリヤ(1)

そのパステル画はヴュイヤール(2)風の色調で扱われている。彼が当時のブルジョワ家庭の室内の雰囲気をいかに見事に再現しているかはよく知られている。描かれているものの向こう側、精神世界の光と色を与えるところまで行っている。しかし、ここで描かれている部屋、書斎なかば客間は、ヴュイヤールが、蟄居の習慣でいつもすこし麻痺したような人物たちを据える部屋よりも、遠近法において広く、天井が高く、とりわけ凝った仕方で家具が備えつけられている。

おそらく役者のいない舞台の背景が問題になっているのだ。というのも、室内画はふつうその構成において人物たちを登場させるからである。さらに、そのパステル画が呈する様相は、これが素描、下絵であることを示している。パステル画は紙になぐり描きされ、その縁はぼさぼさにほぐれて、絵を一種の混沌のなかに閉じ込めているのだ。照明された洞穴の開口部のようだ。霊化の意向のもとに、光源と同一視するため、伝統的に「キリスト誕生」の場面をしつらえる洞穴。

じつを言うと、このパステル画を描いた画家、リラ・ド・ノビリ——三十年ほど前、インテリアデザイナーとして、パリの、さらにヨーロッパの大舞台でしかるべき名声を得た――は、その構成において、彼女が描く、人間のまったくいない作品から発する光を、強調する意図をもっていたのかどうかよく分からない。その光の大半を抱くのは、おそらくこのわたしであろう。「キリスト誕生」の洞穴を前にして、信心家たちが内心に光を抱くように。思い出は時おり信心のほうに向かう……。この部屋で生活し仕事をしていた男は、二十年前に亡くなった、わが友フィリップ・エリヤなのである。

その部屋には、銅製の玉縁がついたルイ十六世様式の大きな事務机が認められる。彩色した銅板製の半゠球形のシェードがついた、高い法廷用ランプが二つ、そこに置かれている。むしろどっしりした第一帝政様式のソファーが事務机と直角に置かれ、その後ろには、大理石の上部しか見分けられないマントルピースの上に、大きな鏡が掛かっている。ソファー――そのかたわらの低い机は脇テーブルの役をする――の後ろには、ガラスのはまった大きな本棚がある。部屋のべつの側には、ルイ゠フィリップ様式の二脚の肱掛《ひじかけ》椅子にはさまれた小型円卓、壁にぴったりついた書類整理棚が、バルコンに面しガーネット色の重厚なカーテンに縁どられたフランス窓の左手に見える……。しかしわたしはそういう財産目録作成にけりをつけることがけっしてできないだろう。それにはバルザック(3)が必要であろう。

バルザック、彼はある意味ではそこにいるのだ。彼は友人である少佐カロー(4)とその妻ズュルマ(5)(総裁政府時代に流行した名の一つ)を訪問するときには、いつも二脚のルイ゠フィリップ様式の肱掛椅子のいずれかに腰かけていた。これらの家具の多くは彼らの家にあったものだ。相続をくり返すうちに、ズュルマ・カローを母方の曾祖母とする小説家フィリップ・エリヤのパリのアパルトマンに落着いたのである。二十五年間、わたしは肱掛椅子のいずれかに坐った。それらは、同じ起源のものも多い、周りの家具たちのどれよりも、歴史的な性格を保ち、これ見よがしに傲然と構えていた。さながら椅子は長い期間そこに坐った人物と一体をなしつづけるかのように。

しかし、言うまでもなく、バルザックはとりわけ書棚のなかに存在している。そこには彼の著作の初版本がずらりと並んでいる。当時の紙はインクを吸い込みやすかったので、すこし太めの筆跡の献辞がついている。だが、筆跡の押しつぶされたさまは、心の躍動によってもたらされる作者のさまざまな感情と、自発性の印された彼の言葉に結びついている。たとえ言葉が、夫妻のそれぞれに平等に向けられているのではないとしても。バルザックは、作家としてのデビュー当時、義弟シュルヴィル[6]に紹介してもらったカロー少佐にたいして、大いに友情を抱いていたが、とりわけ、その若妻ズュルマ・カローに心を惹かれていた。彼女は知的で、感受性に富み、文学と美術に通暁していたのである。

愛情が芽生えたころ、それはとても純粋だったので、バルザックはその清純な性格を自分ひとりで引き受けることを拒んだ。おそらく彼の男性的資質が女友達に疑われるのを惧れて。彼はむしろその清純さを彼女の不屈な美徳のせいにするほうを好んだ。「あなたは官能的なかたですが」と彼は言った「官能に抵抗しています。[7]」若い女の顔に窺えるいささか男性的な特徴は、美しくないわけではなかったが、たぶんバルザックの精神にしか彼女が訴えかけないよう運命づけていたのだろう。だが幸いにも、知的な関係を屈折させ、緩和させるようになったのは、親密な調子によってだった。

「あなたが胸の思いをうち明ける必要を感じるとき、わたしはいつでもお会いするでしょう[8]」と、ズュルマ・カローは、バルザック宛に頻繁に出した手紙のなかで書いていた。「わたしは、あなたが女たちに示されたような、魅力的な友情を望みませんし、けっして望んだこともありません。わたしはもっと高められた感情に憧れているのです。そうよ、オノレ、あなたはわたしを、いわば……のままにしておくために、充分評価してくださらないといけませんわ。もし何かの思い違いがあなたの倖せを乱すようなことになれば、わたしがどのようにあなたの呼びかけにお応えできるか、おわかりになるでしよう[9]。」

彼に全幅の信頼を寄せる彼女は、要求の多い賛美を捧げ、彼の才能にふさわしくないと判断するテーマから小説家を逸《そ》らせ、成功の見かけ倒しには警戒させた。「名声[10]はあなたのためになりません」と彼に宛てて書くまでになっていた。「もっと高くを望まなければ。稀有《けう》の知性をむだ遣いすることになりますよ！」 彼の小説のうち彼女を完全に満足させたのは、哲学的なニュアンスをもつものだけだった。だから『ルイ・ランベール』[11]を絶賛し、「ゲーテの『ファウスト』よりはるかに優れている」[12]とした。しかし名声の探究から、つまり、そのころは、彼女自身もほとんど遠ざかれずにいたパリ社交界との付き合いの探究から、彼を逸らせようとして、じつはズュルマ・カローは、彼にたいして抱いていた愛情の、独占的な性格を暴露していたのではなかろうか？

そういうわけで、夫妻がたえず作家に提供したとても手厚いもてなし――しばしば、静かに仕事をするための隠れ処《が》をさがしてくれた――は、若妻の側の、「欲得づく」とまでは言わないものの、いささか計算づくのように見えたかもしれない。理工科学校の卒業生で、したがってバルザックの義弟であるシュルヴィルとは同窓で親交のある少佐の職務のせいで、夫妻はほとんどいつも田舎住いをせざるをえなかった。初めはサン＝シール[13]の士官学校の指導教官だったが、七月王政のもとで理工科学校の卒業生は共和主義的な心情を疑われ（この学校は共和主義的知識人たちの主要な温床の一つだった）、アングレーム[14]の火薬庫監督官に任命されていた。一種の左遷だった。

しかし、とにかく、シャラント川の岸辺の生活はけっこう楽しかったので、バルザックはそれを味わいに頻繁にそこを訪れた。彼が自分を名づけていたように、この「ペンの徒刑囚[15]」は、とはいえ同時にみずからの愛着を告白し、賭博師が賭博台へ向かうのと同じ熱意をもって、仕事机へ駆けつけるみずからの姿を描くのに充分なほど冷静であり、自分に許した休息時には、フランスのこの地方の穏やかな景色ばかりではなく、彼の内のもっとも気高いと思うものを愛している若妻を、そこに見いだしていたのである。そういう形而上学へと向けられた考察、そういう秘教的な精神性のなかに、後世は彼の天才の最良の部分を見ようとはしないだろうが。

彼は、ズュルマ・カローが自分の賛美者のうちもっとも炯眼《けいがん》の人であることを意識して、先手を取っていた彼女を、三歳しか年長ではないのに、自分の良心の指導者にしていた。自分があまりにも弱く、うぬぼれが強く、過ちを自発的に認めて後悔することができないのをよく心得ているので、彼はズュルマの笞《むち》に喜んで身をさらしたのである。

「オノレ、あなたが堂々としていないのを見るのはつらいわ！[16]」と彼女は、オノレが自分の愛人にしようとしてもむだだったカストリー侯爵夫人[17]を伴って逃げ出したとき、彼に手紙を書いた。「あなたはある党派に買収されるでしょう［ズュルマは彼の正統王朝派的心情を知っていた］。そしてある女性がその取引の代償というわけです。あなたはいまエクスにいらっしゃる。虚名のために真の栄光を放棄したからですわ！　ずいぶん厳しいことを言ってますわね、オノレ、でもあなたの侯爵夫人がいなくなっても、わたしのほうはいつもここにいるでしょう、善良で率直な愛情をもって。[18]」

そのたびに、オノレは異議を唱えたが、あまり熱意がこもっていない。「不当ですよ！　このわたしが、ある女性のためにある党派に買収されるなんて！　わたしのほうは、一年前から純潔を保っているのですよ！……わたしのような者の人生はどんな女性のスカートにもまといついたりすべきでないと考えています(19)。」

彼はそれでもズュルマのいろいろな叱責に耐えていた。たとえそれらに根拠があるとわかっても、誰かほかの女性からならば、幼女のころから熱愛していた妹ロール(20)からでさえ、受け容れはしなかっただろう。ズュルマ・カローへの信頼は、場合によっては、彼女を私的秘書にするほどだった。バルザックのハンスカ夫人(21)宛の初期の手紙の一通は、内容にいたるまで、ズュルマの手になるものであろう。その後、その見慣れぬ書体に驚いたポーランド女性に、バルザックは自分は時どき例の「作家の痙攣(22)」に悩むことがあったのでと説明するだろう。

彼は頻繁なアングレーム滞在によって、夫妻との友情の喜びや、優遇客に用意された楽しみをことごとく味わえたばかりか、田舎の風俗をあれこれ発見するようになった。それらが彼の作品のなかでどんな位置を占めるようになるのかは周知のところである。やがて、ズュルマが生まれた地方の中心地で、祖母が亡くなったとき遺されたらしい邸宅に、しばしば少佐とともに滞在するようになるイスーダン(23)のおかげで、彼らを時おり訪ねるバルザックは、すでにアングレームでその諸データを見いだしていた、田園風俗の描写を、補うことができるだろう。

感情の巧妙な分析家についてはいま述べないとして、社会学者・小説家であるバルザックの全著作は、事実上フランス革命から誕生したブルジョワ階級の、その後半世紀にわたる急速な飛躍にもとづいている。彼自身ブルジョワの家柄の出であるバルザックは、ある優越感によって、彼の出自の社会的階級から、精神的には離別していた。その優越感は、彼の文学作品の壮大さによって正当化され、もし文学作品に欠けていればその客観性が失われる距離を、彼に獲得させるのである。

ブルジョワ階級到来の歴史的な形成過程をたどり直しつつ、彼はフランスの一部社会の全体の推移に伴う、思考と感性との変貌を示すだろう。さまざまな野心の燃え上がり、それまでは貴族の資格だけが集合意識において承認していた、巨万の富への精神的な促進、伝統的ヒエラルキーの崩壊。

もろもろの精神の進展と、それに付随するもろもろの制度や風俗の進展が促した、競争の熾烈さを描くにとどまらず、バルザックは、ブルジョワ階級の到来が生じさせた具体的な世界を、その些細な様相にいたるまで、描くことに専念するだろう。だからこの小説家は、いろいろな室内と、そこに見られる品々、人物たちが着る衣類をこと細かく描写するとき、また波形の襞のついた壁掛布を写しとるとき、さらに上品ぶった家具を詳しく描くとき……社会学者でもあるのだ。それはブルジョワ階級のますます際立ってくる支配が、そのしるしを、日常生活をとり巻くものすべてのなかに刻み込んだということである。そこには裕福という印象がみなぎり、その枠内の各細部において、かなり大きな、だがきちんと抑制された財政的ゆとりを示している。そこそこの値打ちはあっても、それらの家具、品物、装飾部品はほんとうの富裕を表しているのではなく、とにかく、いかなる見せびらかしの精神をも示してはいない。

同時に、これらのむしろ贅沢な部屋に住む者たちにとって、肉体的に安楽な状態でいたいという要求

――彼らの生まれに由来する素朴さの名残り――は、調度類を成型し、飼い馴らしたのだった。その時からそれらは安楽《コンホオール》の法則に従うが、この語をやがてイギリスびいきが流行させるだろう。安楽さは、すこし重々しいが快い丸みを帯びた、ルイ＝フィリップ様式の肱掛椅子の新型によって、また、充足感と、快適な閉じ籠りの印象にさえ協力する、深々としたソファーや豪奢な壁掛けや分厚い敷物によって表現されるようになる。

当時のブルジョワ階級は、その成功を保証する物質的財産すべてにたいする控え目な、だが明白な尊敬の念を示している。昨日まで、貴族階級は、物質的財産を使用しつつ、ある種の無頓着をもって扱える状態にいる、とみずから思っていた。いま、まだ商品価値で重々しく、新しさで輝いているそれぞれの品物は、あたかもいつも聳《そび》えたっている俗悪な建築物の支石であるかのように扱われる。バルザック(24)は、室内の詳細な、延々とつづく描写において、彼の「階級心」をあらわにする。借りもののドはそれをのり越えることができず、彼はある家庭的宗教、ある崇拝の諸属性を、愉悦と敬意をもって分類しているように思われる。

パステル画が描いている部屋のそうした財産目録を、わたしはここでまた取り上げることもできようが、それには、言うまでもなく、バルザックが室内の、自己満足的な描写において、明白に証明しているのとはまったく異なる感情をこめてなのだ。思い出はわたしを導き、その背景の諸要素をして語らせるだろう。パステル画においてその背景は、回復されるのを待っているように思われるが、じつは永久に消滅してしまったのである。

骨董品《ビブロ》という言葉によって、貶《けな》されるのではないが、俗化されるような品物が、そのアパルトマンにはたくさんあった。マントルピースの上にあるもの、事務机と小円卓の上にあるもの、書棚の本の前にあるもの。最後のものは、偶発事や埃《ほこり》を避けるためばかりではなく、おそらくわざと訪問者たちの眼を避けるためだったろう。というのも、窓からさす光は、書棚のガラス張りの透明を反射に替えたからである。

十九世紀前半の末ころ、「キプセック」、つまり記念品の流行が、たとえ控え目であっても贅沢品好みと、いまではブルジョワ的な社交界趣味のランクに高められた社会的諸関係の発達とに応えるようになっていた。手軽な贈物である飾り箱が、その格好の値段、小さい嵩《かさ》、多様性のせいで、ほかのあらゆる「キプセック」をしのいでいた。相つぐ遺産の波によってひき継いだメダイヨン、シガレット・ケース、鼈甲《べっこう》枠のついたルーペ、等々に混ざった多くのものが、ここには寄せ集められていたのである。

バルザックは遺書のなかで、ズュルマ・カローや、同じく、生涯を通じて彼の医者だったナカール博士[25]や、その愛が作家の青春を啓発したベルニー伯爵夫人[26]の、息子であるアレクサンドル・ド・ベルニーに、記念として残す品々を指示していた。ズュルマ・カローの相つぐ子孫たちは、バルザックに由来しても、聖遺物のように孤立させる必要はないとおそらく判断した品物に、べつの起源をもつ品物をつけ加えたのかもしれない。だから、パステル画が描いている書斎兼客間である部屋では、バルザックの遺贈品が、それをとり巻く品々と区別されていなかった。したがって、それらとり巻くものたちはみな、みずから認めていた傲慢さから、いっそうの輝きを抽き出していた――少なくともわたしの目には。それらが所属し、外観によっても品質――時には洗練のきわみの、だが気どりからは遠い――によっても、それらが思い出させる時代は、バルザック的色合いを与えるのに充分であった。とにかく年代的にはみな『人間喜劇』の世界にふさわしかったのである。

　読書によってわたしに親しくなっていたその世界は、ガヴァルニ[27]、モニエ[28]、ドーミエ[29]らのデッサンや、『婦人短信』風の版画によって挿絵を加えられるようになったが、わたしにとっては歴史的慣例のなかに閉じこめられたままだった。ただ、実際に大半はバルザックのものだったにせよ、あるいは他の多数のものと同じく、彼の描写から生じたにすぎない匿名のものだったにせよ、それらの品々は、わたしをその時代と親密にさせることができるように思われた。わたしは庶民の出なので、ブルジョワ階級の同時代人たちが家庭環境において獲得していた、依存と無意識的な共犯をこれっぽっちも与えられていなかった。彼らはそういう環境において、まだ這い這いしていたときから、正当化された過去にかかわり合っていたのだ。社会について遺伝的記憶のないわたしは、パステル画がイメージを与えてくれた世界においては異邦人であった。

　わたしは客間＝書斎のものほど重要ではない、いくつかの家具の名前まで学ばねばならなかった。それらは華奢なくらいで、むしろ女性的な様式であり、隣接する幾部屋かに置いてあった。わたしの友、フィリップ・エリヤはこの点で、わたしの教育に注意を払ってくれていた。しかじかの奇妙な二段重ねの小道具（言うまでもなく、当時の）は、「婦人用デスク《ボヌール・デュ・ジュール》」だった。寄木細工の花束、中世の服装をしたヴィオール奏者、螺鈿《らでん》の翼をもった蝶、等々を表す蓋のついた夥しい数の飾り箱が、内部にある箱とはべつに、扇と隣り合ってそのデスクを飾っていた。いくつも飾り棚のついたほかの家具は、「小ダンケルク」と呼ばれていた。そこに置かれる、たいていは象牙の骨董品にも当てはまる名称だと、わたしの師は教えてくれた。だから骨董品が、「キプセック」が、これらの家具、食器棚を生みだしたように思われた。種《たね》が木を生みだすのと同じように。

その場所の主人の枕頭の上に掛けられた肖像画の高みから、ズュルマ・カローは、彼女の曾孫の口ずからわたしが伝授される授業を、監督しているようにみえた。エドゥワール・ヴィエノ(30)とかいう人によって描かれ、一八二七年の日付が書き込まれたその油絵は、彼女を、膝もとに乳児をのせた若い母として示している。それはバルザックが手紙のなかで、自己を主張し始めた時期だった。彼女の肖像画において、膝もとにのった幼児にたいするのとほぼ同じ用心、熱意をもって、女友達ズュルマが彼を見守ってきた歩みである。

しかし、彼女が作家にたいして抱いていた愛情は、歳月を経るにつれて、恋情とはまったく無縁な性格を保つことができなくなるだろう。上流社会の女性たちの総括的呼称である〈侯爵夫人たち〉との、バルザックのくり返される関係は、初めのうちズュルマ・カローの内にわずかないらだちを目覚めさせただけだった。彼女の見解では、彼女たちは要するに、社会的策略の——たしかに異論の余地はあるが——一形態を構成するにすぎなかったのである。

彼が、上流社界において自分の地位を強固にする手助けをまったくしてくれない女性たちと結びつき始めたとき、どうしてズュルマは自分が無視されたと感じなかったはずがあろう？　また彼は、ズュルマの親友で、男装したカロリーヌ・マルブティを、イタリアへ連れて行かなかったか？　いまではズュルマの社会階級においてばかりではなく、彼女のとり巻きにおいても行われる、バルザックの「色事の」選択は、なおいっそう彼女に自分が除け者にされているのを感じさせた。いわば義務感の強い女、良妻である彼女は、おそらく親しいオノレに身をまかせたことはけっしてなかったろう。しかしそこに矛盾を見るべきではない。年齢が同じであれば、女性は、自分の感嘆する男性が、恋の快楽への激しい好みを示すとき、まったく超然とした感情を抱くことができるだろうか？

　文学的創造によって食い尽され、債権者たちにつきまとわれてたえず金を追いもとめるばかりか、自由に使えるわずかな時間を女性たちに割《さ》くので、バルザックはイスーダンのカロー家を訪問するのがますます間遠になるだろう。手紙さえいっそうまれになる。だから、ズュルマが彼宛てに書く文章は、いつも愛情はこもっているが、幻滅したものになってゆく。「あなたが倖せであることは知っています。わたしは（もっと早く手紙をあげて）、あなたの現在の生活の喜びとは無縁な、いかなる考えもさし挟みたくはなかったのです……。わたしたちは別々の道をたどっていますので、握手できないのは驚くべきことではありませんね。[31]」まもなくバルザックが、彼の著作においてまで表明する、完全に正統王朝派的な思想は、本心から共和主義者であるズュルマ――たとえそれは、一般にブルジョワ階級ではそうであるように、控え目であるとしても――の顰蹙《ひんしゅく》を買うだろう。

　とはいえ、彼らのつながりは存続するだろう。ズュルマ・カローは、バルザックがハンスカ夫人との結婚を知らせる最初の三人の内に入るだろう。[32]彼は遺言のなかで、前述したように、若干の品物を彼女に遺贈することになる……。彼女は彼より三十九年生きながらえ、九十歳代で亡くなるだろう。ずっと前から未亡人だったが、二人の息子も失い、子供向きの本を書くことに孤独な老年を費した。それらの本はばら色文庫でかなりの成功をおさめるだろう……。

　若い母親としてのズュルマ・カローの肖像画は、「血縁」と称されるものの驚くべき証拠となっていた。フィリップ・エリヤの顔は、多くの個所で――とりわけ表情豊かな眼で――、曾祖母の顔のなかに透けて見えた。彼女は男らしい面ざしで、当時の流行に従って、髷に結った嵩《かさ》ばる髪型をしている。この明白な遺伝的親族関係は、おそらく部分的には、ズュルマ・カローにたいするフィリップ・エリヤの愛着を説明していた。彼女を通してバルザックの影が彼にまでとどき、彼の文学的使命を強化していたのである。

しかし、ある選択が遺伝的傾向につけ加わることになり、母方と父方が、たとえそれらは部分的に混ざるとしても、必然的に共存する家族形態において、フィリップ・エリヤ（戸籍上はレーモン・ペイェル）は母方を自分のものにしていた。この選択は、カロー＝ペイェル家（フィリップ・エリヤの父はジョルジュ・ペイェルという名だった）という小宇宙において、バルザックと同じスケールのべつの作家が存在しただけに、いっそう意味深いものだった。ヴィクトル・ユゴー[33]が問題だったのである。

フィリップ・エリヤの客間＝書斎を描いたパステル画では、右手の壁の、ガラスで被われた大きな額縁を見分けることができない。視点の効果によって、ガラスに護られた写真を反射光が眩《くら》ませているからだ。それは臨終のヴィクトル・ユゴーの肖像写真を拡大したものである。ナダール[34]に帰すべきもので、技術的進歩がまだ未来のものだったのに、写真術が前世紀の後半に時おり達成した完成度（同じくそれはカルジャ[35]のうちにもある）の一例をなしている。

この死者の肖像写真において、写真家の投光器の光線は詩人の白髪を後光にし、同じく純白な顎ひげがそれにつながっている。そこにはある変容の輝きがある。パステル画によって描かれた部屋では、経過した時間の微光がところどころ、家具の輪郭や品物の形態に絡まっている。それらはしばしば識別できないほどで、パステル画が壁掛けや敷物や椅子一式に与えている、くすんだ色を背景に、わずかに際立っているだけだ。壁に掛けられたこの大きな写真は明らかにある強烈な調子をもたらした。じつを言えば、リアリズムが問題ではなかった。それほどこの写真は輝いていた。偉大な死者は額縁からはみ出していたのだ。周りにあるものは、彼の存在によって支配されていた、消し去られていたのではないにせよ。

自分の事務机に坐ったフィリップ・エリヤは、バルザックの著作の初版の献呈本や、彼のものだったかもしれない品物や彼がカロー家において慣れ親しんでいた品物や、彼を描いたメダイヨンなどで、彼の思い出がぎっしり詰まった書棚と、反対側の、臨終のユゴーのほぼ等身大で、後光によって飾られたような頭部との間に、位置づけられていたわけである。こういう隣り合わせ、こういう同居は結局、その部屋を通して、天才の対角線をなしていた。

もしこの部屋のあれこれの家具や、アパルトマンのほかの場所にある家具の抽出《ひきだし》を開けたならば、ヴィクトル・ユゴーとその近親（ジュリエット・ドルーエ(36)を含む）の、いろいろな文書を発見したことだろう。同じく、作家自筆の説明文がついたものもあるデッサンや、彼の文学的生涯と政治活動に関連する記録、等々も。アパルトマンの入口には、ユゴーの所から到来した、とわたしが信じていた小机(37)があった。そのスタイルは、彼がときどき、ばらばらな部品を組み立てては楽しみ、ヴォージュ広場の記念館で観ることができる家具のスタイルに、とにかく類似していたのだ。いったいなぜそこにヴィクトル・ユゴーのものがあったのだろう？

フィリップ・エリヤの父は、前述のように、ジョルジュ・ペイエルという名であった。彼は、前世紀には伝統的に、フランスに名士たちを提供してきた地方の、大都市のブルジョワ家庭に属していた。ジョルジュ・ペイエルは、国家に奉仕した輝かしい経歴の果てに、会計検査院の院長になるだろう。約五十年前、法律研究のあとで、彼は家族関係の斡旋によって、比較的若年であるのにすでに著名な政治家であったエドゥワール・ロックロワ[38]の特別秘書になった。一八七一年に三十三歳で代議士になったロックロワは、パリでコミューンを体験する。実際にそれに参加したわけではないが、その幾人かの代表たちと関係をもった。そのせいで彼は、反乱の鎮圧後に、数週間、投獄されるはめになったのである。

彼の共和主義的左翼とみなされるようになった主義は、彼をヴィクトル・ユゴーのとり巻きのなかに入れることになる。それは詩人が亡命地[39]からもどって、政治活動を再開し、一八七二年に、成功はしなかったが選挙に出馬したときのことである。彼の長男シャルル[40]は前年に亡くなっていた。残された未亡人を、詩人は、寛大な感情と家長制への生来の好みに駆りたてられて、たちまち実の娘のように扱った。彼女はまだ若かった（シャルル・ユゴーは歿したとき、まだ四十五歳でしかなかった）。エドゥワール・ロックロワはユゴー家に熱心に通い、彼女を妻にしようとした。ヴィクトル・ユゴーはそれを喜ぶこととしきりだった。エドゥワール・ロックロワは、彼が識っている立派な劇作家[41]の息子であり、自分でも、政治活動のほかに、すこしは書いていた……。実のところ、詩人にとってもっとも興味があったのは、彼の政治活動のほうだった。理性的で、闘争的な若い代議士は、まもなく議会の「花形」のなかに名をつらねるようになる。彼はとくに、ある派手な演説において、例の「一八七七年五月十六日内閣」の独裁的な諸行為のリストを作成するために、調査委員会が設置されるよう要求することによって注目されるだろう。

その内閣は、共和国臨時大統領マク＝マオン元帥[42]が、首相ジュール・シモン[43]を罷免し、ブロイ侯爵[44]に新たな組閣を委任したあとで編成された。大半は帝政や君主制を懐かしむ人びとによって構成された新内閣は、もっとも反動的な措置を急いで発令した。そのなかには集会の権利や出版報道の自由の廃止も含まれていた。しかし、前に予定されていた選挙が実施されると、結果として共和主義者たちの大勝に終った。こんどは自由主義的な新内閣が、ロックロワの演説に熱狂した議会の要請に従い、先行政府の告発を宣言し、「道徳的領域」の父であるマク＝マオン元帥の辞任を促したのである。

前年、ヴィクトル・ユゴーはパリの選挙人たちによって上院に送られていた。だから実の婿と同じくらい詩人の家族に溶け込んでいたエドゥワール・ロックロワは、詩人にとって若くて熱烈な戦友になっていたのだ。すこし後で、ジョルジュ・ペイェルは、ロックロワの特別秘書という職務によって、しばしばヴィクトル・ユゴーと接触するようになるだろう。しかしすでに詩人は衰えていた。若い男はまもなく、名高い故人によって要望された「貧しき人びとの霊柩車」——とはいえ壮厳な国葬がやはり名誉を讃えていた——の後ろで指揮をとることになったのである。

エドゥワール・ロックロワは、ほどなく大臣になるだろう。ある時には通産大臣に、またある時には文部大臣や海軍大臣に。その間にジョルジュ・ペイェルは、秘書の職務から解放されて、ズュルマ・カローの孫娘の夫となり、上級司法官として出世した。彼はエドゥワール・ロックロワとは依然として強く結ばれていた。彼らの長い協力の期間に二人のあいだに確立された絆に、さらにフリー＝メーソンの絆がつけ加わったらしい。

ジョルジュ・ペイェルは、エドゥワール・ロックロワ自身が最後の財産処分をする段になって直接、遺言執行人として選ばれたのだろうか？　それとも、彼の死後、近親者たちが、そういう職務を果たすために、かつては彼の秘書であったたし、とくに法律事項に詳しい人に依頼したのだろうか？　フィリップ・エリヤのアパルトマンにあった、デッサン、ヴィクトル・ユゴー自筆の記録、若干の品物、彼ののだったとみなされている小机は、相続の受益者たちが、故人の意向にそって、「ダイヤモンド」(45)と称される遺言執行人への謝意を具体化する、ささやかな遺贈分のことを、どうしても考えさせるのだった。

でも、それは大したことではない。これらのデッサン、記録、品物には、ヴィクトル・ユゴーの臨終の大きな肖像写真が加わっていた。それはいわば、それらを個性化し、それらに住みつくようになった。それらは詩人にたいして、その場所における、ある偉大な存在を保証していた。要するに、バルザックも加わって、あえて言うならば、アパルトマンは、その多少とも亡霊にとり憑かれているあらゆる要素とともに、前世紀文学のささやかな聖域をなしていたのである。

その文学がこの時代に到達したハイレベルの成果、とりわけ多くはその文学を自己崇拝に結びつけたロマン派の作家たちに負う、文学の神聖化は、わたしの世代にまで影響を及ぼし、その場所に崇拝の雰囲気が漂っているわけを説明していた。この崇拝という言葉は、迷信的な、盲目的な尊敬を暗示している点で、大げさではある。そのアパルトマンの住人も、わたしを含む、彼を訪問した者たちも、そういう崇拝に陥ってはいなかったのだから。しかし、みなが、あるいはほとんどみなが、二つの偉大な影が集まっているのは、ともかく感動的だと書いたり、心底で思っていたりしたのである。

そのアパルトマンのなかに息づいていた瞑想のようなものは、ラ・プレーヌ・モンソー(46)――まだ車の殺到から部分的に保護されていたその界隈の古めかしい名称そのもの——の幅広い並木路を縁どっている、威厳に満ちたブルジョワ風建物の一つに、それが含まれていたという事実にも由来していた。車の騒音は、並木路のプラタナスに面した大きなフランス窓のガラスを、時おり微かに震動させるだけだった。

そのアパルトマンでは、書く意欲は、人びとをとり巻くあらゆる思い出によって駆りたてられる、狡猾な扇動から生まれざるをえないように思われたが、その扇動にはまもなく一種の衰弱が入れ替ろうとしていた。そういう扇動が現れるとき、それはむしろバルザック的な性格のものだった。その室内の様式とともに、その地区の近過去のせいでもあったのだ。歴史的には、その地区の創始は、『人間喜劇』(47)が部分的に基礎を置いている、経済的な大冒険の延長のなかに位置を占めていた。セザール・ビロトーは、マドレーヌ裏に当たり、やがてラ・プレーヌ・モンソーの巨大な建築現場が築かれる土地を、整えて売りに出す投機をしようと、準備しているのではないか？　オスマン(48)はまもなく部署につき、ペレイル兄弟(49)は株式を発行するだろう……。

フィリップ・エリヤは、彼の小説『ブーサルデル家』(50)の第一部のなかで、個人的な世界観をもって、オスマンの企ての歴史を部分的にたどり、それに伴った投機の風潮を描いた。彼はその小説を現代にまで延長させるだろう。そこでは社会的関係と、より単純に、人間的諸関係が、バルザックが作品のなかで描いた諸関係を、ただ把え直し、あまり複雑化せずにくり返しているのである。

フィリップ・エリヤはとりわけ夜に、夜明け過ぎまでも仕事をしていた。彼の書斎の灯がともる窓は、並木道の死んだような家々の玄関にそって、孤独な標識灯のようだった。小さな聖所で誰かが徹夜をするのは、執筆しながら徹夜をするのは、よいことだった。彼の同類の多くが、同じ時刻か日中に、同じ仕事をしていた。その仕事は、いかに個性的であっても――しかも、ほかのどんな仕事も、それほど個性的であることはできない――、同じ漠とした宗教に参加していた。そのアパルトマンでは、現に、無意識的な祈りが、実際にそれ自体では何の価値もない記念品のただ中で、捧げられていたのである。それらは、ほとんどの宗教がみずからの崇拝地において増大させる、物神化されたものたちに似た、喚起の役割を幾分か果たしていた。

このアパルトマンに――それに付随して、そこで暮す作家に――気を配る家の二かたの守護神の二番手、ヴィクトル・ユゴーのほうが、臨終の大きな肖像写真のおかげで、これ見よがしに存在しているにもかかわらず、バルザックの世界が同僚との競争において優位を占めていた。ズュルマ・カローとその子孫たちに、ペイエル家の人びとの派遣部隊が加わった、ブルジョワ的な浸透が、さまざまな場所に印をつけていたのである。

ユゴー的世界はほかのカラーをもたらすことができただろうか？　ヴィクトル・ユゴーの祖父は指物師ではなかったか？　彼の実父については、軍隊で威信のある階級に達したのは、たんに彼の知性と勇気のおかげではなかったか？　かなり早く、この作家の著作は、『レ・ミゼラブル』[51]と『海に働く人びと』[52]とともに、大衆的な着想の潮流において花開いていた（部分的には、しがない家柄の出で、そういう潮流を要求していたジュリエット・ドルーエの影響のおかげで）。ついに、青春初期の優柔不断を克服すると、ヴィクトル・ユゴーの政治認識は、年齢とともに確固となり、彼を自由とより良い社会正義との絶対的支持者にしたのだった。

ともあれ、そのアパルトマンでは、ユゴーの特徴はあまりにも控え目で曖昧だったので、バルザック的世界が支配していた。わたしはそれに親しくなったものの、ある種の居心地悪さを感じつづけた。わたしの社会的出身に帰すべきその気持は、ほとんど道徳的判断、ある非難を伴っていた。それは、自分よりも二十歳近く年上の、その場所の主人にたいして感じていた、なかば子としての敬意と入り混ざった深い友情に、ほんのわずかにしろ、微かな影を投げかけていたかもしれない。

こういう些細な本能的、感情的保留は、フィリップ・エリヤが、彼のアパルトマンが証明していたように、懐古的な趣味を抱いていたにもかかわらず、多様な形式の文学と美術にたいして広く開かれた精神と感性を示していただけに、いっそう不当だったことだろう。小説の純粋な伝統のなかに自分を位置づけ、ブルジョワ階級がその唯一の、あるいは主要な対象である社会的リアリズムに結びついていたのに、彼は、自分にとって先験的に異質ではあるが、もし遺伝的な慎重さによって抑えつけられなかったならば、おそらく必要に応じて取り入れただろう、いくつかの文学的形式にたいして、もろもろの興味を示していたのである。

その場所と、そこを満たすものすべては、ある時代を再生させていたにもかかわらず、そのささやかな奇蹟は、にわかに終りを告げた。というのも、それはあまり魅惑的ではない社会的階級、つまりブルジョワ階級のイメージのなかに閉じ込められた時代をしか、けっして復元しなかったからだ。そのことを否定するわけにいかない。バルザックの物質的世界は、その諸相の真実と増殖によって魅惑する。描写は正確であると同時に、極端にまで推し進められている。しかしそこには夢想が欠けているのだ。「ほかの次元」、超越は、作家によって現実をそのあらゆる相のもとに精密に描かれたもののなかには、けっして見いだされない。超越というものは作者の思索のなかに、彼の抱く思想、理論のなかにあり、けっして印象のなかにはない。バルザックは少なくとも形而上学者（時にはいささか過度にさえ）、哲学者であるが、ほんとうの意味ではけっして見者《ヴォワヤン》、詩人ではないのである。

ヴィクトル・ユゴーのほうは事情が同じではない。彼の寛大さは事物をして語らせた。すべてが生き生きと活気づき、プロメテウス的な息吹きは、彼の描写、喚起を高揚させて、よそでならば誇張でしかなかったようなものを変貌させたのである。人は彼とともに千里眼に達するのだった。あの客間＝書斎で、バルザックとユゴーの間に、すなわち、わたしが冗談に天才の対角線と呼んだもののなかに位置づけられて、フィリップ・エリヤはいかにして二つの反対方向からの牽引を免れることができたのだろう？　わたし自身はそのアパルトマンで執筆したことはなかったが、そこの主人がしばらくわたしを置き去りにしたとき、いささか知的なジレンマに陥っていた。諸状況がわたしを、二人の天才の分離と、偶然にも彼らを向き合わせた枠の消滅との、支持者にしようとしていたのである。

七十歳そこそこでフィリップ・エリヤは病魔に冒されたが、手の施しようがなく、幾月もへずに他界した。彼のもっとも古くからの親友である装飾家兼衣装係、マルセル・エスコフィエ（フィリップ・エリヤのデビューは演劇に関係していた）がわたしを呼び、病人の臨終のとき、わたしはその枕頭で彼を補佐した。病人とは親しい付き合いをしていたので、そういう役割をふり当てられたのだ。またわたしに託された仕事もあった。しばらく前に、彼は自分の遺言執行人になってほしいと頼んでいた。わたしは彼の口述で最後の意思を書き留めた。遺言はさらに公証人の前で書式通りに作成されたのだが、彼の意思は、バルザックとヴィクトル・ユゴーから由来したか、何らかの意味で彼らにかかわりのある美術品、品物、家具、記録にしか関係がなかった。それらは、パリにおいて割り当てられた二つの記念館に置き直されるだろう。

わたしはそれらの選別の仕事をひき受けていた。場合によっては補足的鑑定の必要があるので、二つの記念館の学芸員たちに頼りながら。フィリップ・エリヤの忠実な家政婦とマルセル・エスコフィエとわたしは、瀕死の人を二日間、枕頭の上に掛けられたズュルマ・カローの肖像画の下で、徹夜して看病した。作家はまたと目を開けることなく、息絶えた。

埋葬の翌日わたしは、分類することを引き受けた歴史的な文学遺産に没頭した。その基礎をなす主要な品物や記録に、有効にその遺産を補足できるかどうか疑問に思えるような、夥しい数の副次的データがつけ加わっていた。二人の作家のいずれかの人生の、あれこれの些事についての証拠が問題であった。没後、彼らが対象とされた記念式典の報告、新聞記事、要するに聖者伝風の資料すべて、また二人と同時代のものにせよ、必ずしもみながみな彼らと関係があるわけではない品々。

すこし前に、アパルトマンが形成していた全体のただ中で、二人の偉人たちが、競争ムードのなかであれ、自分たちの所有の印を主張し増加させていたのと同じ程度に、財産目録作成において、わたしが専念していた悲しい「荷ほどき」において、それらの印は消滅しようとしていた。自筆の作品、デッサン、肖像画、あるいは彼らが所有していたか、使用していたか、近親者に与えたかが確証されている品物と同じほどには、疑問の余地なく彼らと結びついていたのではないあらゆるものにおいて、ある置換えが陰険に行われていた。以前には歴史的遺産のなかに含められていた、その疑わしい剰余物は、ふたたびその場所の亡き主人の厳密な所有物になった。最近亡くなったフィリップ・エリヤは、それまでほかの二人の作家たちが共有していた記念の空間を、また独り占めすることになったのである。

彼は、自分の一族の幾人かが二人の作家と持った直接、間接の関係によってよりも、自分がした活動、書いた作品によって、確実に、正当に二人の子孫たちのなかに位置づけられるだろう。それでもやはりそのアパルトマンにおいて彼らと彼との間に生じた一致は残っていた。たとえその一致はみずからの基礎を、その調和を保証していたあらゆる物質的要素のなかには見いださず、それらの要素は、わたしの世話によって分散され始めたので、ひとたびそうなれば、もはやほとんど存在してはいなかったけれども。

財産目録の作成に従事するために、わたしがある物を、それが一部をなしていた全体からとり除き、ほかの物を抽出《ひきだし》からとり出し、飾り棚のものをとり外し始めるやいなや、アパルトマンはがらくたの山に変貌した。人びとは障害物を跨いでしか通れなかった。その山はトランプの城に似ており、何もかもごっちゃになっていた。文字通り「狩り出された」物たちが、あちこちに立ち現れていた。ドアの、わたしの通り路に、突然斜めに置かれている、銀の握りのついたステッキとか、床《ゆか》にある毀れた扇とか、写真をなくしたファイルとか、毛皮で被われた大きな木靴の片方さながら、動物のように抽出の陰に眠りに行った足温器とか、それに箱、箱、箱……。

わたしはそれらのいくつかに見覚えがあった。フィリップ・エリヤが、わたしの知らない彼の世界の一端を明かしてくれ、そこで用いられているヴォキャブラリーを教えてくれたとき、「小ダンケルク」の上に置かれていたものたちである……。わたしはズュルマ・カローの肖像画をはずした。それをレイヌアール街（彼の時代ではバス街）にあるバルザック記念館へ運ばせるつもりだった。そこには記念館の創立このかた、空いた場所が残っていた。ルイ゠フィリップ様式の二脚の肱掛椅子、書籍、文書、また『人間喜劇』の著者に親しまれていたと推定される品々が、そこで彼と一緒になるだろう。

ヴィクトル・ユゴー「コレクション」の財産目録は、その名に充分値するには比較的地味で、特定するのがもっと簡単だった。それは、他方のように、カロー夫妻の持ち寄り財産が取り違え、曖昧さを助長した、周辺家族の遺産と混同する傾向がなかった。ヴィクトル・ユゴーのデッサンは、ロマン派的な着想を別にすれば、その技法、様式の点では、それらが制作された時代には何も負っておらず、詩人の手紙の様式（たしかに簡単な短い手紙だが）は、その筆跡さえ、バルザックの遺産のデータほど、正確には日付が確定されなかったのであるが。

とはいえ、ヴィクトル・ユゴーの人間性にもかかわらず、彼の生涯の多くの面において（四十歳足らずで学士院会員、フランス同輩衆、その他）、また彼の生涯がそのアパルトマンに残した、取るに足りない痕跡にいたるまで、彼が所属していた支配的、特権的な社会階級の表現もまた見いだされるのだった。ブルジョワ階級のしるしは、二人の作家たちの全生活においてばかりではなく、彼らの作品の本質そのものにおいて、存在していた。そこでは彼らの才能、天才が、民衆生活の喚起において示されるときでも、ともあれ、優越感のこもった性格をもっていたのである。

わたしがフィリップ・エリヤに抱いていた深い友情は、わたしの仕事をつらいものにした。わたしがたずさわっていた選別の、それぞれの品物、データは、わたしのほうに彼の存在の息吹きのようなものをたち昇らせたが、同時に、わたしの友が心底から所属していた社会がそれに混ぜ合わせていたものは、彼とわたしとのあいだに、乗り越えがたい距離を永久に据えたのである。

そのアパルトマンがしまい込んでいたもの、そしてわたしがその目録を作らねばならなかったものは、相つぐ面と層をなす品物と記録を含み、所有者の生前の日常生活のなかでまだ使われていたか、彼の記憶から完全に消滅していたかに従って、多少なりと引っ込んだ場所に、あるいは多少なりと深い場所に整理されていた。書類、記録はたやすく積み重ねの犠牲になり、それらがひどく古くて、もはや取るに足りない古文書の価値しかないときには、本物の深海の遺産として埋没してしまうかもしれなかった。

幾日もつづけて選別をし、わたしはようやくその水準にまで達したのだった。その際、表紙を二本の紐でくくった緑色の部厚い帳簿を見つけたのだ。その角《かど》と背はすり切れ、最初のページに記載された年号、一七八五年によって示される以上の古さを与えていた。ある母親から息子に宛てた手紙が問題だった。おそらくプロのペン書きのおかげで、そのコピーは明瞭で上品だったが、数ページ先では、もっと太く、個性的な文字が、あちこちに書き加えられ、部分的に帳簿の余白まで占領していた。それらの加筆は、すぐさま理解されたことだが、手紙の名宛人によってなされた釈明、注記、時には異議申し立てさえが問題だったのである。

わたしはそれらの手紙をますます高まる興味をもって読んだ。たちまちフランス革命のなかに没頭してしまった。手紙の頭書の日付をつぎつぎたどると、その名宛人は重要な役割を果たす人物になったことがわかった。下っ端ではなくて、まだ十九歳にもならぬのに、公安委員会の代理人として、ロベスピエールその人によって地方に派遣されていたのだった。わたしはあとで彼に捧げた本（『ロベスピエールの影』)[53] のなかで、彼に「恐怖政治のエリアサン[54]」という渾名《あだな》をつけることになるだろう。わたしはそれがかなり適切だったと思っている。

彼が自筆で書き込んでいた、母親の手紙のコピーは、いったいそこでどうなっていたのだろう? わたしは手紙を書いた婦人の姓をそこに探したが、むだであった。幸運にも、彼女が二、三ヵ所で息子のマルク゠アントワーヌ[55]に、彼の苗字を使って話しかけていることに気づいた。かつて名門では長男を名指すのにそれがふつうだったのだ。その人たちはジュリアンという姓であった(だから最初わたしは綴りを間違えた名だと思ってしまったのだ)。人名辞典と、フランス革命に関する詳しい著書によって、彼らは誰だったのかをつき止めることができたのである。

父親は教養人で、若いころには家庭教師をしていた。それから金利生活者になり、国民公会では山岳派議員たちのなかに席を占めていた。ロベスピエールは彼の友人で、時どきジュリアン家に夕食をとりに来た。しかし、もういちど言うが、なぜその緑色の帳簿がフィリップ・エリヤのアパルトマンにあったのだろう? 補足的な調査をいくらかして、まもなくジュリアン家の子孫について明らかになった。「恐怖政治のエリアサン」はエドゥワール・ロックロワの祖父であり、ヴィクトル・ユゴーの「義理の娘の夫」であった(ユゴーは彼の家柄を知っていたのだろうか?)。マルク゠アントワーヌは天使のような顔をしたうら若い男(彼の肖像画がそれを証明する)で、彼の数少ない個人的文書のなかで窺えるように、大いなる精神的高揚を秘めた人だった。一七九四年に、「清廉の士[56]」の意志により、彼はボルドーにおける絶対権力者として、いささかの弱味もみせずに、最後のジロンド派の逮捕を指揮し、ペチヨン[57]やビュゾ[58]のように自決する時間のなかった人びとの、即時処刑を命令したのだった。

わたしの献身的な世話にもかかわらず、さまざまな動産、威光ある記念品、しばしば家系の起源をもつ個人的な品物、わたしの亡き友の美術品や書類、それらの目録作成と分類と配列が一体化されていた悲しい崩壊において、一七九四年の若きテロリストの蘇った影は、そうした清算を監督しにやって来たかのように、寓意的な性格をもっていた。フランス革命はむしろブルジョワ階級の利益になるように実現したし、若きマルク゠アントワーヌ・ジュリアンは裕福な家庭の出だったので、そういう連想には何ら正当化するものがないのである。たとえ「恐怖政治のエリアサン」がいっときコミュニスト、グラクス・バブーフ(59)のかたわらに姿を現していたとしても。

わたしはマルク゠アントワーヌ・ジュリアンの生涯を再構成しながら、おそらく若年のおかげでギロチンを免れはしたものの(だが牢獄をではない)、死にいたるまで深い後悔の念を抱き、とはいえけっして自由と社会的正義を否定しなかった姿を見ることになった。彼を訪ねたミシュレ(60)は、物思いに沈み、メランコリックで、しばしば床に眼をすえる彼を描いている。彼は一八四八年に優れた教育雑誌を創刊し、死ぬまで管理するだろう。それは要するに慈善行為で人生をしめくくるということだった。

とはいうものの、わたしがまだ所有しているその緑色の帳簿(フィリップ・エリヤの相続人たちはそれをわたしに寄贈してくれた)は、わたしが覆したばかりの背景、一世紀半にわたるブルジョワ階級と、その美徳、エゴイズムとの支配を思い出させる背景において、若きテロリストのイメージを強制しつづけてきた。この閉じられた小世界、倖せで、パステル画の色彩に浸され、われわれの文学的遺産の二人の巨人像の、ほとんど手に触れられそうな思い出が支配する世界において、均衡のためのように、歴史の血で汚れたこの青年が姿を見せたのは、おそらくよいことであったろう。

石たちの倖せ

ロジェ・カイヨワ(1)

その小包は、褐色の厚紙の包装と十字の紐がけによって、ありふれたものだったが、ほぼ靴箱の大きさにしては軽いことだけが意外だった。たしかに、裏面の差出人名を見て、わたしはひどく驚いた。ロジェ・カイヨワからはこれまで本しか、彼の著書しか受け取ったことがなく、著書にしても確かにそういう形で提供されたためしがなかった。開くまえに自分に猶予を与えようと、小包を四方に傾けたとき、なかで何も移動しないのを確認して、その重さを手で計りつづけた。というのも、わたしの生来のペシミズムは、むしろ自分を不意打ちの敵にしていたからである。

この小包にはおそらく、台座に置いて装飾品にする、駝鳥の空《から》の卵か、脆いので大量の細かい鉋屑や綿でくるむ必要のある、糸ガラスの置物のようなものが入っているのだろうと思った。しかし、問題はそれよりはるかに奇抜な賜物かもしれない、ということも排除すべきではなかった。かつてひとりの作家の内に、精神のそれほど大きな洞察力、厳密な論理が、ロジェ・カイヨワのように、非合理性、想像力とのそれほどの親密さを伴っていたことはなかった。そのうえ、わたしはときどき、彼がかつてシュルレアリストの友人たちとともにやった、いろいろな「悪ふざけ《ファルス》」の話をするのを聞いていた。彼らの言うところでは、遊びがばかげていれば、彼らの目にはとりわけ明らかな、遊びの詩的な力を、そのようにして培っていたのだった。わたしは最近ばかげた話をしたのかもしれず、その話は、その時にはあえて指摘しなかった人に、皮肉が友情のこもった注意によって和らげられるような、警告をするよう促したのかもしれない。

いやそうではない。われわれのあいだにはそれほど親密な関係は確立されていなかった。おそらくわたしが、自分よりさほど年上ではないこの同僚にたいして感嘆の念を抱いていても、それを表現するのを抑えるわたしの内気さが、二人の関係の障害になっていたのだろう。ロジェ・カイヨワは、彼の精神と著作にたいするわたしの尊敬の念を確信してはいたが、わたしの遠慮のせいでそれを正確に推し量れなかったので、親しくなればきまって消えてしまう、遠慮の魅力を壊してしまう気にはたぶんなれなかったのだろう。

わたしは幾分いらいらして小包の紐をたち切り、包装をひき裂いた。靴箱は地衣《ちい》でいっぱいだった。それはごくありふれたサルオガセ属のもので、田舎では方々で見られ、木の幹や枝に、模様を型押ししたような地衣である。その属のものはみな似たりよったりで、せいぜい、よれよれの普通の花型帽章状のものから、ひげ状でなければ、ずたずたの形状をしたものにわたるだけである。わたしのような新米の植物採集者の目にさえ、特別な興味をそそるものではなかった。その郵便物にはいかなる手紙も、カードさえも、添えられていなかった。そのことからわたしは、これは差出人からの好意、贈物を表しているのではなく、ある承認のしるし、さらに、おそらく参加のしるしを表しているのだ、と解釈したのである。

しばらく前から、わたしは地衣に興味をもっていた。(2) 生物学的見地からみた特異性、地衣が示す原始性、現代的意義において最近浮上したばかりの、これまでは未知だったそれのメリットのためである。わたしは、藻類と菌類が共生するという点で、植物相の特異な現象であるこの植物が、他の有機体よりもはるかに環境の放射能を吸収し、他方で、これまたみずからの命とひき替えに、あらゆる起源の大気汚染にたいして敏感に反応するので、大都市から最初に姿を消す植物だ、ということも知ったのである。

わたしは、いくらか予想されていた象徴主義にはまり込み、植物相のもっとも根元的な、不定形な、目立たない代表が、科学と技術との進歩の公害に捉えられたわれわれの世界における最良の見張り番になり（それはすでに多くの国で環境保護の指標として利用されていた）、さらに気がかりな前兆をわれわれにもたらすことを、素晴らしいと思った。というのも、若干の古生物学者によると、しばしば数世紀の、時には数千年もの長寿に恵まれた地衣は、衰退することによって、われわれの生活様式に由来するさまざまな有毒物が、自然の諸要素のうちこれまでもっとも長生きするよう保証されていたものを、まっ先に侵害するということを教えたからである。

ロジェ・カイヨワは、その動機を正確に知っていたわけではないものの、地衣に対するわたしの関心を憶えていた。彼はブルボネ地方(3)ヴァルボワの、以前はヴァレリー・ラルボー(4)が住んでいて、ヴィシー市役所が貸してくれた家に滞在し、その地の誰もが喜ぶ文学的継承をひき受けていた。わたしにそういう親しい挨拶を送ってよこし、それはわたしにとって、簡潔さのなかにこそ、その意味のすべてがあった。確かにわたしは、そういう郵便物を送ってくれた人の内に、自然の感情をうながす自省の素描、ひいては、彼の現実との関係全体をかいま見るような気がしたのである。

植物だけに留めるならば、ロジェ・カイヨワは、植物が彼にとってもうしばらく前から、ある完全な超脱のための、むしろ——彼のなかば＝農民的な幼少期を考慮するならば——ある否認のための対象になっていることを隠さなかった。彼は多少ともそのことを長い南米滞在のせいにしていた。その地で彼は密生した、巨大な、触手さながらの植物のただ中に沈潜させられたことがあり、あらゆる新参の西洋人の例に洩れず、太古の悪夢を再び生きたのである。

彼が南米へ出発したことは、シュルレアリストたちとの決裂をなかば覆い隠しているが、そのグループから別れた理由は、近似と、無償の観念連合に、また官能性へのしばしば過度の崇拝に基づいた、ある種の文学精神が、思考のもっとも厳密で、方法的な行使によって詩に至ろうとしたこの人には無縁だった、ということである。

とはいえ、文学と美術のこの流派がその独占権を保持していると自負していた、もっとも大胆な精神の冒険が、若いころのロジェ・カイヨワを怖じ気づかせたわけではなかった。彼はそれまで大学での研究をつづけていたが、充分に養成された厳密な知的アプローチを、詩的状態が許すか、少なくとも約束する、非現実的ではないとしても、目には見えない世界の踏査に、結びつけたいと思っていたのである。

だから彼は、方法的に、ある種の平静ささえもって、非合理なもの、非現実的なものの開発領域として、眠りがもたらす夢を選んだのだった。夢たちの奇抜さよりも、彼はそれらのメカニズムとみなしうるものに愛着を抱いていた。たとえあらゆる仕組み、すなわち、われわれの論理の仕組みが、明らかにそれには欠如しているとしても。幾年にもわたって彼は、素晴らしい序文類において、さまざまな夢の報告をしたものだった。ある時にはアマチュアによって収集された夢、またある時には諸国の伝説や文学に属する夢——その時にはいささか創意工夫に富みすぎた夢。

ロジェ・カイヨワの知性の可動性は、彼がしばしば依頼によって扱ったテーマの多様性において示され、彼が睡眠中のさまざまな夢にたいして示した興味は、わたしを驚かせた。時どき、彼はそういう手段によって自分自身に、ある否認を与えているかのようだった。それほど彼の精神の明晰さは徹底していたのだ。彼が自説を否認するのは、言うなれば、彼の「白昼」の著作においてではなかったとしても。

わたしは間もなく、彼の思考の明らかに矛盾した、二傾向の原因をつきとめた。精神の放浪である夢想を、時には各種の補助薬に求めるほど、褒めそやしていた旧友のシュルレアリストたちにいら立ち、ロジェ・カイヨワはもっぱら夢の真の営みに愛着を抱いていた。この営みはいかさまでも無償でもない。たとえ、若干の人びと、とりわけ精神分析者たちは、夢のテーマについての、彼らのしばしば相反する解釈が考えさせるように、夢のなかに見るべき以上のものを見るとしても。真の夢の営みは彼にとって、非合理的なものの一種厳格な概念であった。霊感を口実としてさえ、人は自分の精神を弄《もてあそ》ぶべきではない、と彼は暗黙のうちに固く決意していた。自分の精神には、眠りのおかげでしか、いかなる放埒《ほうらつ》さもゆるされないと。驚くべき厳格さ。もっとも節度ある態度を示したのは、もっとも想像力に富む人だったのである（彼はまもなくそのことを証明するだろう）。

しかし、おそらく彼はみずからに課した制約にとうとう耐えがたくなり、絶えざる知的刺激に促され、自著において、自分自身のイニシアティヴか他者の勧誘にもとづき扱ってきた、文学、社会学、政治学、さらに認識論の諸問題の埒外で、使用されずにいた彼の夢想力を解放するようなあるテーマ、より具体的には、ある物体を無意識のうちに探求し始めたのである。

彼はそういう物体を——それは自然が閉じ込めている多数のしるしと関係があるので——大部分はまだ探求されていない自然のなかにしか見いだすことができなかった。人は天地創造の偉大な諸領域とはけっしてけりをつけられないだろう。しかし、いつも漠然としたもの、概念的な思考や、何もかもごた混ぜになる全体的見方の敵であるロジェ・カイヨワは、自然を、そのいくつかの細部の綿密な観察と、しばしばそれらを密かに結びつけるものを元にして、理解するようになったのである。

そのようにして彼は、うわべは互いに無縁な、認識の諸領域に存在する、集中点と接点についての、「対角線の科学」理論の、最初の論証をしたのだった。伝統的な知的専門諸分野を、学問的諸分割を乗り越えて、それまで相反すると判断されていた現実の諸要素間の、密接な関係が素描されようとする。こういう精神的アプローチによって彼は、擬態の現象に魅了され、蝶の翅《はね》に見られる眼状斑の役割を証明したり、蛸[5]——彼はアマゾンの捕捉力ある蔦《つた》のみならず、自分のシュルレアリストとしての過去、ロートレアモン[6]やその「絹のまなざしをした」蛸を思い出さずにはいなかった——の寓意的な機能を分析するようになった。

動物の特異性を研究することを選びはしたが、動物学が行動の観察に留まるかぎり動物学の暗礁である神人同形説に陥る危険はほとんどなかった。とはいえ、夢の探究者ロジェ・カイヨワが知らなくはなかった、動物がわれわれの無意識において占める大きな位置は、曖昧さ、機械的な同化を助長し、みずから実験的に人間性から解放されることを望む自然分析を、曇らせる可能性があった。だから、もし再びアマゾン滞在の記憶が思い留まらせなかったならば、彼はおそらく植物界でもろもろの秘密の探究を行っていたことだろう。そのうえ彼は、アマゾンの重苦しいイメージに、生まれ故郷、白亜質のシャンパーニュ地方のイメージを対置させることがほとんどできなかった。その地方は、彼の幼少期にはまだ第一次世界大戦の痕跡を留め、その被害によって残されたカオスが、原初のむき出しの風景に付け加えられていたのである。

だから、彼のじつは形而上学的な本質の好奇心に捧げられる探究分野としては、鉱物界しか残っていなかった——界という言葉は、不動のものにしか支配を及ぼさない、その自然の分野を指すには、むしろ矛盾していることが明らかになるが。他の界の諸要素は更新によって果てしなく現実化されるのに、この界が先立性と非時間性にもとづいていることは、年代学、歴史にあまり愛着がない精神、ロジェ・カイヨワをいっそう惹きつけるばかりだった。

彼は自然状態の石を取りに行った。「わたしの石は考古学にも彫刻家にもダイヤ細工師にも関係がない」、と彼は書くだろう。「誰もそれを彫像、宮殿、宝石や、堤防、城壁、墓碑にはしなかった……。わたしが言っているのはカットまえの宝石、鋳造まえの金塊、宝石細工人の介入まえの深層の水晶ゲルである……。鉱物学を無視し、石を用いる美術工芸を遠ざけて、わたしは自然石の話をしているのだ。」(7)

彼は重量感、硬さ、無感覚のなかに逃げ込んだ——それこそ真の禁欲生活だ——が、心中ひそかに、断層か、少なくとも鉱脈を見つけることを期待してのことだった。鉱物に関する彼の最初の本で、一種の威厳——テーマが生む——を帯びたテクスト、『石たち』の美しさは、わたしに強烈な印象を与えた。著者はそこで、石たちの描写にいかなる写真も添えず、ただ短い言葉と明快なメタファーを用いて、形、色、時にはなかに宿る透明さを暗示するという、困難な企てをやってのけた。いっそう大胆になって、その描写は対象と入れ替わり、空間に吊されたような像をなして、絶えずその面と角《かど》を反転させ、そのようにして想像力豊かな読者にならば、動く鉱物を鑑賞できる楽しみを得させた。著者が見させたのは、それぞれの読者が自分の望むものを見るような仕方によってであり、けっして断定的な仕方によってではなかった。

石たちのなかに認められる、たいていは凹凸や石目の縞模様を示す姿形に言及するために、ロジェ・カイヨワはよく海洋地理学の用語を援用し、環礁、礁湖、デルタ、岩礁、等々について語るのが観察された。そのように石は彼にとって平面天球図の一部をなし、世界をその全体においてさし示す。そこには、明確に述べられてはいないが、宇宙への参照が見られ、鉱物は宇宙に直線的に結びつけられている。根気強い調査、近視の人の眩暈《めまい》の結果であるこの本は、あらゆる規模を廃し、その正確さを越えて、宇宙讃歌になったのである。

石のテーマは、そのくり返しによって豊かになったので、同じテーマの他の本がつぎつぎ出版され、最後の日付のものがそれに終止符を打つようにはけっして見えなかった。しかし、ロジェ・カイヨワは、石との絶えざる付き合いによって置かれた、少なくともうわべは生命のない空間において、おそらく自分が孤立し、人間的に剝奪されているように感じるまでになったのだろう。彼が地衣を採集してわたしに送ってくれたことは、植物界（その当時はわたしの世界）への譲歩を表し、すでに数年前から彼に取り憑いていた石への情熱の冷却の代りに、自己への、彼の遠い過去への回帰、そのまだ証拠ではないとしても、前兆のように解釈することができたのである。

くり返し言わねばならないが、地衣は植物相の小銭を象徴し、樹皮の単なるかすり傷とか、石の斑点とか見なされかねない。大地には何ひとつ求めず、生体の支えにはいささかも寄生せず、広がって進展したり、乾燥し粉々になってから風によって運ばれたり、降雨によって押し流されたり、旅のまにまに、あちこちにひっかかる。地衣に興味をもつようになって、わたしは本当に謙虚さのなかに閉じこもり、つかのま自分のマニアの共犯者を作っても、何ら累《るい》を及ぼす心配がなかった。

さらに、ロジェ・カイヨワの見解では、地衣は、コケとともに、石たちのもっとも親密な仲間のように思われたのではあるまいか？　石はウメノキゴケの美しいオレンジ色の印をもっていることがよくある。葉状体の成長リズム――種と風土によって異なるリズム――を決定できる測定のおかげで、その年代を算定できる地衣は、しかじかの石――堆石の破片や偶然に発掘された考古学的物体――の、地表への出現の年代を概算することを可能にする。だから、地衣のおかげで、例えば、見捨てられた公園の、身分不明の彫像は、その年齢が明らかになるのだ。しかし、環境の放射能と大気の化学的汚染は、ますます、彫像たちを地衣なしですませるようにする。ロジェ・カイヨワはおそらく、地衣によって時には演じられたそういう役割を知らなかったろう。しかしとどのつまり、地球の生成に関係はあっても、その地理学的かつ考古学的な動向は取るに足りない変化を示しているにすぎないような石たちに関する、年代学的な正確さは、彼にとってどんな価値があったというのだろう？

わたしは白状せねばならないのか？　作家の技巧のおかげで、それらの形姿を心の中で手探りしつつ再構成し、結晶内部の鏡の戯れや、瑪瑙《めのう》団魂――それに沿ってわたしは実際に、息のつまりそうな深層のほうへ引きずり込まれる印象をもった――の明暗さまざまな石目の迷宮のなかにわたしを閉じ込めていた「小石たち」は、初めてロジェ・カイヨワに実物を見せてもらったとき、それら自身に、それらの鉱物的重量感に、還元されたように思われた。彼はその紹介をおそらく楽しんでいたにちがいないが、かなり素早くやってのけた。さながら、小石たちのリアリティは完全に彼の著作のなかにあることを彼もまた意識していたか、あるいはただ単に、鉱物学についてのわたしの無知にあらかじめ失望していたかのように。

わたしはコレクションを前にして感じた軽い失望を、彼が急いだせいにした。それぞれの石は長い検討をうながし、精神の満足を必要とした。この満足は孤独においてしか味わえず、水晶球を前にした女占い師の孤独に似ていた（しかも、ロジェ・カイヨワのコレクションには水晶が欠けてはいなかったのだ）。彼は自著の一冊で、石たちを前にした「なかば霊感を受けた夢想」について語らなかったろうか？

ただ、透明な液体のポットホールをもった瑪瑙《めのう》だけが、いささか長い紹介への権利をもった。その石を移動するときの液体の動きには、太古からの時間がつかのま活気づくのだった。もし石の被膜を破れば、液体は即座に蒸発する、と彼は主張していた。瑪瑙を傾けては、おそらく宇宙開闢の閃光のおかげで生み出された鉱物の虜《とりこ》である不安げな液体が動くのを、飽かずに見つめているのだった。

ロジェ・カイヨワの石のコレクションは、彼が奥さんともども、友人や訪問者たちを迎える客間兼食堂に、あからさまに展示されているのではなかった。部屋の一隅には、陳列ケースがよく見えたが、コレクションの大部分はよそに置いてあった。この作家がアパルトマンのほかの場所へよく行き、そのつど石を手にしてもどってくることから、それと分かったのだ。収集家は自分の逸品を見せびらかしては誇りに思うものだとしても、同時に、それを見せられる男女の内に、危険な羨望を目覚めさせることを怖れる。恋の嫉妬はそうした葛藤にもとづくのではあるまいか？　しかしわたしは、ロジェ・カイヨワが彼の鉱物学的財産の一部を隠していると疑ったとき、彼はまったく異なる性格の感情を抱いていると思った。心底では自分を咎《とが》めないわけではなかった。

彼はしばらく前、オースティンにあるテキサス大学で、もう誰かは忘れたが、フランスの過去の作家、たぶんボードレールに充てられる「セミナー」を指導するよう招待された……。たまたまわたしは数ヵ月後、ランボーをテーマとして、(8) 彼の後任となった。わたしはすでにロジェ・カイヨワとは知り合いだったので、彼のテキサス滞在時の実際の諸条件について情報を得るために、彼に面会を求めた。彼はユネスコの仕事をしていた事務室でわたしを迎えてくれた。それは地下室のような所にあり、その飾り気のなさ、冷たさには驚いた。わたしがつい最近読んだ彼の素晴らしい『石たち』について抱いていた、いささか傲慢な厳しさの印象にぴったりだと思った。しかし、その著者の誠意は、そういう印象を和らげるようになった。彼が鉱物に捧げた、時には少し厳しい美しさを具えたページに、彼の誠意が控え目な感動をもたらしたのと同じ具合に。

アメリカ人が外国人ゲストとの関係において示す友好的な率直さをもって、わたしを迎えてくれたオースティンの大学で、フランス文学科の主任教授は、わたしが指導するセミナーのために予定されたプログラムを見せてくれた。それは背負いきれぬほどだとは言えないまでも、かなり負担の重いものだった。主任教授のロジャー・シャタックは、優れたエッセイストで、したがって彼が受け容れたフランス人作家たちの同僚だったが、それでもやはり、わたしの時間割に与えられた、いささか規定通りの性格を、お許しくださいと言った。

わたしの先任者ロジェ・カイヨワは、主任教授には最良の思い出を残していたが、よく休講したので大学の上層部には不満を抱かせていた。彼は数回ニュー・メキシコ州に旅行し、そこに豊富にある奇石を持ち出したのだった。彼の後を継ぐフランス人作家は、その仕事をもう少し規則的にせねばならぬだろう。その結果、わたしはむしろ厳格なプログラムを尊重するよう「うながされ」たのである。

わたしは過労にもならず退屈もせずにそれをこなすだろうが、数週間は大学周辺からあまり遠ざかることができなかった。毎朝、皮の折カバンを手に、広い大学キャンパスを横切りながら、内心では過去にさかのぼり、はるか西の方、ニュー・メキシコ州でロジェ・カイヨワとともに旅していた。世界有数の大学図書館の書物によって、この州の山々が非常な多様性に富む鉱物を内蔵していることを知った。金、銅、鉄の鉱山が開発されていた。したがって、そこでは鉄を産む黄鉄鉱が難なく見つかり、ロジェ・カイヨワはそれについて自著のなかで語っている。同じく、虹色の赤鉄鉱もあるが、この二重の名称は一方で血の色を、他方で虹色の輝きを連想させ、素人の想像力を掻きたてるものを持っている。

テキサス州の砂漠の、いささか単純な地平線の熟視に、多少とも限定されたわたしにとって、ニュー・メキシコ州はロッキー山脈を思い出させた。そこは子供のころ読書を通して生きた、胸ときめかす騎行の舞台である。さらに、北端がこの州からはみ出しているシエラ＝マドレ山脈とともに、いっそう魅力が見いだされた。数年前、『シエラ＝マドレの秘宝』[9]というタイトルのウエスタン風映画が、フランスで大成功をおさめ、この山の名に、わずかながら魔力を与えたことがあった。ロジェ・カイヨワのこと――だが、いささかの恨みもなく――および彼がニュー・メキシコ州で収集した、多量の奇石のこと

（大学では、彼は出国に際して、その重量を考慮し、航空便ではなく船便でフランスに送らねばならなかった、と言われていた）を考え、彼の収穫——実際は、おそらくこの州の州都サンタ゠フェの鉱石商たちの所で購入された——にわたしはどうして「シエラ・マドレの秘宝」という名をつけなかったわけがあろうか？

ところで、少し後にパリで、ロジェ・カイヨワが石のコレクションを見せてくれたとき、わたしが「シエラ・マドレの秘宝」と名づけた石たちのことを、彼は曖気《おくび》にも出さなかった。用事でしばしばパリにやって来た、オースティンの主任教授ロジャー・シャタックは、ユーモアに長《た》けた人だったので、ロジェ・カイヨワに冗談めかして、彼のくり返されたニュー゠メキシコ州旅行にたいして、テキサス大学当局の側からなされた、過去に遡る規則順守へのささやかな警告を、暴露したということも、まんざらなかったわけではあるまい。そういうわけで、ロジェ・カイヨワはおそらく、わたしがその影響を被ったことを弁えていたので、わたしに見せる若干の石の出どころを示さないほうが思いやりがある、と判断したのだろう。

こういうあまり重要ではない事実にはなんら左右されることなく、われわれの関係は、この時から親密になった。わたしがしばらくしていた田舎暮しが許すかぎり、われわれの出会いは頻繁になった。ロジェ・カイヨワはわたしの、パリ離れの滞在を、明らかに自然と孤独への好みのせいにしていた。かたや彼のほうには一部分、もっと哲学的ではない、他の理由がいろいろあったのである。

わたしがパリに旅行したときには、彼は、わたしが妻を伴って一時的に引退していたジュラ山脈での活動や、長い散歩のあいだに発見するものや、わたしの園芸家としての活動から抽き出される精神的利益について、どれもおそらく友情だけでは説明しきれない関心をもって訊ねた。少なくともわたしはそのように考えたのだ。自然界との関係に、真に情熱的な性格を与える作家や美術家たちもいるということを見失うならば、ばかげた表現に思えるかもしれないが、彼は三十年前に自然界と縁を切ったので、わたしの生活について訊ねることによって、精神的に維持していた、生活のこの重大な形態と再び結びつく可能性を、おそらくいろいろ見積っていたのだろう。

しかし、この植物界、つまり大地、水、日光が含まれているこの世界は、いま彼の精神、彼の精神的生存において、いかなる位置を占めることができるのか？　石たちのなかで彼は、宇宙の全体、その概略、そのエッセンスに到達しようと努めていた。そしていま、植物界とその無数の属性でもって、すべてを再編成する必要があったのだろう！

彼がわたしの田舎暮しについて訊ねる理由は、精神的に植物界に近づけるのは、彼の同類、ある作家を介してのみだからだ、とわたしは想定していた。あたかもわたしは、自分の例によって彼のために、ある道、少なくともある道の端緒を、切り拓《ひら》くことができるかのように。彼にはたちまち彼独自の、申し分なく対角線《オブリク》の（この形容詞は彼の知的アプローチのキーワードである）道が拓けだろう、とわたしは確信していたからである。

彼が送ってくれた地衣の内にわたしは、彼の改心の芽生えを見なければならなかったのだろうか？　採取された植物見本の無価値と、地衣が詰められた小包の荷作りがその証拠である不器用さまでが、ほとんど感動的にさせる改心の芽生え。よく吟味してみると、地衣は、ロジェ・カイヨワにたいして、わたしが、このあまり「草木」らしくなく、衰えゆくばかりの植物にたいして抱いている興味の、いささか限定的な解釈を、助長しているように思われた。わたしは、彼が読んでくれたテクストにおいて、自然環境保護の警報のランクにまで昇進した地衣の有用性を、たまたま思い出させていたのだ。放射能や化学物質の大気汚染には、はるかに取り扱いやすく、正確な探知方法があるのだが。この地衣の小包を送ってくれた直後、ロジェ・カイヨワは、手紙のなかでこう書いていた。「……あなたの著作には日常の、あるいは現代の問題に触れていないものはけっしてありません。世界におけるそれほど豊かな存在感が、わたしには羨ましい。」

世界における存在感は、おそらくわたしよりも彼のほうが強いだろうが、別の仕方によってなのである。彼は時代の出来事にいかに注意深い態度を示しても、具体性を凌駕し、そういう哲学的距離に満足していた。その具体性という讃辞でさえ、わたしをそこに閉じ込めようとしていた。わたしの地衣にたいする興味のなかに、彼は植物界の謎を前にした問いかけよりも、このつつましい植物がその啓示者であると判明した、現代社会の諸悪を告発するひとつの仕方を見ているように思われた。

それぞれの教養と進路が、われわれの観点の幾らかの相違を説明していたものの、ある共通した興味と感覚がそれを抑えていた。大きな国際的組織への各自の参加に至るまで、われわれを時には対立させるほど、違いを際立たせないものはなかったが。彼はユネスコで仕事をしていた。そこで人びとは、とりわけ最貧窮国における精神的欲求に応え、まずそれを目覚めさせることに尽力していた。わたしのほうはO・M・S（世界保健機関）と、ごく時たまだが、F・A・O（国連食糧農業機関）で仕事をしていた。アジアとアフリカで、諸国民全部が病気と飢餓で（一般的には、両方で）死ぬのを防ごうとしている人たちに協力して、彼らの活動を著書によって報告するために。[10] ロジェ・カイヨワとわたしが参加していた人道主義的な任務は、結局補い合うものだったが、少なくとも、何が優先権をもつかについて、しばしば競争相手になったのである。

わたしが現地に同行した医療班のメンバーたちは、緊急の仕事をしているという、ともかく根拠のある確信を持っているので、単なる疫学調査のためであっても、少しも拘束を受けないように、ユネスコの「伝道者たち」の先を越し、さらに一時的には、彼らを進路から追い払うことも辞さなかった。われわれが出会ったユネスコのある代表者のことをわたしは思い出す。彼は数日前からジープを運転して、ソマリア南部の砂漠を駆け回り、遊牧の羊飼いたちを探していた。彼らに陶器製造——将来の教育をいっそう推し進めるための基礎として役立てることを目的とした手仕事——の初歩を伝えることを引き受けていたのだ。しかし、ソマリアのどこで粘土は見つかるのか？　パリのユネスコの、ロジェ・カイヨワが自分の石たちについて夢想していた事務室に近い、別の事務所では、クルド現代文学の不充分な普及とか、プール族の造形芸術の再生とかに関する二編の報告書のあいだで、ソマリアの粘土のことが問題になっていたのではあるまいか？　わたしが同伴していた医者たちは、その変化に乏しく、正確な境界のない砂漠の、どこでラアヌウィヌ族やガラ族の遊牧民たちに会ったらいいのか知っていた。わたしたちはその日、ちょうど彼らを訪ねるところだったが、ユネスコの専門家には一言も声をかけなかった。それはひげを生やしたオーストリア人で、錯乱に近いまなざしをしていた。むなしい彷徨にと見捨てられていたからである。

多少とも類似の諸事実のなかで、このささいな事実のむしろ不快な思い出を、わたしは持ちつづけていた。遍在する飢餓については触れないとしても、世界保健機関の人たちとともに、マラリア、時にはコレラ、さらにペストが猛威をふるっている地方へ行ったわたしも、たいていは中都市において、ユネスコの任務を帯びた人たちに会うと、ちょっぴり辛辣なからかい気分になるのを、なかなか抑えきれなかった。われわれは、悲惨と瘴気《しょうき》の世界から抜け出してきたところなので、彼らを、過度に洗練された文化、精神の貴族階級の代表者たちとみなさずにすむのが、関の山だったのである。

ほぼ二十年後に、地衣についてのわたしの観察に関して、ロジェ・カイヨワがわたしの内にアマチュア生物学者と自然環境保護論者《エコロジスト》としての関心をしか見ていないように思われたことは、アフリカやインドの奥地で、彼の国際的な同僚たちに多少ともお誂え向きの任務が、時おりわたしに抱かせた感情を、ひそかに蘇らせた。植物界に足繁く通ってこそ得られる、本質的な理解法についての、彼の自発的な無知は、わたしに対する彼の態度を説明していた。とはいえ、わたしの領分で素早くわたしに追いつくために彼がした多少の努力は、明白に、彼はその領分をむしろ狭く、自分にとってあまり興味がないものと判断していただけに、いっそうわたしに対する友情を示していたのである。

「ヴァルボワは地衣で被われています」、と彼は、最近送ってくれた小包の価値を貶《おとし》める危険を冒して、わたしに書いてよこした。「それを確認しに来てください。」彼の招待はわたしを感動させたものの、少し皮肉っぽく微笑《ほほえ》ませもした。彼は多くの専門分野において博識の人なので、当然、計画された研究対象の体系的な識別を、第一の義務とみなしていた。一方わたしは、地衣の多様性と特異性だけで満足する気になっていた。書物のなかでさまざまな地衣に与えられる学名は、漠然とした連想に由来するもので（それゆえ、ウメノキゴケ[11]は楯から、ヤグラゴケ[12]は小枝から由来する、等々）、語源的にはあまり適切でないように思われもしたからである。

とはいうものの、石が問題であるときには、ロジェ・カイヨワは大学から受け継いだ方法の精神をまるっきり示さなかった。鉱物を前にして彼は、あらゆる科学を投げ出し、いかなる分析にも頼らず、霊感を受けたとは言わずとも、直感的なアプローチを採用した。とはいえ、最高の厳密さをもって、詩的な近似を排除したが。彼の筆になると、石のさまざまな面での、まなざしの彷徨の果てに（彷徨という言葉はここで、さまざまな面の規模が彼の注視のもとに途方もなく増大する、ということを示す）、明快なメタファーが噴き出した。それは、人がある仕方で石を裏返すと、石そのものから発せられる、強烈な反射のようなものだった。

こういう極度の精神集中、あるいは彼自身が彼の神秘神学と呼ぶものは、鉱物の中心でいつも、より前方に入り込むように彼を促す。やがて彼の著作では、さながら洞穴学者が降りてゆく深淵の曲り角に沿って、時どき認められるランプの閃光のように、断続的に到達する、きらめくイメージしかもはや見られなくなるだろう。石の秘密をこじ開け、その起源に達するよう努力して、彼は時間、歴史を逆流させ、この世の永遠を目ざした。ところが突然、中途で彼は、ある植物相のイメージにめぐり会ったのである。樹状突起《ダンドリット》。

それは鉱物の中心における、とりわけある種の瑪瑙の中核における樹枝状化であり、深成か火山かの起源をもつ白熱したマグマの冷却に結びついた、何か分からない現象のあとで、全体が分岐した、小さな結晶たちの集合に由来する。こういう時には微小な植物像が、鉱物の表面そのものなり、しばしば、透明かただ半透明なだけかの塊の深層なりに現れるのだ。樹状突起はよく、寒い時に湯気で曇った窓ガラスに付着する薄い氷の華に比較された。自然の諸型のある異常型の反復。いかにして植物の構造がまた、水晶の中核や、石を被う溶けかかった雪の層に見いだされるのだろうか？

わたしは最近、自分の記憶をたどってみても、その日くらい完全な域に達したためしのない、その現象を観察した。ある雪解けもよいの朝、ジュラ山脈の自宅のテラスで、わたしは石のベンチを被う雪を掃いていた。そのとき、その表面に、多少とも絡み合ったさまざまな植物の、じつに豊富な全体を表している、氷のデッサンが出現したのである。それらの細かい屈折した茎と浅裂の葉には、透かし模様の正確さがあった。だから、自宅の菜園で栽培する葉菜と馴染《なじみ》のわたしは、結氷の生成を、同じ大きさ、ほぼ同じ外観をもつチャービルと結びつけた。氷のほうには少し異質の性格が認められたが（しかし、われわれの植物相では、セリ科にはなんと多くの変種が認められることか？）……。この現象は数日たって再発し、それからもう雪は降らなかった。冬は終ろうとしていた。

わたしはパリでまたロジェ・カイヨワの家に行った。会話のはずみで、そのささいな発見に言及し、結氷のチャービル——やはり多少は疑わしい——の描写をした。わたしも手伝って作ったばかりの昼食の熱気のなかで、わたしは大声をあげて夢想にふけり始めた。「もし空が、この世の諸形態を産み出した、彷徨《さまよ》う子宮たちでいっぱいだったとしたら？　もし例外的な状況において、こういう創造力の残り、創世記の真の残りものが出現したとしたら？　十六世紀にはまだ人びとは、化石を、普遍的な形成力に負う海生動物の粗描とみなしていたのではなかったか？」

わたしは楽しんでいたが、ロジェ・カイヨワは、わたしの話を注意して聞くどころか、明らかに少しいらだちを感じていた。彼は例の「跳ねるインゲンマメ[13]」をよく記憶していたのだ。中米から到来したこのインゲンマメたちには、それぞれ内部に一匹の虫が住んでいて、初めはごく小さいが、成虫になると肥大して、種子の跳躍をうながす。アンドレ・ブルトンをも含む、彼のシュルレアリストの友人たちによって演じられた奇想天外が、彼らとの決裂の数ある理由の一つだったのである。

ふざけていると自認していながらも、わたしは自己弁護のために、われわれは自然において絶えず偽＝超自然の挑発の的になっている、と主張した。同様に、樹状突起、鉱物の中核における樹木状のものにしても……。彼はそれについて、こう書かなかったか（わたしはいま、あのとき記憶で引用したものを、正確に復元することができる）。「まぎれもなく植物の外観をもち、かくして、相入れない界に属するこの偽シダ類（樹状突起）は、同時に不活性のものと有機的なものを支配する、より広範な諸法則があるということを精神に知らせる、という確信にわたしは抵抗することができない[14]」

ロジェ・カイヨワがすでにかなり以前から強い関心を示していた非対称性は、とくに現代生物学の前途遼遠の場である、分子の非対称性[15]とともに、不活性のものと有機的なものに共通した諸法則についての、彼の意見の正当性を確認することになる。いずれにせよ、彼が地衣を送ってくれたことと、わたしのなかば＝田舎暮しに彼が示した興味とを、その約束とわたしがみなした、自然への、生物への彼の復帰が、今度は完全な幻想のようにわたしには思われた。たとえヴァルボワでくり返される彼の滞在が、その復帰を信用させるように思われたとしても。

彼は、明確な目的のない探求や調査のなかに閉じこもることに、完全に意識的だった。「……時どきわたしには、自分が怠惰、習慣、衰弱によって、偏執狂的な活動のなかに滑り込まされているように思われる」、と彼は書いてよこした。「そして当然、その結果として、わたしのテクストにはますます反響がなくなり、［反響は］わたしがテクストのなかに導入しようとするものと関係がなくなる。」彼は、読者たちを、著作から著作へと続けられる一つのテーマ――ここでは石たち――の展開に与《あずか》らせるのは、きわめて困難だということを見失っていた。多くの読者たちは、彼の反復、異文に当惑し、途中で著者を見捨てる。フーガの技法は作家には禁じられているのだ。「求めたわけではなく、事の成り行きで、われわれ、あなたとわたしは、いくらか〝他と切り離されて〟いる」、と彼はさらに、わたしを自分と同一視して書いている。おそらく地衣のせいだろうが、とにかく彼は、わたしが地衣を介して探究しているもの、さらにわたしの他の関心事の若干に気づいたのだった。

それらの関心事のうち最近のものは、わたしが暮している狭い谷間の上に張り出した断崖の崩れた岩石が、目の前にもたらした化石たちを対象としていた。それらはわたしを地衣から遠ざけたが、本当に解放することはなかった。というのも、地衣もまた、おおむね、大地のはるかな時代に属し、なかば海藻で、わたしのアンモナイトや矢石類(16)がそこから生じた海という要素に関係があったからである。

わたしは最初、アンモナイトと矢石類は、ロジェ・カイヨワがみずからの専門分野とした鉱物界と、かなり定義しにくいが、生命の主調をなす領域とのあいだの、懸橋であるという印象をもっていた。たとえこの領域は、わたしがそれまでそこに留まっていたという思い出、痕跡としてにすぎないとしても。間もなくわたしは、化石においては鉱物のほうが優勢だということを知るに至った。原初の軟体動物の結晶化は、殻の表面を存続させさえしなかった。至るところで、石は露出し、軟体動物を不在にした。軟体動物を、その痕跡さえ留めず、その造形的再生に、その肖像に、置き換えたかのように。アンモナイトにおいては、螺旋形、つまり無限がそこで巻かれ、解《ほど》ける図形しか読み取られない。その形状、輪郭によってアンモナイトは、抽象に、幾何学にしか属さないのである。

ただ、時おりその螺旋形は、外側の末端の所で、ねじれた塊から少し離れている。わたしは書物を通して知ったのだが、アンモナイトでは、それが繁殖した時代の末期(三畳紀の直後?)[17]、生体としては永久に姿を消そうとしていた時に、そういうことが起こったのだ! わたしにはその死のしるしが、最後の動きを永久に固定したかのように思われた。もうすこしでそれが元々《もともと》のものだと信じられかねない、その鉱物的状態を、その軟体動物から少し引き離すために、わたしはこの最後の瞬間にすがりつくこともできただろう。

そういう要望に促されて、わたしは自分のアンモナイトのいくつかに、螺旋形の緩みの微かなしるしを発見する(発見する気がする)までになった。そのことをわたしはあるテクストにおいて、自分の書くものでは夢想が大いに関係していると言ったが、おそらく充分には強調しなかった。ロジェ・カイヨワはその文章を読んだが、オブジェになりきって古生物学から考古学へ移行されたかのような化石を、再び生物界に結びつけようとする、わたしの試みに深入りはしなかった。

しかし、いわゆる緩んだ螺旋形をしたアンモナイトでもって、わたしは何を探究しようとしていたのか? ロジェ・カイヨワの鉱物にたいする排他的な愛着と、鉱物が自然の秩序において彼の側から受けていた過度の優遇が、わたしの内に抱かせていたなかば無意識の異議は、より単純な論拠に立脚することができたのではないか? アンモナイトは、その塊の奥底まで結晶化されているにもかかわらず、完全に巻いた螺塔をもつものは、充分に生の形を永続させているのではあるまいか? アンモナイトは、ごくありふれたカタツムリも含めたそのあらゆる同類のように、誕生時からその殻を分泌していた。殻が描く螺旋形は、以後、内向を示しつづける。内向は、ミミズや爬虫類から人間まで、さらにそれが素描されるにすぎない他の動物たちも含め、あらゆる生物において、休息の、静的存在の、自然な姿勢である。いわゆる「体を丸めて眠る」姿勢、じっと動かずにいること、鳥が翼の下に首を埋めること、昆虫が体を縮めること……。存在の充足が明確に現れるのは、行為においてではなく、休息においてである。アンモナイトからは数億年以来、とぐろを巻いた蛇のなかにある光り輝くもの、ありとある名において光り輝くものが発散していた。アンモナイトにおいては、鉱物から生命が四方に広がっていたのである。

「あなたには化石の話はしません」と、ロジェ・カイヨワは書いてよこした。「それにアンモナイトのテーマについても。お分かりのように、それはわたしにも親しいものですから。」わたしは、できるようになった暁《あかつき》には、いま述べたばかりの論拠をもって、彼のために、このテーマをまた取り上げることを決心した。しかし、彼はすでに自分の専門分野に閉じこもっていた。「わたしは見事な、奇妙な《パラドクサル》「鉱物学では、意外な形を示す結晶について言われる」石たち、仮晶の石たち［他の鉱物たちに固有の結晶化を示す鉱物たち］を見つけました［買った、という意味］。あなたにぜひ見てほしい……」

彼はそれらを見せてくれるために、パリの自宅でわたしに会う約束を定めた。彼は外出していて遅刻し、わたしは奥さんとともに待っていた。とうとう彼は現れたが、しどろもどろで、街なかで気分が悪くなったのだと言う。オーバーの片側が肩の上まで、また背中の全表面が、雨の日にはパリのアスファルトを所々被う浅い泥によって汚れているのが、その証拠であった。わたしは野次馬たちの輪の真ん中で、彼が倒れているところを想像した。かつて時おり見かけた、発作を起こして歩道に横たわり、痙攣でもがく癲癇《てんかん》患者のように。彼は意識を取りもどすと、二人の男の手を借りて立ち上がり、衆人環視の下に晒《さら》された情景に、おそらく屈辱を覚えて、誰かが救急機関に電話しに行くのを拒否した。誰もまだ電話をかけていなかったということは、彼の失神があまり長くは続かなかった証拠であった。

彼はいまそこにいて、当惑したように、どこにも打撲傷を負っていないと請け合っていたが、奥さんは彼の前で茫然自失していた。冬の夕べはアパルトマンを暗くしていった。わたしは、とりわけフランス・アカデミー会員として選出されてからの、彼の休む暇もない社会生活と、いやます名声のためにそれまでわたしの目から隠されていた、この人の孤独に気づいていた。呼ばざるをえなかった医者に席を譲るため、わたしは急いで暇乞いをした。ロジェ・カイヨワはわたしを引き止めようとしたが、あまり固執はしなかった。疲労の色が、少し赤らんだ頬をした顔を際立たせていた。

翌日、彼が電話で話したところでは、失神した理由《わけ》は、かかりつけの医者によると、数日前の投薬のせいで、それは時どき異常に強い反応を惹き起すのだという。医者としてのでまかせの嘘、あるいはおそらく、自分の虚弱さの理由を憶測されまいと腐心する病人の嘘。ロジェ・カイヨワが前日、卒中に打ちのめされた原因である高血圧は、数年来の過度の飲酒のつけだったのである。

飲みすぎは、免疫性の危険な見せかけだが、彼の精神の力強さと明晰さをいささかも損ねなかった。おそらく生れつきの自尊心に導かれて、彼は、明晰さと創造力との奇蹟的な維持の代償である体調の悪化を、友人たちに打ち明けなかったのだろう。彼の創造力はアルコールからいかなる追加分も引き出していたわけではない。創造力の持続性と規則性がそのことを証明している。そのうえ、ロジェ・カイヨワは、飲んだあとでも、いかなる興奮も、さらなる陽気さも、特別な陶酔も示さなかった。いったい彼は酒のなかに何を求めていたのだろう？　おそらく明晰な絶望への治療薬だったろうが、それはきまって幻想に終ったのである。

わたしは彼を理解し始めた。鉱物界が彼の上にもたらした魅惑は、死への試問に等しかったのだ。多年にわたる研究、思索、夢想の果てに、年齢も記憶もない鉱物が具現している還元不能性に、敢然と立ち向かわねばならなくなった。彼は鉱物を左右上下に回転させ、そこから反射、微光を引き出し、なかに宿る透明を発見し、表面の色線や凹凸を指で倦《う》まずになぞっても、むだであった。それらの微光はその鉱物を解明せず、透明のぼんやりした影は消えてしまい、色線はいかなる理解可能なデッサンも形成しない。彼は途中で、封印されたメッセージに絶えずつき当っていたのである。

彼がある霊感を受けたのは、その時である。それは偶然にコントのなかでのように、意外な場所で起こった。略綬形の珍しい白燧《すい》石を産出する石切場がある、トネール市のある排気坑においてだった。この燧石は彼の唯一の遺作、『記号の場、あるいは隠された反復』(18)の出発点をなすだろう。この本には、出版の日付は図らずも没後になったものの、すでに遺言の性格が具わっている。

ロジェ・カイヨワはこの薄い本のなかで、自然における具象と抽象との、無生物と精神との、融合に関する彼の概念を定義している。それ以前の諸作においても、彼はすでに「さまざまな界のあいだの断絶のない連続性」を主張していた。とりわけ——そこに賭があった——鉱物界のことを考えつつ。この新著において彼は、「わたしはますます、二種類のイメージをうまく見分けられなくなった。石のなかで氷結するイメージと、仮構《フィクション》の発散物に由来するイメージ[19]」、と書くまでになったのである。

完成の域に達した大地に存在する、あらゆる原初の形態、それらのあいだにある諸関係、それらが構成するいろいろな集合は、われわれの霊妙な生命の諸様態、さまざまな思考、精神現象の深層、想像力の諸産物のなかに、一つの等価物、一つの忠実なレプリカを見いだす、と彼は考えるまでになった。われわれを取り囲み、最初は物質を形成し、以後その構造を維持している、諸力の機能を、われわれの精神機構は、いわば再生するだろう、と。われわれは、要するに、世界の精神そのものだろう、と彼はほのめかす。それはわれわれの内で忠実に反映されるだろう、と。

ロジェ・カイヨワによると、そういう根本的な同一視は、われわれの精神現象のもっとも生《なま》の産物、つまり充分に古い匿名の産物、普遍的なテーマをもった伝説、お伽噺、物語のような、古来からの伝達によって多少とも作り直された産物においてしか、確認されることができなかったという。こうした発生期状態の、だが習慣によって存続した文学から始めて、ロジェ・カイヨワは、トネール市の石切場の、奇妙にも略綬形をした白燧石について、こう書くまでになった。「……モデル、模擬、意図、野心は、あるいはそれらを予告するものは、石から始まって、鋭敏な、触知できない、瞬時の思考まで、同じものである。とはいえ、思考のほうが、場合によっては、石よりも厳密さによって堅固で、長続きする。石のほうは浸食によって粉々になり、酸によって侵され、衝突や音響［超音波への暗示］によって粉末になるかもしれない。正確な論証は、岩よりも揺るがし難い[20]。」

彼の話が詭弁と大同小異だということは、さほど重要でない。われわれの存在のもっとも個人的な部分、われわれの記憶、想像力によって培われた思考は、たとえ知らぬまに、そこに集団精神が存在するとしても、世界を形成し、その存続を確実に行っているあらゆる運動に似ている、とついに想像するようになるには、虚無《ネアン》の観念によって完全に絶望していなければならない、ということだけを記憶に留めていただきたい。自分が宇宙の現実のなかに、つまり、石たちの形態と石目のなかに、水の流れや鳥の飛翔のなかに、永久に存在すると想像するには、いかに死がわれわれを孤立させ、独占し、放棄しているかを、痛切に感じていなければならないのである。

わたしは、数週間の留守をしたあと、ロジェ・カイヨワに出会ったとき、彼の顔は、以前よりも少し充血しているように思われたが、丸々と肥り、陽気さが表れていたので、赤ら顔と形容してもよかっただろう。とはいえ、数分お喋りしたあと、彼の表情は曇った。ロジェ・カイヨワは目が悪いことについて愚痴をこぼし出した。もっと正確に言えば、コンタクト・レンズをかけるために味わう困難について。かかりつけの眼科医が、どういう理由《わけ》か分からないが、メガネと替えるよう勧めたのだった。

コンタクト・レンズを眼球の上に固定するために、しっかり見て指の間でつまむには、あらかじめ四角く黒っぽい織物の上に置かねばならない。しかし、レンズをはめる邪魔になるメガネを外すので、レンズがよく見分けられず、手探りし、裏返しに持ち、等々で……、レンズをうまく瞳孔に密着させられなくて、いらだち……、ひどくいらだったので、その空《むな》しい努力を思い出しただけでも、わたしの面前で、彼は再び同じ状態に陥った。

わたしはそういう彼を見て驚き、ちょっとつらかった。彼は目を細め、百面相をして、指から滑り落ちる透明な小レンズと空しく悪戦苦闘するさまを、細々した仕草でまねた。レンズのなかであらゆる結晶、彼のコレクションの想像上の石英、縞大理石、オパール、瑪瑙、玉髄たちが、彼をばかにしているようだった……

彼が長々と描写し、恨みがましく、ガラス製小レンズにたいする毎朝の格闘を詳しく語るシーンは、悪夢の色合いを帯びていた。レンズたちは蚤《のみ》のように、濃い青だと彼の言う——いま思い出したのだが——四角い布切れの上で跳ね回る。彼の夢への好みは、けっして彼を見捨てず、彼に幾編ものテクストを産み出させた。新しいテクストが書けないとき、彼はそれらが再版されることを認めたので、彼は、ほんのわずかであれ、超自然的なものを扱う人とみなされるようになった。その後、石たちに関する諸作は、大いにそのことに貢献した。魔術と大差ない、とみなされたのである。

今日あのシーンは現実に存在したようには思われない。その二週間後、ほとんど突然にやって来たロジェ・カイヨワの死は、わたしの記憶のなかで彼に予感の照明を与える。実際には、ロジェ・カイヨワはすでにしばらく前から、われわれから遠ざかっていた。種《しゅ》たちの狭い運命に把われ、四季折々の変化に従う生物界の欠陥を免れた領域において、彼は幻覚者としての才能を発揮していた。鉱物に愛着を抱き、数十億年このかた不動である、地球のこの領域と、彼は一緒になっていたのだった。新たな奇蹟を期待しつつ。

ザンクト＝パウリの夜

ミシェル・フーコー(1)

わたしは、ハノーバー発の汽車がハンブルクに着けば、プラカードをもった人が出迎えていると知らされていた。当日わたしと同時に下車する旅行者は夥しいので、そういう用心はぜひ必要だった。わたしはホームに降り、先を行く人びとの雑踏を通して、また彼らを出迎えにきた大勢の人たちのなかに、わたしのためにプラカードをもったフランス会館の職員を目で探していた。

わたしには館長本人が部下の代りをつとめるなんて考えられもしなかった。というのも、晒台の受刑者さながら、プラカードをしっかり握って、群衆の波の真ん中につっ立っている姿は、外国においてフランス文化を代表する人に要求される威厳とは相容れないように思われたからである。

しかし、それはまぎれもなく彼、館長のミシェル・フーコーだった。〈フランス会館〉という語が太文字で書かれた長方形のボール紙を、ほとんど顎のところまで掲げた彼の口から、すぐさま知らされたわけだ。彼の若々しいようすに驚いた。おそらく、皮肉と一種の挑発さえ読みとれる微笑《ほほえ》みによって強調されていたのだ。彼はいちどもわたしに会ったことがないのに、人混みを眼配りする必要もなく、人びとの頭越しにただ眼をさまよわせていた。たいていの人には、それ以上の注意を凝らすまでもなかったのである。

それは完全な冷静さをもって、それだけで勧誘の価値がある彼個人の部分を、他者にさし出す露出狂の態度そのものであった。そういう人物のイメージがわたしの記憶に刻み込まれるだろう。それは永久に彼を定義することになった。その群衆の動きのなかで、のちに彼の全盛期の哲学的な、あるいは政治的な運動のさなかで示すことを止めない、〈流れに逆らって〉微笑む平静さのなかに、そのとき彼を閉じ込めて。

わたしにドイツ語の心得があるのを知らないので、タクシー運転手と思わぬ誤解が生じるのを避けてくれようとして、彼はみずからわたしを出迎える気になったのだった。おまけにそのおかげで街をすこし案内してくれることもできる。彼の問いに答えて、わたしは街のことをよく識らないと言ったところなので。彼のもてなしはとても親切で熱心だったから、わたしは外務省が彼を、大学の資格を十分もっていることをも考慮して、まだ三十五歳にもならないのに、ドイツの大都市の大衆に公開されている文化機関の管理をまかせたことに驚かなかった。彼についてのいわゆる知的評価に関しては、すこしたって公的に、彼の著作において明らかにされるだろう。まもなく教えてくれたところでは、彼は処女作を執筆中であった。

さしあたり彼は、外務省の文化関係事業との合意のもとに選んだ、未来の同僚の幾人か、時には講師を迎え入れることで満足していた。そのころ文学の有用性に異議を唱えがちだった哲学の前衛をいかに代表していたとはいえ、彼のほうは見識の広さを示し、おそらくそこにこそ、見事なもてなしの表明を見なければならなかっただろう。さらに、当面わたしも含めて作家たちのそうした訪問は、彼にとって公務が完全に必要とする、市《まち》のブルジョワ階級との距離を置いた態度によって保たれた、ある種の社会的孤立から、彼をひき出す利点をもっているように思われた。フランス会館の多数の大学生大衆に関しては、彼らは、年齢の違いも加わって、館長にたいし伝統的なドイツ風敬意を捨てることがなかった。

それは土曜日のことで、わたしは夕方には講演をしなければならなかったので、月曜日の朝までハンブルク滞在を延長するつもりだった。つぎに訪れる予定の、ラインライト所在の市には、さほど魅力を感じていなかった。そのわけは、ハンブルクにはまだ来たことがなかったものの、そこはわたしの記憶につよく残った所だったからである。戦時中、わたしはハンブルクが炎上するのを見たのだった。

火災の広がりと激しさは、その市からの距離を縮め、夜中の地平線上に、絶えず閃光の蘇りが駆けめぐる赤味がかった北極光のようなものを昇らせていた。若い捕虜だったわたし(2)はいかなる感動もなくそれを眺めていた。ウクライナのすぐそばに位置する懲戒収容所から戻り、その二年前には、フランスのノルウェー派遣隊に参加したことのあるわたしは、戦域の広さをあまりにも意識していたので、たとえハンブルクにせよ、たんなる一都市の消滅を、わたしの収容所によって印される重要な状況とみなすことはできなかったのである。

しかし、それにつづく日々に知ったことは、わたしを無感動からひき出した。ハンブルクからもどったドイツの労働者たちが、燐焼夷弾によってほぼ連続的に行われた空爆の恐怖を語ったのだった。市の全地区が火に覆われた。住民たちは、窒息の惧れがある地下室から火災によって追い出され、道路ではまた足もとから火災に迫られるはめになった。歩道と車道のアスファルトが燃えていた。腕に抱えたり手を引いたりした子供づれの女たちは、地区によっては数の多い運河に身を投じ、水上で舞う炎の照り返しのなかを流れていった……。

わたしは市がすでにずっと以前に再建されたのを知っていたが、まもなくそれを望見するというとき、自分の過去の片鱗がまた現実化しそうな期待が、自分の内に蘇ってくるのを感じた。すっかり復元された道路の代りに、ハンブルクの運河が、わたしの記憶に欠落していたあるイメージを与え、そのころ戦争によって課せられたもろもろの感情にもまして、ある日わたしを高揚させた感情をかき立てようとしていた。

われわれはすでに駅の外に出ていた。前方には、むしろ最近の大きなビルが建ち並んでいたが、じつを言うと、年齢のない、月並という早熟な緑青に覆われた、画一的なビルだった。どっしりと頑固で、歴史を否認していることに、わたしは不愉快だった。およそ二十年前に、子供といっしょに運河に入水したハンブルクの主婦たちの自殺が語られたとき、わたしが屈した心の動揺は否認され、少なくとも無とみなされ、価値ある正当化ができないかのようだった。

市《まち》がわたしの記憶にもたらしたかと思われる否認と闘う暗い要求は、火災の証人たちが描いてくれた情景の恐怖を、ミシェル・フーコーに話してみたい気にさせた。わたしはおそらく何も彼に教えないだろうが、あまりそれには頓着しなかった。わたしの過去、わたしの内心の総括は乱されてしまい、要するに、わたしは大声で自分の勘定をやり直しているところだった。話を強調するために、そして教養人といっしょだったので、わたしは旧約聖書のあるイメージに訴えた。

——まるで聖書のソドムとゴモラの破壊のようでしたよ。ほら、「硫黄の火が降り、炉の煙のように地面から煙がたち昇る」(3)。ドン・カルメは『聖書辞典』のなかでこの描写をとてもうまく解釈していま す。彼自身はこの描写をすこし「聖書的」すぎると判断したに違いありませんね。ソドムとゴモラは死 海の果てに位置し、その水はいつも多量のタール、つまりアスファルトを含んでいます。とても燃えや すい物質ですね。これが岸辺に堆積していたのです。だから、おそらく雨を伴わない雷が落ちれば、雷 か、こう言ったほうがよければ、エホバの手からほとばしった稲妻だけで、呪われた二都市の破壊を惹 き起こすのに充分だったのでしょう。

ミシェル・フーコーは頷くだけだった。ハンブルク市は火災の宿命に定《き》められているようだ、と彼は教えてくれた。市の歴史はいくつもの火災を経験していた。一八四〇年ころ、火災がとくに市最大の教会二つを破壊し、市の優に三分の一を縮減させた。今度ばかりは、ソドムでのように、この災害のなかに神の御手を見るわけにいかなかった……。彼は破壊された(そして以後再建された)二つの教会の名をあげた。サン＝ピエールとサン＝ニコラ。そして奇妙な回り道によって、この二つの名はわたしにすぐにもある質問をしてみたい気にさせた。そのときサン＝ポール教会はあったの？ でもわたしはそれを口にするのを控えた。サン＝ポール(ドイツ語でザンクト＝パウリ)地区は、全ドイツと北ヨーロッパにおいて有名な歓楽地だったのである。

ベルリンではフランス人たちがわたしに、この地区で支配的な、極端な放縦よりも、ドイツ人たちが──とにかくハンブルクの人たちが──、まったく遊蕩産業とでも呼ばざるをえないようなものにおいて示す、リアリズム、方法的な組織化精神のほうが面白い、と話していた。わたしも含まれる大部分の外国人にとって、この地区への「観光的好奇心」という性格が、そこで提供されるものに優っていた。

とはいえ市に着くやいなやザンクト＝パウリについて探りを入れ、わがホストにわたしについて予期せぬ見解を抱かせることを惧れ、質問をぐっと呑み込むほうを選んだのだった。

車を走らせているあいだわたしがこの市について発見したことは、注意を向ける必要があったものの、駅を出がけに感じた失望のようなもの――われわれの想像世界はわれわれにとって一つの祖国なので、居心地の悪さ、と言ったほうがいいかもしれないが――を増大させてゆかずにはいなかった。いかめしく、豪奢な、都心の高層ビルは、たいてい一階が銀行、保険会社、船会社、弁護士事務所などで占められ、大きな港町の、会計や法律関係の中心をなしていた。沈黙した、留守のような港町は、ハンザ同盟(4)の古い切妻家屋の黒くよごれた廃墟と入れ替った、これらの建物の後ろにあった。

このように、どこもかしこも商業と金融の現実、またそれらに付随するさまざまな形の保証、保護の現実を思い出させることは、市の比較的最近の恐ろしい懲罰を忘却させ、消滅さえさせるばかりだった。ハンザ同盟――幾世紀にもわたって、われわれの海洋に君臨してきた商業帝国――の時代から受け継いで、海難にたいし、また航海がもたらすかもしれぬ莫大な損失にたいして備えるという配慮は、ハンブルク市民のメンタリティをしっかり育成してきたので、遭難への危惧は、この市が、さらにドイツ国家自体が永遠に消滅してしまいそうだった、まだごく最近の遭難を忘れさせようとしていた。しかしまた、ハンザ同盟の人びとの子孫によって態勢を整えられた、保護の、あるいは万一の場合には、補償の巨大な組織が、少なくとも財産に関して、史上ありうるすべての危険にたいする、不滅の砦をなすに至ったのかもしれない。

ミシェル・フーコーは、愛想のよさをこれっぽっちも失わずに、わたしがいささか性急に、市の精神を明かすしるしをもとめすぎると咎《とが》めた。船主、倉庫の所有者、保険業者、銀行家など、仕入れたり積荷したりする商品を取引きすることのできる身分証明書類である、倉荷証券や船荷証券を、日がな一日とり扱っている人びとすべてからなる特権階級は、わたしが考えていたほど、住民の最大多数をなしているわけではなかった。船乗り、ドックの労働者、保険会社や銀行の職員、等々が、住民の支配的な要素をなしているのだ。遠かれ近かれ歴史がそのことを証明していた。

なぜ戦前と戦中に国家社会主義はハンブルクをその主要な砦の一つにすることができなかったのか？なぜヒットラーはごくまれにしかそこへ行かなかったのか？　なぜなら彼は、自分の外国人嫌いの怒号が、幾世紀このかた世界に向けて開かれているこの大きな港町では、ほとんど反響を見いだせないだろう、と知っていたからである。また彼は、第一次世界大戦の終焉につづく歳月における、市の民衆のスパルタクス運動(5)への大勢の参加をも忘れることができなかった。人びとはある時期には、ハンブルクがボルシェビキ革命(6)をくり返していると信じることさえできたのだ。あたかも近くのバルト海の広い航路がここまでその谺《こだま》を返したかのように。

じつを言うと、自由、独立への好みは、市の民衆の社会的条件がそれを正当化するのに最適だったとしても、彼らだけのものではなかった。たしかにハンブルクのブルジョワ階級は、幾世紀にもわたって、ハンザ同盟の共同体原理に協力し、この原理が集結させた海辺の都市のそれぞれは、そこにみずからの利益を見いだしはしたものの、その後はつねに、ドイツ全体においてある種の自治権を維持し、それを完全に失ったのは第一次世界大戦後のことにすぎないのである……。

わたしはミシェル・フーコーの言うことに興味津々、耳を傾けていたので、市《まち》のほうはもう大して見ていなかった。けれども、ある所で、運河の照り返しは、たちまち建物正面の単調な列によって遮られ……、わたしの内心にいささかの衝撃も与えなかった。つかのまの、その照り返しは、わたしのガイドの言葉が蘇らせつづける並のイメージによって、すでにまた被われていた。この市は記憶を、もっとも好意的な記憶をさえ、すっかり挫けさせていたのである。

見るからにハンブルクの人びとの弁護士を自任する気でいるミシェル・フーコーは、おそらくまた元高等師範学校生の教育的傾向に屈して、市の歴史をもっと先まで遡っていた。宗教改革のとき、ハンザ同盟の中枢を支配していた原理の厳格さ、共同体の、さらに国際的でさえある精神の表明。人びとは金もうけ主義の活動に従事しつつも距離を保ち、国際的な精神の影響を受けて、再洗礼派(7)の運動が市中に広がるのを妨げはしなかった。

教皇庁によってこれまた異端とみなされていたルター派から、さらに分裂した再洗礼派は実際、封建領主たちによって搾取されることに疲れ果てたドイツ農民階級の革命に重なった。さまざまな仕方で同じく圧制に苦しんでいた、市町村の下層民は、猶予せずこの運動に加わった。それが呈していた神秘的せり上げは、要するに人間的運命の再検討に等しい、解放の跳躍の口実、正確な展望のない冒険の口実にすぎなかったのである。

人びとはたちまち急進主義の最終段階にまで達した。すでに、蜂起した住民のただ中では、コミュニズムが素描されていた。人びとは一夫多妻制の、さらに性的自由の創始を検討していた……。ルネサンスはそこに、結局、有益な仕上げを見いだすことになった。少なくとも、わがホストの言葉と、彼がそここにこめるわずかな興奮が説明しているように思われたのは、そういう意見だった。

あいにく、ハンブルクで発展した反乱の中心地、ミュンスターでは、誇大妄想に罹った人、ライデンのヤン[8]――その権力は独裁的な性格をもっていた――によって犯された、あるいは鼓舞された、さまざまな性格の行き過ぎが、まもなく再洗礼派の運動にたいする信用を失わせてしまった。ルター派の一味は、ライデンのヤンと彼の仲間の多数を処刑したあと、またたくまにその運動を一掃したのである。

ハンブルクの民衆は、その主人たちが「義務の道」と呼ぶものに武力によってつれもどされたにもかかわらず、独立の精神を示しつづけた。それは民衆を、社会的闘争において、市の支配階級に対立させ、市の自治の運命に結びつけた。しかしドイツの各地で長らく別の形のもとにまた見いだされるこの地方自治主義は、ハンブルクがそのゲルマン気質を大いに要求し、ひき受ける妨げには少しもならなかったのである。

十八世紀の末ころ、ドイツ文学がフランス古典文学の忠実すぎる模倣のなかで精彩を欠く傾向にあったとき、ハンブルクは、ドイツ神話の大部分がそこから発生したスカンジナヴィア神話のなかにまた浸りに、デンマークへ行こうとするドイツの作家、美術家、哲学者たちの通り道、しばしば滞在の場所になった。クロップシュトック[9]はそういう作家たちに属し、同僚たちにドイツ文化の源泉にもどるよう促したのは、最後まで滞在することになったハンブルクからである。「ピンドル山脈の月桂樹はもうおしまい」、とゲーテ[10]は叫んだ。「クロップシュトックがわれわれをもどらせるのは、われわれの森のたくましい樫のもとにである。[11]」ロマン主義がまもなく、自己流に、ドイツ文学と美術の起源への復帰を説くことになるだろう。

――美術館〔ハンブルク美術館〕にはロマン派の面白いものがいくつかありますよ、とミシェル・フーコーが言った。よろしかったら、明日ごいっしょしましょうか。嬉しいことに月曜日でないとお発ちにならないのですからね。

それらの画家たちの幾人か、とりわけカルステンス[12]やルンゲ[13]は、フランスではほとんど知られていなかった。ハンブルクはドイツ地図の上では中心を比較的逸れた位置にあるので、わが同胞は仕事のため以外ほとんどそこへ行かなかった。おそらく市の過去については、ハンザ同盟のただ中で占めていた重要な位置を、かろうじて知っているにすぎなかった（わたし自身も、わがガイドが説明してくれる前には、その程度であった）。クロップシュトックという名も彼らの大部分にとってあまり関心を呼ばなかったに違いない。わたしはそれ以上のことを言おう。わが国ではヨハネス・ブラームス[14]は明らかにもっとよく知られているが、彼はハンブルクで生まれたことを誰が知っていただろう？

――あなたでもおそらく、彼が市の売春婦の息子だったことは知らないでしょうね、とミシェル・フーコーは、顔面に皮肉な微笑をうかべて言った。

なるほど、わたしは知らなかった。そういう暴露はしばらくわたしを物思いに耽らせた。だからこそこの音楽家は、モラルがヨーロッパ中にあまねく厳格であり、この国ではさらにルター派のピューリタニズムによって強化されていた時代に、社会的な名誉回復をひたすら芸術のなかにもとめざるをえなかったのだ。痛ましい教訓。この人は、そういう頼みの綱がなければ、けっしてブルジョワ階級では認めてもらえなかっただろう。ましてや多くの場合よそよりも、さまざまな偏見が幅をきかせている中産階級や、庶民階級では。彼の芸術は、実際にそれらの階級の扉を開く代りに、公的な正当性のあらゆる形を超越する名声を彼にもたらしたのである。

しかしミシェル・フーコーは事態をそのようには見ておらず、いつまでも頭を振っていた。わたしは間違っていた。社会的な呪いは永久に人間としてのこの音楽家に結びついていた。そのうえ、わがホストはそのことに満足しているように思われた。とにかく、われわれの社会から拒絶される人びとが、いつも数を増してゆくのは悪いことではなかった。そのようにして彼らは、いつか実際に一勢力を形成するに至るだろう……。

ミシェル・フーコーは、ブラームスの音楽が好みではないに違いなかったが、ただ同情に近い、明らかな共感をもって、この人のなかに「売春婦の息子」を、たとえこんにち栄光の輝きで照らされているとしても、「ザンクト＝パウリの子」を見ていたのである。

――それじゃザンクト＝パウリはもう存在していたの？

そうですよ、でも萌芽状態で。そのころは大きな港町の存在にとって必要とされた、居酒屋の売春しか見いだされなかった。それ以後、ザンクト＝パウリは拡張され、「複雑化《コンプレクスイフイエ》」した。わがホストはこの語のシラブルを皮肉に強調しながら発音した。

翌日、会館での昼食のあいだ、ミシェル・フーコーはわたしに進行中の著作について話した。彼は『狂気の歴史』を執筆中だったが、それは学位論文にしっかり取り組んだ哲学者だけがあえて近づけるような、広範なテーマだった。この計画された書名に応えようとすることは、賭に似ていた。精神病が昔の社会で示していた頻度や形態を正確に知ることのできるいかなる記録もないからだ。人びとは精神病をほとんどまともに診断していなかったに違いない。というのも、そのさまざまな徴候は多くの場合、たんに謎めいただけか（東洋ではそれが一般的だった）、完全に退廃的な（むしろキリスト教世界のケース）精神の持主の治療に必ずふり当てられていたからである。知的にほとんど発達していなかった大部分の住民は、時おり非常識な考え、突飛な行為に身をゆだねた。フランドルの素朴派画家たちが描いた作品に見られるように。それらが真の、継続的な精神錯乱の結果であるのか、完全に無邪気なほろ酔い気分の結果であるのか、知ることはできなかったが。

初めの解釈のほうを選ぶことは、わが国においては、躁暴性精神病者、霊感を受けた人、大声を出して夢見る人に、罪悪感を抱かせることを意味する。疑いもなく彼らの内には、ある異質な、きまって悪魔的起源の存在が現れた。だから狂人が対象とされた監禁は、患者の霊感がはっきり冒瀆的と思われるならば、火刑がそれに替えられないときでも懲罰的な性格をもっていたのである。

精神病理学がヨーロッパにおいて幾世紀にもわたり保ってきた抑圧的な伝統を、とりわけ重視するミシェル・フーコーは、この伝統が歴史において表してきた社会的な呪いを、まずそれだけを見て、さらに今日的な性格をそれに与えるまでになっていた。

精神病に関係のあることはいつもわたしの精神を刺激した。おそらく、感性のある型と夢へのある傾向が、作家と、より危険なことに、理性が逃げ出す傾向があってもそれに頓着しない人たちとのあいだに惹き起す接近のせいであろう。こういう「親密な」好奇心と、わたしの職業生活の思いがけない出来事が、わたしをいくども狂気の世界に近づけたのだった。

ジャーナリストだったわたしは、精神科医たちの助けを借りて、明らかに粗略なものだが、われわれの社会における精神病、多くの場合よく識られていないその諸原因、さまざまな型、それにうち克つ、少なくともそれを鎮める治療などのリストを作成したことがあった。のちに、「世界保健機関」のために働き、その後援で出版された『健康の本』のなかで、「精神病」に充てられた二巻の編集に招かれて協力した。

最後に、「フランス精神衛生連盟」の提案によって、わたしはパリで、それからイギリスのいくつかのフランス会館で、「文学における精神病」に関する講演をした。当然わたしは、精神科医たちの案内で精神病院をくり返し訪れ、彼らの説明を受けて、いま列挙した仕事がうまく捗れるようになったのである。

ミシェル・フーコーは自著を、社会が精神病者にたいして幾世紀にもわたってとってきた態度に基礎を置き、このほとんど手付かずの分野において、歴史の告訴に身をゆだねるという、まことに称賛すべき希望をもっていた。ただ彼にたいして注意できることといえば、幾世紀にもわたって社会組織をひき受けてきた人びとの多くが犯した、精神的次元におけるさまざまな偏見、不誠実、不正、残酷ささえを非難することは許されるとしても、当時の精神科学はまだ誕生早々だったので、狂気という彼らにとっての謎だったものと対面した際の、無理解を咎めだてすることはできない、ということだった。ミシェル・フーコーは狂気にたいして長いこと示されてきた不寛容について非常に厳しかったので、たとえ人間味や思いやりによって余儀なくされたとしても、精神病者たちの監禁を廃止しないさまざまな処置のなかに、[15]精神病者を社会的に排除する意志の永続性を暴くところまで行こうとしていた。だから彼はビセートルの狂人たちを鎖から解放するという、ピネル博士[16]によってなされた決定を、純粋状況の人道主義に帰していたのである（これはフランス革命のときに行われた）。

ミシェル・フーコーが、ほぼ今日に至るまでの、精神病者にたいする社会の態度について抱いている判断は、全体としていかに根拠があろうとも、狂気が、それに把えられた人びとにもたらす、他者との関係の深刻な悪化を、あまりにもきっぱりとうち棄ててしまった。彼らの人格が完全に心的エネルギーを充当され、彼らは幻視の囚われ人であることを、彼は識っているにもかかわらず、暗黙のうちに彼らの権利、自由への正当な要求を認め、ナンセンスの潜在的な権利要求を支持する態度を示そうとしているように思われた。

わたしは精神病の諸徴候について、話相手の、著しい無知ではないにせよ、不完全な知識に気づいていた。彼の情報にたいするわたしの情報の比較的な古さが、おそらく部分的にそのことを説明していた。最近になって、科学者たちが精神病の薬に与えるのに成功した効き目の増加は、少なくとも精神病院では、突然爆発して、時には彼らの病室と経過を地獄に変えるひどい譫妄《せんもう》を、ほぼ完全に絶滅させた。狂気の現実はそういう発作において現れていたのだ。狂気の含む知的障害が観察され、それは多くの場合、一般的に病人にたいする他者——現実の、または架空の人物——の態度に向けられた、漠然たる非難によって表現される。わたしはそれらの譫妄が、ごく限定された、したがって反復される霊感——あえてこう言ってよければ——を受けていることに気づいていた。それらはとりわけ告発や弁護や非難、つまり苦しむ人にとっては当然な、支配的自己中心癖からなるものだった。監禁のさまざまな強制は、いくら残酷だとはいえ、精神病が患者に課す内的自由の欠如とは比べものになっただろうか？　それこそ名のない苦悩、変装し、信頼できなくなる自我についての感情が生みだす恐怖なのである。

わたしはわがホストに、ネルヴァル(17)とヴァン・ゴッホ(18)における、狂気の前兆と昂《たかぶ》りを伴った絶望のさまざまな証拠を思い出させた。これらの二例だけに頼って、というのも、狂気にたいする精神のむなしい闘いが、明白な、具体的な仕方で現れるのは、ほとんど作家か美術家の創造においてだけだったから。知的活動のほかの形においては、その闘いはたちまち麻痺させるものだった。それが含むパニック、悪魔祓いの——すでに錯乱の——さまざまなしるしは、科学的分野での探求結果においては、例えば、何であれ分析の仕事とか学識豊かな作品とかにおいては、現れることができないのだ。狂気がそれらを無効にする。逆に、文学と美術は、ほんのわずかであれ、つかのまであれ、狂気の諸徴候を、霊感と呼ばれるものによって手なずけるのだ。しかしそれは譫妄に道を開こうとするので、自分の理性にあまり確信のもてない作家、美術家は、霊感を狭い境界内で維持することに専念しなければならない。そのため天才は自分を疑うようになるだろう。ネルヴァルはつつましく、精神の高揚に夢という名を与え、まもなくその高揚に応えられなくなるのではないかと惧れる。ヴァン・ゴッホは自分の絵の増大する炎のような輝きを、遠からずもう正当化できなくなるのを惧れる……。両者にとって、自殺は、ますます切迫する法外さを逃れる唯一の手段になるだろう。

ミシェル・フーコーはわたしに、なかんずくこの二人は、潜在的な先天性疾病素質を除き、世間において絶えず遭遇した無理解、無関心によって狂気にまで駆りたてられたのだ、ということを注意させた。それはほんとうだった。彼らが同胞のほぼ＝全体の側からの、口にされない、さらに無意識的でさえある拒絶的態度を、多少とも耐えていたということは否定できなかった。創造的な独創性の代償。しかし良識の欠如は他者にたいする精神的攻撃になりうることをよく見なければならなかった。公衆の面前でする精神病者の支離滅裂な演説やおおげさな身振りは、語の法律的な意味において「侵害《トルブル》」に相当するのだ。それらは居合わせる人びとの感性に衝撃を与え、彼らを脅えさせる。こういう不適合、相互的な不寛容は、精神病者にとって、自由よりも監禁を好ましくするのではなかろうか？

そのうえ、監禁は、それに伴う医学的性格の配慮を別にしても、時には真の療法になったのではないか？　ある人の狂気はけっしてべつの人の狂気ではない。譫妄の共犯も伝染もない。隣人の譫妄は逆に、精神病者が客観的に良識の欠如を意識できるようにする。どうしてそういう情景が彼を、賢明さにではなくても、鎮静化に、沈黙に、動作の節約に促さずにおこうか？「精神病院が治す」と、元精神科医が主張していた。この決まり文句は、もし今世紀前半の大方の「精神病院」内部の物質的生活条件、狭苦しさ、衛生の欠如、規則の過酷さを考えるならば、人を憤慨させるものであるが。

しかし、一方で、精神病院は、社会のただ中における生活の、多くの場合、心因性障害から病人を護ってくれ、他方で、彼の内で有効な自己省察を、道徳的ではなく精神的な一種のカタルシスを促すことができる、と考えてもかまわなかった。この二つの形態はたがいに無縁ではないが。ある種の精神病院では、しばしば患者に責任をもたせようと努めた。というのも、狂気は時おり彼の自由を糧とするように思われるからである。ネルヴァルは、たしかに「上品な」精神病院ではあったが、ブランシュ博士の診療所にいて倖せだった——彼はそのことに感謝していた。ヴァン・ゴッホは、真の精神病院であるサン＝レミー＝ド＝プロヴァンスにおいて、自分の生活条件についていささかも不平を言わず、絵を描いていたのである。

人びとが精神病者に「責任を負わせ」ようとすることは、ミシェル・フーコーの気に入らなかった。

彼にとっては、自分の繊維状組織のもっとも微細なものにおいてまで、知らぬまに群生するニューロンの最後のものにおいてまで運命づけられ、自分を導く運命には無意識で、あらゆる自由意志を欠いた人間は、いかなる場合でも基準には異議を唱えることができる狂気の、責任をとる必要はなかった。わたしが精神病者の精神的苦悩を引き合いに出してもむだであった。それには精神病者を看病し、治すよう努力してみる必要があった。たとえ、そのために、ショック療法に頼らねばならないとしても。わたしの話相手は職権濫用について、人格への不＝敬について話した。せいぜい彼は精神病者たちのために、開放的な、例えばフーリエ(19)のファランステールをモデルにした療養センターを創設することならば承認しただろう。精神的苦悩については、それを和らげるための製品、多くの麻酔薬、幻覚剤がある。それらは病的な譫妄を一種の夢幻的陶酔に置き換えることができる……。

ミシェル・フーコーは微笑んでいた。彼のほうでは、挑発が問題だったのだろうか？　彼の意見は、いかに逆説的に、極端に思われても、彼のずば抜けた知性を一瞬たりとも疑わせるものではなかった。ただ彼の内にはある絶対的部分があり、そこではあらゆる原理とそれらの基礎をなす合理主義そのものが崩壊するだろう。前日、車で街なかを移動する途中、彼がハンブルクの歴史を物語りながら、現れるにまかせたもろもろの感情——過去の出来事がその口実を与えるたびに、彼の話のなかに窺えた、蜂起した人民にたいする共感や、ヨハネス・ブラームスの上に重くのしかかった社会的な呪いが明らかに彼に与えた満足など——は、精神病者の権利についての彼の見解とあまりにもよく合致していたので、わたしは彼の誠実さを疑うことができなかった。個人の基本的な自由を否認することによって、彼は少なくとも暗々裡に、極限にまで推し進められた解放のモラルを説いていたのだった。

われわれはハンブルクの美術館に行く予定だったので、会話にけりをつけ、わがホストはアパルトマンにコートを取りに行った。彼はそのうえフェルト帽をかぶってもどってきた。彼やわたしの年齢で（わたしは彼よりも十歳年上だったが）男が帽子をかぶるのは、ドイツでさえまれなことで、そこではバイエルンかチロルのスタイルの、緑色フェルト帽をこれ見よがしにかぶる人が、若干いるだけだった。これは大きな港町では調子はずれである。わたしが考えたのは、日曜日には、街なかや美術館で彼だとわかる住民たちに遭うかもしれないので、フランス会館の館長は帽子によって、わが身に体面の補足的しるしを与えるのがよいと判断した、ということだった。彼はまた、もっと大げさな仕方で、不測の挨拶に応えるだろう、と。前日、彼はプラカードを持ってわたしを待っていてくれた駅で、微笑みながら無帽であり（彼の脱毛症は進行していた）、露出症のなかで身ぶるいしているかのようだった。いま彼はおとなしく自分自身のなかにもどっていた。もうすこしで、数十歩ほど離れていれば、わたしには彼が見分けられなかっただろう。

前日、彼はドイツ・ロマン派の画家たちについて話していたので——彼らをとりわけ高く評価しているわけではないことがやがてわかったが——、わたしをまず彼らの作品の前に連れていってくれた。もっとも有名なオットー・ルンゲは、彼を絵画のノヴァーリス[20]のようなものにした、秘教的な純粋主義に陥っていた。彼は作品の一つで、花の原型を、コンパスの感じがする幾何学的な花冠のついたヤグルマギクを描いたのだった。ヤーコブ・カルステンスのほうは、テーマによって夢幻妄想に近い、もっとクラシックな構成を示していた。またフリードリヒ[21]のような人もいて、墓、棺、梟をもって、おそらく無意識的に、ロマン派の葬式好みをパロディ化しているのだろう。しかし、わたしをひき止めたのは、ルンゲとカルステンスそれぞれの二幅の自画像であった。

それらの自画像はわたしを魅惑した。わたしはそれらに鏡の謎をつきとめようとする画家の欲望を見る。画家というものは、自尊心をくすぐられそうな陽光のもとに姿を見せたりしようとせず、われわれみなが認めるところだが、鏡がわれわれにたいして拒む真実においてわが身を見ようとする。われわれは自分の真の声も真の顔も識ることができない。他人の目にはよくても、われわれの顔つきや表情を映す写真は、けっして完全にはわれわれを納得させず、音声テープも、自分が話しつつ聞いているように正確には、自分の声を聞いている気にさせない。音声テープはわれわれに腹話術を演じているように思わせるのがせいぜいだ。われわれは自分には永久に未知で、黙り込んだ異邦人の内に住んでいる。

画家の実際の自己探究は、芸術的には実りの多い、だが彼の秘密の意図に関することではむだな試みへと彼を導く。レンブラントの自画像はおそらく五十を数える。それらは彼の生涯の、多年にわたって描かれ、顔つきにおいて年齢の進行ぶりを示し、さまざまな服装をした彼を表している。しかしそれらの服装はみながみなその時の偶然によるものではないように思われる。多くの服装は、明白な仕方で、仮装をとり込んでいるのである。

そのことはとりわけ、多くは半身像において見られる、人物のさまざまな被り物に見られる。広縁の帽子、縁なし帽、ベレー帽、時には羽根飾りを冠したターバン風のスカーフ……。半身像のその部分では、ある時には装飾品、つまりネックレス、ブローチ、レースによって飾られた服装が、またある時には逆に、アムステルダムの商人のものと同じく簡素な服装がつづき、ゆったりした軍人タイプ、等々のこともある。これは疑うことができない。レンブラントはおそらくこれら仮の人物の多様性を通して、彼だけが予感し、だが彼には定義できない、自分の真実が啓示されるような出会いを望み、自分を「居心地悪くさせ」ようとしたのだ。もしそれが傑作でなければ、徒労に終る、と言えよう。これらの素晴らしい肖像画は、いかがわしい替え玉たちをしかけっして彼に示さなかったことだろう。

この「いかがわしい《ルシュ》替え玉《ソズィ》たち」という言葉は、オットー・ルンゲの自画像の前で思いついたのだ。そこでは彼は、通行人からは見えない小窓から覗いている人のように、すこし斜めにかがんだ姿勢をしている。わたしがいま用いたばかりの表現を正当化するような不審な態度である。実のところ、とりわけ陰鬱なその美術館のなかで、わたしはその絵を楽しんでいた。ふり向き、数歩離れたところに、ブルジョワのフェルト帽をかぶったミシェル・フーコーを認めると、わたしは、われにもあらず、思いついたばかりの言い回しを、すんなりと彼に適用した。彼は「帽子をかぶった自画像」であり、彼を絵のカタログの中でそのように示すこともできただろう。

おそらく彼の帽子のせいであるまじめなようすは、完全にそれを打ち消すわけではないが、前日、わたしを待っていてくれた駅のホームで、彼の顔に描かれていた愛想がよいと同時に皮肉な表情に重なり、ついさっきわれわれが会館で交わした会話を思い出させた。彼がその会話で若い哲学者の逆説的な精神を示したことは、わたしを驚かせはしなかった。「種族の言語」へのわたしの無知がその主要な原因とはいえないあるしりごみを、わたしはそこに見ていた。例えば、精神的苦痛と闘うために麻薬の使用を説くようになった（精神科医たちは彼以前にそのことを考えていた）、彼の無遠慮、簡潔な絶対自由主義的モラル（それ自体矛盾した表現）は、この人物のさまざまな顔の一つであるにすぎなかった。その顔が隠しているものは、疑いもなく、帽子をかぶった男の真実であった。

われわれは一時間後には美術館を出て、日曜日の空虚な市《まち》にもどった。そこにはわたしにとって完全に無為な夕べの展望が開けていた。わたしの心の中にザンクト゠パウリという名がまた浮かんだのはそのときである。外国旅行者の自然な好奇心。その名を口にすると、わがホストは自分もそのことを考えていたところだと言い、そこに案内すると申し出た。本省の「文化交流事業」は、たえずわたしを監視する任務を彼に与えたのではなかろうか？　その名だたる地区を訪問するという考えは、ついさっきまで、彼の顔に時おり表れたきびしさを払拭してしまった。彼はわたしのホテルの前で別れ、晩になったら迎えにくると言った。

ザンクト゠パウリ地区の境界は明確ではなかった。少なくともわれわれが近づいた側では。あまり大きくはないが、巨大なネオンサインを備えた建物が、その地区だと告げていた。冷たいイルミネーションはついにその究極にまで達していた。照明というより標識であるネオンサインは、光の放射ではない狭い暈光に囲まれていた。色とりどりの炎の文字を戴いたザンクト゠パウリの街路はむしろ暗かった。そこをぶらついていたまばらな群から、時おり男の笑い声が上がったが、薄明かりのなかではどのグループからなのか見分けられなかった。戸口に、飾り紐のついた奇抜な制服を着た肥満した男がたたずんでいる、ショー施設のあいだに挟まった夥しい数のバーから、ドアの開閉のたびに、音楽が突発的に漏れ出るのだった。

人数はあまり多くないものの、おしなべてかなり若く、けばけばしい化粧をした女たちが、不動の姿勢や緩慢な移動によって、あるいは急ぎ足によって、自分たちの職業を示していた。前者は売春婦たちで、後者はおそらくヌード・パレード――ほとんどのドアの所で飾り紐をつけた服装の男が宣伝している――で雇われている女たちで、遅刻して急いで服を脱ぎに行くところか、通行人によってほかの女、街の女と混同されたりしないように急ぐふりをしているのだった。

泥の中で闘う裸女たち、蛇たちのただ中の裸女たち、年代物の三輪車の上に止まった裸女、等々。われわれが前を通り過ぎるショー施設によって約束されたこれらのアトラクションは、女性の裸体というテーマを面白くし、引き立て、さらに変化させる必要を表明していた。それらのむなしい競り上げは、このテーマ自体はいかに純粋であるかを推定させるものだった。

ふたたび無帽になったミシェル・フーコーは、われわれがその「界隈」に踏み込んだときから、あまり口をきかなくなったが、そこで遭遇するあらゆるものに強い興味を惹かれているように思われた。おそらく彼はめったにここには来ないのだとわたしは考えた。わたしより前にハンブルクを訪れたフランスの作家たちは、わたしのような好奇心をもっていなかったか、いたとしても、ガイドなしにすませたのだ、と。

とっさに、彼は「ストリップ」劇場の入口にわたしを引き込んだ。その行為を止められないうちに、彼はカウンターで切符を二枚買ってしまった。わたしはかつてこの種のショーを観たことがなく、そう告げると、彼は自分がわたしの先導者になったことを喜んだ。まだ若く、あまりきつい化粧をしていない――おそらく肉体の青白いトーンを、対照によって強調しないために――女たちは、貞淑な主婦たちの類《たぐい》といってよく、一人ひとり舞台に出ては服を脱ぎ、音楽のリズムに合わせて機械的に、腰を振りふり歩いた。彼女たちは最後の下着を外すと、シンバルの一撃で動かなくなった。というのも、警察の規則では、とわがガイドは教えてくれた、彼女たちは幕が下りるまで身じろぎせずにいなければならなかったから。全員が男性である観客たちは、なんとなく欲求不満であるように、熱意もなく拍手していた。彼らはいったい何をもとめに来たのだろう？

また外に出ると、ミシェル・フーコーは、われわれの前方に延びる道の空間だけではなく、その「界隈」全体を抱きしめんばかりに、両手を一杯に広げた。彼の大きな身ぶりが明白に意味していたのは、裸になった平凡な女たちが、観衆のなかにおそらく欲望よりも寒気《さむけ》を、とにかく、解剖学的な冷たい考察を惹き起し、ザンクト＝パウリのあらゆる活動、あらゆる生命を要約している、ということだった。

その「界隈」がそうでありたいと望んでいるお祭り騒ぎ、歓楽の夢幻境を、そういう惨めなショーに縮小して、彼はその界隈をその起源にもどし、伝統的に船乗りたちが「上陸して遊び歩く」場所にしただけだった。あたかもわれわれの見物がそうした確認をしか目的としていなかったかのように、すでに彼は道をとって返すよう促し、寛大な微笑をうかべていた。われわれはもうザンクト＝パウリから離れようとしていた。そのとき彼は一杯飲まないかと誘い、わたしを大きなカフェのほうへ案内した。そこの照明は、通りに溢れ出て、近隣の家々、明らかにマンションが、薄暗がりのなかに浸っていただけに、いっそう強烈に思われた。「界隈」のこの周辺部では、通行人がほんのわずかしか見かけられなかった。

とても広いカフェのホールは、一部分は鏡で、また一部分は白いセラミック・タイルで飾りつけられ、それらは天井に固定された多くの蛍光灯のどぎつい光を著しく増大させていた。その場所は駅のビュッフェや入浴施設に似ていた。たいてい孤立して、みな所在なげに自分のテーブルに着いている客たち——ほとんど男ばかり——が、そういう印象を強めていた。おおむね彼らは、大きなガラス窓のほうを向いていたが、その後ろには、ホールの照明によって投じられた、光の広がりのなかに沈んだ、通行人たちのシルエットが見えた。つかのま歩みをゆるめるように思われる人たちもいて、カフェの内部で、小型円卓を前に坐った蠟人形のほうに、視線を投げかけた。それらの通行人の多くがかなり若いということにわたしは気づいた。

しばしば客の一人が、おそらくすでに飲食代を払っていたのだろう、すばやく立ち上がると、大股でドアのほうへ向かった。通行人の誰かに追いつくのだろうか？　べつの一人はわざわざわれわれのところまでやって来た。彼はミシェル・フーコーを識っていた。

――こんばんわ《グーテ・ナハト》、先生《ヘル・ドクトル》。

先生は彼と握手したが、わたしには彼を紹介してくれず、同席させようともしなかった。若い男は平凡な容姿で、凝った服装をしているわけでもなかった。わたしには不完全にしかわからないドイツ語を話していた。場末の、あるいは単にハンブルクのアクセントが、二十年以上もドイツ語を使っていないフランス人にとっては理解しにくかったのだ。ミシェル・フーコーは若い男に親しげな咎めだてをしていた。なぜまだハンス（またはハインリッヒか、何かべつの名）に会いに行っていないの？　仕事を探しているときには、受けた忠告に従わなくちゃいけないよ……。相手はできるだけ早くそうすると約束したが、彼のバイクは「こわれ《カプト》」ていたのだ。「ほんとにこわれてるんですよ、先生！」ミシェル・フーコーは頭をふり、舌打ちした。二人の会話において、先生にとっては咎めだてが、青年にとっては弁解か漠然とした後悔が問題であるのに、彼らはさながらパロディに身をゆだねているように、たがいに共犯の半＝微笑をうかべているのだった。わたしの存在がその原因ではなかった、おそらく。彼らは公である。

共の場所における平凡な出会いを、架空の、とはいえ親密な接近に替えるために、遊戯に浸っていたのである。

疑いもなく、ミシェル・フーコーがこのカフェで会う約束をしていた若い男が、ついに行ってしまうと、われわれは猶予せず彼に倣った。われわれがいた、ザンクト＝パウリと境を接したその辺りでは、同性愛は金次第の形で支配していたが、いかなる性格のものであれ、その集結点をいくつかもっていた。わたしの連れは、常連として、すこしの気兼ねもなしに、そのことを教えてくれた。さきほどのカフェでの若者の訪れが、私生活についてわたしに告白する労をいっきょにはぶいてくれたのだった。彼は、通りの向こう側にある、その日は閉店しているバーを教えてくれたが、そこでは土曜日の夜ごとに、夫婦として暮す同性愛のカップルたちが集まるという。こういうプチブル精神の刻まれた、「家庭向き」でさえある習慣は、彼をほろりとさせると同時に滑稽に思わせてもいた。

彼はいま、もしわたしがまだザンクト＝パウリで疲れていないならば、あるフランスの友人のところへ案内しようという。その人は郷愁にさいなまれており、行きずりの同胞に会うといつも大喜びしていたのだ。ミシェル・フーコーはまもなく、こぢんまりとしてあまり目立たず、ネオンサインもないバーのドアを押した。

ほとんど人気《ひとけ》がなかった。カウンターの止まり木に坐った二人の女たちが、ドアが開くのを聞くと、こちらをふり向いた。彼女たちは「ドレッシーな」ワンピースを着ていた。この言葉は、多くの凝ったプリーツと、縁飾りと、かなり下まで垂れたスカートの存在をほのめかしている。一方の女は他方の女よりも見るからに年上で、その目尻のなにかが、きつすぎる化粧にもかかわらず、われわれの記憶がとどめる微かな注意のひらめきを思い出させた。警官が身分証明書を調べるとき一瞬顔を向ける注意のひらめき、あなたの車のボンネットの下に身をかがめ、あなたが彼にしたばかりの質問があまりにもバカげているので、一瞬あなたがほんとうに実在するのか確かめるためちらっと見る修理工のそれ。ひとことで言えば、執務中の四十歳代の男の職業的な、慇懃無礼なきびしさ。疑いもなく、この女性はゲイだった。

その仲間もまたそうだった。この「女」には、最初の人の、男性らしさを露呈する冷静で「陰気なまなざし」の類《たぐい》が認められなかったものの。前者は、ミシェル・フーコーが話してくれた、郷愁をいだくフランス人だった。彼は、もう一人のゲイが礼儀正しく押し出してくれた二つの止まり木の一つに、フーコーのそば近く坐っていた。二人の友だちは活発におしゃべりを始めた。

——このあいだ、ジャンが訪ねてきたわ、とフランス人のゲイが言った。

女性的とみなしてもいい、軽いしわがれ声だった。

——ああ、会いたかったな!

ミシェル・フーコーはわたしのほうをふり向いた。

——この人が話してるのはジャン・ジュネ(22)のことですよ。

いま彼らの話題になっているのはパリで暮す人たちのことで、ミシェル・フーコーは最近そこに旅行したのだった。郷愁をいだくゲイは、すこし頭をのけぞらせて微笑《ほほえ》みながら、彼の言葉を慈雨のように受け容れていた。

しかし、カールした美しい金髪、かなり華奢な顔だちをし、控えめにふくらませたブラウス(まがいもの?）を着た仲間のほうは、手をわたしの膝の上に置いていた。わたしはその重みを感じていたが、そういう誘いを体《てい》よく無視しているようにみえるために、そこに目をやるのを控えていた。しかしすぐに、組んだ脚をゆっくり——礼儀上——解くと、手は引っ込められた。わたしにはひそかにその手を見る時間があった。肉屋の小僧の重たげな清純な手で、先を切りそろえてマニキュアを塗った爪をしていた。なぜ「肉屋の小僧」なのか？　その連想は、わずかに赤味がかった皮膚をした手の生々《なま》しさから生まれたのだった。手の女性的な化粧をバックに、そこにクローズアップされたあらわな男らしさは、どんな暗黒物語だったかもう覚えていないが、挿絵のなかで、ある聖職者の衣の裾から覗いた先割れした蹄《ひづめ》のように、いささかぞっとさせるものだった。実際、わたしのショックがそれほど強烈だったわけは、むしろ赤味をおびたその手が、わたしの無意識において、レースのただなかでいっそう男らしさを発揮する属性の、不意の出現を先取りし、暗示していたからである。

しかしおそらくわたしはそういうコントラストを誇張することによって幻想を抱いていた。女性の服装を通して、現実の雑種形成は輪郭を現し、変装という粗っぽい欺瞞と、それに頼る人の肉体的現実との中途で、実現されていたのだろう。両性のあいだにはある傾斜が存在するものの、男性から女性への、より強調された不平等な相互性においてのように思われる。推測されるさまざまな目的で女装する男性は、最良の役者でも足もとにも及ばぬほどうまく、仮の人物になりきる。鏡の効果、ナルシスト的な出会いは、二人のパートナーのそれぞれに、相手を消去し、人格分裂において自分自身に追いつくという喜びを得させるに違いない。

肉屋の小僧はさらさらいう音をたてて電話をかけに行ってしまった。それは単なる口実で、彼はもうもどっては来ないだろう。ミシェル・フーコーと郷愁をいだくゲイとのあいだで会話はつづけられていた。わたしにはゲイが、ただ滞在するためだけでも、フランスにはもどれないことが分かりかけていた。欠席裁判の受刑者か、犯人引渡しには値しない、何かの軽罪のために逃亡中の犯人とみなさねばならないのか？　最近ジャン・ジュネが彼を訪ねたことはそういう仮定を強めるものだった。「逃亡中の」、少なくとも法的責任のあるゲイは、この作家にとって二重の魅力をもっていた――誰がそのことに驚いただろう？　わたしは、ミシェル・フーコーが挑戦への好みや、いかなる性格のものにせよ、諸法の再検討への好み、要するに、たとえこういう言い回しはそれ自体で矛盾していようとも、わたしが解放のモラルと称するものにおいて、ジャン・ジュネとふたたび結びつくのを見ても驚きはしなかった。

われわれは郷愁をいだくフランス人に別れを告げ、都心にもどるにはまた通り抜けねばならないザンクト＝パウリにひき返した。ミシェル・フーコーはふさぎの虫にとり憑かれたように思われ、わたしの気分とて同じだった。わたしは、ついさっき、バーで、「哲学者とゲイ」と題されるはずの、一種の教訓譚を想像して愉快になっていたが、その展開はざっとしか考えていなかった。熟考の時になると、祖国から追放され、さらに補充追放の服を着たような、その四十歳代のフランス人の立場が、むしろわたしをもの悲しくさせていた。

ふたたび、われわれの前には多色のネオンサインや、写真や、たいていはシルクハットをかぶった裸女たちを表すポスターがつづいた。ポスターはおそらく、彼女たちの完全な脱衣に、パレードのような雰囲気を与えるためだった。道路からは、これら多くの公開場が、入場券を買う玄関の向こうで、一種の広い洞穴をなしているのが認められた。そこに漲《みなぎ》っている薄明りと、鐘乳石のように、壁や天井からつき出た化粧漆喰の装飾のせいで。秘密と地下との雰囲気を追いもとめること。ザンクト＝パウリも、みずからの地下墓地をもっていたのである。

ある交差点に達したとき、わたしはいま来た道の向こう側に、最初に案内された照明のどぎつい大きなカフェで「先生《ヘル・ドクトル》」に話しかけてきた若い男を認めた。青年は正面歩道の、かなり離れたところにいて、足ばやに、せかせかと歩いていた。彼はたちまち、人気もなく照明もよくない隣接した道――わたしはその奥を見通せる所まで行ったとき、そのことを確認したのだが――に踏み込み、まもなく暗闇のなかにまぎれた。彼の姿はもう見えなくなった。

わたしの連れもまた彼に気づいただろうか？　わたしは若い男の存在を知らせるのをさし控えていた。さきほど、大きなカフェで若い男にたいして示そうとした以上の興味を彼がもっていると、わたしが勘ぐっているようにみられないために。そのうえ、彼が若者を見ていなかった場合には、わたしに知らされて、彼はおそらく若者に呼びかけただろう。とすれば若者はこちらへ来ることになり、わたしは彼が何のほうへ急いでいたのか知らずじまいになっただろう。実際は、彼の目的地は、わたしはいまそれを確認したところだが、暗闇、虚空、未知のものであったが、それさえも通り越して、わたしが漠然と推測する名もない世界であった……。

平野では、微弱な月光が照らすばかりの夜また夜、野生動物たちの認められる、あるいは予感されるだけの存在は、これまでわれわれにとって親しかったさまざまな場所の、新たな地勢を浮かび上がらせる。大きな暗い塊、茂み、木立ち、雑木林が、昼間みるよりも数多く、大きく、あちこちに聳えている。

夜ごとに、狩り、発情、転生、あるいは、さまざまな種《しゅ》の運命のなかに記入された別のことがらは、こういう背景を新たに植えつけ、昼間がもどると排除するだろう。かぼそい叫び、接近や逃亡の物音、草むらや葉むらの微かな音だけで、新しい、だがすこしも夢幻的ではない世界を創り出すのに充分である。そこでは自然が夜と無数に群がる目に見えない命だけで大きくなるのだ。見分けられない溝々の網が、ひそかな歩みを吸い上げ、土手の斜面に影の穴をつくる、それまで気づかれなかった巣から、息吹がたち昇り、一本の木が突然生きた重荷を降ろして、下の枯枝をきしらせ、夜空が葉むらを通してあちこちにつける光の通り道を、一瞬にして黒い翼のはばたきがふさぐ。

身の丈のほかみな似たりよったりの生きた形態が、くり出され、弾み、跳びだし、雲隠れする。あたかも、夜になると、それぞれの動物が、洩れる月光の輝きで映え、滑らかな生地《きじ》とだけわかる、夜の共通の仕着せのなかにまぎれ込むように。ここでは、あらゆる種属がたがいに、彼らの匂いや呼びかけよりも、欲望と恐怖との包括的な磁気によって惹かれ合い、混ざり合う。曖昧さの王国。この生きた、動く一律性は、解放の絶対的形態を表しているのではなかろうか？

翌日、夜明けに、ミシェル・フーコーはホテルまでわたしを迎えにきて、駅まで送ってくれると言う。わたしは早朝に発つ汽車に乗るはずだった。彼に思いとどまらせようとしてもむだであった。彼にとっては、共感でなければ、礼儀作法の観念が優位を占めたのだった。わたしはむしろ共感だと思った。ザンクト＝パウリで私生活の一部を明かしながら示してくれた率直さは、信頼というよりも、わたしが彼の内にあると気づいていた、誇示や挑発への好みから生じたものかもしれなかったが。しかし彼はこういう解釈をわたしに棄てさせることになったのである。

駅では発車までにたっぷり時間があった。夜が微かに明けそめたが、ガラス張りの屋根ごしにまだ暗く、わがホストのほとんど徹夜をしてこけてしまった顔つきを強調していた。とりとめもない話をするうちに、彼は自分の年齢を嘆き始めた。まだ三十五歳にもならず、しかも、自分の年長者に話す男の口から、そんなことを聞くなんて信じられなかった！ しかし彼の声に刻まれた悲しみは、その話をからかい気分の微笑によって受けとる気にはさせなかった。

つらそうな彼の表情、まなざしの真実、それにたぶん、物思いに耽りだした沈黙は、にわかにわたしを、明確な連想があったわけではないが、ザンクト＝パウリにおいて、彼の友《アミ》（この語に正確な意味を与えることはできないものの）である若い男が、急いで闇のなかに姿を消すのを見かけた瞬間へとつれもどした。野生動物たちの、大部分は見えないが、感じ取られる存在によって、とり憑かれ、大きくなり、変貌した夜の野原の、さまざまなイメージをまた思いうかべ、一見して異常なこれら無意志的記憶《レミニサンス》は、ミシェル・フーコーと彼の友人たちが生きている心の世界の鍵を、わたしにもたらしたのだった。

彼らの若さによって、曖昧な状態の思い出によって、したがって若さの特権である内的自由の思い出によって追いかけられ、彼らは、ザンクト＝パウリが、とにかくそのもっとも引っ込んだ所が、毎晩舞台になる夜の狩りの類《たぐい》に、若さをもとめていた。彼らはそこで、たがいに見抜き、もとめ合い、いっしょになり、だが最初はやはり避け合いぎみで、たがいに恐れ、でもひそかに呼び合い、友愛《フラテルニテ》という言葉に興奮し、とはいえ心底では、共犯《コンプリシテ》という言葉をそれと入れ替える。ミシェル・フーコーが属するもっとも明晰な人たちにおいてさえ、ともに呪われた人びとは……。われわれは誰しも、何をしようと、若さが過ぎれば、解放の余地は狭くなる。

闇の友愛

ジャン・コクトー(1)

またもやドイツ、相変わらずドイツでの話！　わたしは職業的活動によって絶えずその国へ派遣されたばかりでなく、わたしの捕虜生活がおおかた過された当の場所へ、たまたま派遣されるということが多かった。わたしがそこでふたたび見いだしたのは、捕虜生活のあれこれのイメージよりもむしろ、わたしがそのなかで生活せざるをえなかった精神的雰囲気、ひとたびそれが回復されれば、その地にもどるたびに覚える、標高の変化がひき起こす軽い圧迫感にも似た精神的雰囲気だった。

今度は、ずっと以前にわたしがそこから脱走し、くたくたに疲れて、高＝バイエルンのひどくロマンチックな森で迷うはめにしかならなかったミュンヘンで、わたしを迎えてくれた人は、わたしの過去のこの領域へ、いっきょにまたわたしを沈めてしまった。あたかも彼がわたしに鏡をさし出し、そのなかにわたしは、軽い内心のショックがなくはなく、やや斜めに作業帽をかぶった、当時はまだ若々しい自分の顔を認めたかのように。実際には、わたしをにわかに自分自身へと、現状のこちら側へとひきもどしたのは、わたしが顔を出した瞬間、その人によって発せられた叫びだった。

その人とはジャン・コクトーである。彼は友人たちとともに市《まち》のあるブラスリーのサロンにいた。わたしはホテルで、パリ発の汽車がひどく遅れたので彼はそこで待つ、と伝言されていたのだ。わたしが部屋に入ると、彼は立ちあがり、急いでこちらにやって来た。微笑《ほほえ》みで顔を輝かせて。

——ああ、馬たちよ！

「馬たち」(2)とは出版されたわたしの物語集《レシ》の最初の物語のタイトルである。戦禍のなかで、まさにこの国で書かれた物語であり、服従させられ窒息させられたわたしの青春時代の叫びである。詩人たちに固有の軽い誇張も手伝って、コクトーがわたしをそのように迎えたのは、かなり自然なことだった。われわれはかつて会ったことがなく、わたしは彼にとってその物語を通してしか実在していなかった。その物語は戦争末期に、筆者名も題名もなく、ささやかな草稿のまま、時代の動乱のなかで激しく揺さぶられる「届く当てのない便り」として、人伝《ひとづて》に彼に届いたのだった。

実際、彼はそれを間接的にしか手にしなかったが、その出どころ、その起源の証拠となる、まだ元々《もともと》の形——少なくとも物質的には——によってであった。細かな文字でびっしり被われた約三十ページの小学生用ノート（そのころ紙は貴重品だった）には、斜めに青の太い線が引かれていた。ドイツ軍の検閲のゲプリューフト（ドイツ語で「点検ずみ」）の印だった。螺旋状の針金で綴じられたノートから引きちぎられて、用紙は左側を切り落とされる必要があり、文字を削除しない注意が払われているにもかかわらず、下書きの外観を保っていたのである。

わたしが書いていた最初の物語は、当時のわたしの状況には象徴的に関係があるだけだったが、わたしはそれにあるメッセージの価値を託していた。わたしにとって重要な、フランスにいる一、二の人物と、さらに、たまたまそのメッセージが公表されることになれば、その手に達するかもしれない未知の人たちに、それを届けたくてじりじりしていたのである。

しかし捕虜たちには通信のために、短い約十行の、封をしないミニレターを、月に二度出す権利しかなかった。だからわたしは、志願してドイツに働きにやって来て、文通の無制限の権利をもっていたあるフランス人に、わたしが手渡す断章ごとのテクストを、パリに住む人物に宛てて、彼の名で送ってもらおうと、丸めこむのにやっきだった。テクストの少なくとも独特な、さらにそれらの手紙（疑わしく思われないために、正規の重量を越えてはならなかった）のそれぞれの内容が、ほかの手紙の内容と結びつけられてはいけないので、ひとつの完結した外観を呈していただけに、いっそう並外れたスタイルは、いささかもドイツの検閲官たちの疑惑を目覚めさせなかった。

戦争の残酷さ、あるいはむしろ悪夢——というのも、いかに戦争は体系的であっても、それが要約される全滅、皆殺しの行為は、しばしば非現実的な炎上、幻想的な形を含むからだが——は、わたしの若い作家としての手腕にとって可能なかぎり、そのテクストに描かれていた。わたしが最近の思い出の執拗さ、うわべはささいな意味の執拗さに屈したのは、おそらくそのテクストが、悪夢の性格、体験された妄想の性格を、現場の死の描写や破壊の映像から生じるものよりも表現力に富む、意味深い性格を表現していたからである。

戦争の初期にわたしは、銃後の兵站《へいたん》部隊にいた。そこでは、前線に進軍する前に、さまざまな部隊が形成されていた。軍隊は時代錯誤の動員計画から、時代遅れの軍事構想から、最低の結果を引きだして、最果ての田舎の奥地にまで、やたら馬たちを徴発していた。余分に集結されたので、馬たちは野営地の中庭につながれ、閉じ込められていた。部分的には飼葉がないのと同じく、麦藁《むぎわら》も不足していたので、たいていは寝藁もなかった。充分に世話もされず、しばしば即席の馬丁の監視下に置かれ、たがいに近すぎる鉄杭につながれて、彼らはささいな動きにも押し合いへし合いし、飢えと渇きに苦しめられていたので、いら立ち、その雑踏ぶりはさながらゲヘナのイメージを呈するまでになっていた。

日中には、彼らの数ゆえの混雑や、彼らのなす大きな塊を揺るがす波にもかかわらず、区々にかなりよく見分けられはしたが、むしろ無秩序な、時おりいななきが聞こえる膨大な群れをなしているに過ぎなかった。馬の体形は目の、したがって心の楽しみである。鼻づらの傾きは愛撫をうながし、内なる太古の記憶がわれわれにそれをそそのかし、馬のまばたきはあらかじめそれに承諾を与えている……

ゲヘナが活気を呈するのはとりわけ夜だった。疑いもなく、恐怖のせいで。馬は、周知のように、たとえ月光であっても、反映、閃光にたやすく怯えるものだ。闇のなかでも、襲いかかろうとする重圧を見てとるように思われる。未知の人の出現によって増す馬の不安は、不確かな態度、ぎこちない身ぶりをした、むしろ幽霊のような侵入者のほうが覚える不安によって、倍加するのである。

一日中、深夜までも事務所に留められていたわたしは、睡眠をとる場所にもどるために、ほとんど真っ暗闇のなかで馬たちの囲い場を横切らねばならなかった。杭と張りつめた綱で囲まれた通路は、馬丁たちの仕事がしやすいように整備されていたが、夜には、少なくとも力として、統一され、均質にされた動物たちの塊の膨大な圧力が、馬のような頭がぎっしり詰まった垣根のあいだをせいぜい人ひとりがすり抜けられる程度に、通路の両側を狭めているように思われた。馬のような、という形容詞はここではぜひ必要である。近似的なものをつくる、むしろ漠然とした、単なる種属的な性格ゆえに。わたしはそれが馬たちだとは知っていたが、ある脆い、ぐらつく確信にしがみついているにすぎなかった。わたしはこの動物たちに、自分に対するいかなる敵意も感じていなかった。日中に彼らが与え、わたしの記憶が呼び覚すさまざまなイメージの思い出は、わたしを安心させようとしていた。ただ、波の寄せ返しの現象における、海の相反する二つの潮流のように、自然に、悪意なく、だが容赦なく、彼らが闇のなかで形成し、わたしに向かって立ちふさぐ、見分けがたい膨大な塊が、心底わたしを不安にさせるのだった。

時々わたしは、ある距離をおいて、ぼんやりした塊の上に、キリンの首のようなものが聳え立ち、方向を定めるためか、必死に揺すり、つかのま、あちこちで尻が映える雑踏のなかに、すぐまた沈み込んでしまうのを見るような気がした。また、一頭の馬が流れを遡るように、仲間たちの群を通って移動し、一連の生きたシルエットはそのリレーを提供するにすぎない、想像上の競馬を要約し、決定的な形態のなかで停止するのを見ることもあった。

一瞬たりとも、自分は「軍馬たち」のただ中におり、恐怖のせいで彼らに負わせる、なかば黙示録的な形態は、われわれ――戦友たちとわたし――を待ち受けている地獄の前兆をなすにすぎず、来るべき時のためには（戦争の初動はわれわれの全面的な準備不足をさらけ出したので）、無益な熱狂、絶望的で空しい「逆上」以外の何ものも暗示していない、という感情がわたしから離れなかった。

この馬たちの思い出は、戦争が進展するにつれて、わたしの心中で、時には夜の夢のなかで、増大し、補足されてゆくばかりだった。敗北した軍隊が群がっているところに、敵が追い討ちをかけ、一網打尽にしに行ったような地方において、前線の崩壊が惹き起した人びとの大集合は、直前に徴集された多くの馬たちの塊とその混乱が、わたしの眼前にそのイメージを与えたものに似た、ゲヘナのただ中にわたしを置いたのだった。

ただ、人びとの集団は、つながれた馬たちの集団ほど活発ではなく、何よりも物騒ではない様子をしていた。要するに、地獄はより内的なものだったが、そこでもまた、人間はやはり必死に自分の綱を引っ張っている……。わたしは二度くり返して脱走した。最初は、目標のはるか手前で失敗し、次の時にも、むだに目標に近づいたにすぎなかった。

わたしが心のうちで、われにもあらずというか、馬たちの地獄にふたたび陥ったのは、連合国の東西二つの戦線が互いに接近して、自由への門戸がそれらに入れ替る前に、わたしを二つの火の障壁の間に閉じ込めたので、わたしの成功のチャンスがまったく幻想のように思われた時だった。新しい状況は部分的にそれらのイメージを惹き起していた。わたしは、連合国によってすでに征服された地方から逃げてきたドイツの民間人たちや、敗走中のドイツ軍人たちや、動員され、いまは彷徨《さまよ》っている外国人労働者たちや、最後に、見捨てられ、このばらばらな大群衆によって吸収されたような、あらゆる出身の数万人の捕虜たちからなる、雑踏のただ中にいたのである。

雑踏はわたしを茫然とさせ、胸苦しくさせ、そこを通りぬける激しい恐怖のなかに（連合国空軍が日夜遊撃戦を交えていたので）、食物の幻覚的な源泉の殺到のなかに、いやが応でも引きずり込んだ。地獄にとっての地獄。わたしは自分の内にそのイメージを保っている地獄のほうが好きだった。最悪の場合でも、動物の要素が、ともかく平和をもたらすように思われたからである。

心情的にはわたしはふたたび馬たちとともにいた。彼らは押し合って尻をぶつけ、頭を四方に投げかけ、まくれた上唇の下から黄色い大粒の歯をむき出し、後脚で立つ場所すらないので、いらだって隣の馬の蹄や、踵《あぐと》の上さえ蹴っている。わたしは彼らの激昂、錯乱をともに生きていた。わたしのなかに侵入すると嚇《おど》しては、彼らの錯乱よりもはるかに怯えさせ、わたしの内に生じさせようとする錯乱を、なおも耐えることはできかねたので、わたしは棒をにぎって彼らをおとなしくさせることを夢見た……。ぼんやりと麦藁の匂いがしてきて、わたしが目を覚まし、捕虜の寝床の上でがばっと跳ね起きたのはその時だった。

わたしはそのころ、衝動的なはけ口として物語を書いていた。その物語は後で「馬たち」と題されるだろうが、フランスまで秘密裡《り》に送られ、さし当っては、題名も筆者名も付いていなかった。その作の根底には一連の漠然とした夢があり、わたしはそこからある苦しい印象を引きだしていた。だが同時に、わたしの仲間たちが、いかに身近であっても、それに匹敵するものを提供してはくれないほどの友愛を、そこから呼吸していたのである。

わたしはゆっくりと自分の物語の結末に至った。筋は——だがほんとうに筋を語ることはできただろうか？　それはその場における沸騰、陰にこもった、倦むことのない狂乱、百頭のヒドラのような絶えまない曲折だった——枠組みとしては野営地、ほとんど、厩舎用のしっかり囲まれたバラックだけからなる収容所があった。いつも闇夜だった。わたしは物語の発端から、自分が暗闇を利して、厩舎と囲いの戸を開け放つことになるだろうと分かっていた。それから急遽、馬たちをつぎつぎ解放するだろうと。わたしは彼らをみな追いたてるために、鞭を手にするだろう。というのも、夜の空間を前にして、おそらく尻込みしてしまう馬たちもいるだろうから……

わたしの物語にそれ以外の結末は考えられなかった。せいぜい自分が、馬たちのあとで脱走するのが分かっているくらいだった。結びはぜひ平野の果てまで鳴りひびく大きなギャロップの音にしたかった……。近づく赤軍の砲撃が、まもなくそれと入れ替る。

そういうわけでわたしの物語は、前記のルートによってフランスに届いたのだった。わたしがまだ二十歳にもなっていなかったころ、文学の仕事をするよう勧めてくれた、優れた小説家フィリップ・エリヤが、その分割され、数通の手紙として送られた郵便物の名宛人だった。前述のように、そのフランスの労働者が簡潔な手紙の末尾に自分の名を記さねばならなかったので、わたしの名はそこに書かれていなかった。手紙には、別の用紙で、テクストの一部が同封されていたのだ。しかしフィリップ・エリヤはわたしの筆跡と文体（さらにその欠陥まで）をよく識っていたので、ためらうことなく筆者を特定することができたのである。

その郵便物を被う、動物の寓話を通した、わたしのメッセージは、言うまでもなく、彼を深く感動させた。彼はそれを周囲のほんの数人だけに読ませた。ドイツ占領末期におけるパリには、おそらくその種の便宜がなかったので、タイプで打たせることもなく、草稿のままだった。いかにしてかはよく分からないが、それはまもなく、ジャン・コクトーの手に届いた。数年後に、ミュンヘンでわたしを迎えたときの彼の叫びは、この書き物が彼をも無感覚にしてはおかなかったことを示している。彼は友人たちに電話で、その文章を数日にわたって読んできかせた。彼のパレ＝ロワイヤルでの隣人、コレット(3)だけは、その烈しさに耐えられなかった。

戦争が終り、その草稿は、自分の文芸誌『フォンテーヌ』をアルジェからパリへ輸送していた、マックス＝ポル・フーシェ(4)の手もとにあった。その雑誌においてわが国の文学は、被占領の期間、フランスの延命と、尊厳の意味を主張していた。わたしのテクストには筆者名がまったく記されていなかったので、マックス＝ポル・フーシェは、希望していながらも、それを出版することができなかった。出版するには、わたしがコクトーに親しい人から草稿がどこにあるのか聞いて、『フォンテーヌ』誌のもとに姿を現すのを、彼は待たねばならなかったのである。

すべての若い作家の例に洩れず、自分の印刷された著書を初めて見ることに大きな喜びを覚えたにもかかわらず、わたしはこの時から、戦争を象徴的に要約しようとした夢想と、平時の、仕事のみならず遊びにもどされた世界の現実とのあいだに生じようとしていた、距離を計り始めた。わたしの物語がその一種の証印をもらったばかりの文学は、部分的には平時の遊びの領域に属するので、苦悩を変貌させ地獄を昇華させるのに適した、ある美学の照明のもとに、わたしの経験を置くことになったのである。

大部分は馬たちがその原因であった。彼らが具えている彫刻的なものによって、彼らが促す神話的参照の効果によって、彼らはそうした巧妙な変身を助長し、人はそこにほとんど列福さえ見ることができた。わたしがそこで彼らと知り合いになった収容所の、いささかざわめきすぎる、わが哀れな「駄馬たち」は、すでにより丈夫で、美しく、力強い、要するに、すでに「寓話的な」馬たち、戦時中にわたしの夢想、なかば悪夢をはぐくんだ馬たちと同様、彼らはわたしの読者たちの心のなかに、パルテノン神殿のフリーズの馬たちやローマの凱旋門の四頭立二輪戦車ならずとも、増大されて、いななきつつ歯をむきだすジェリコー(5)のしかじかの馬(シャセリオー(6)のではなかろうか?)あるいは幽霊のように蒼白い、ゴヤ(7)のしかじかの馬をもたらしていると、わたしは漠然とながら感じていたのである。

このテクストが恩恵を受けたジャン・コクトーの保護——公衆はそれに気づくことができなかったものの——は、わたしが読者のうちに予測していた解釈をリードしたかのようだった。わたしは、この作家の著作が読者のうちに呼び起こした感情、わたし自身がまだごく若いころ読みながら覚えた感情を、明らかに単純化した形で、そこに再発見した。彼の著作の詩的価値は、言うまでもなく、正確にはわたしの物語のなかに再発見されなかったが、わたしがやがて夢のリアリズムと呼ぶものがそこには漲《みなぎ》り、曖昧さを保っているのを妨げることはできなかった……

それはともかく、コクトーの作品のなかに見いだされる馬たちは、わたしの馬たちとはまったく無縁であった。わたしは「魅力的な」(それはぜひ必要な言葉だった)比較のおかげで、彼のある詩篇のなかに暗示的に現れる馬たちしか覚えていなかった。そこでは並んで横たわる愛人たちの、絡み合った足が、「首をもたれ合った(8)」二頭の馬を連想させた。

わたしは今度はミュンヘンで、ジャン・コクトーのそばにいた。彼のもてなしの、少し過度な、少し芝居かがった熱烈さ、「巧みな言い回し」のちりばめられた話の軽妙さは、わたしの内に、終戦直後、わたしが明らかに彼の文学的保護という恩恵を受けたのは、誤解だったという感情を目覚めさせた。わたしの物語が人びとに提供された時の外観、すなわち、粗末なノートを引きちぎり、端もきちんと裁断せず、幸いにもあまりインクが滲まずにドイツ軍の検閲は透けて見えたが、太いブルーの線を引かれ、題名も筆者名もなく、要するに、みじめな外観は、たまたまノートを入手した最初の人たちを感動させるにふさわしかった時代色を、彼には注目させなかったのではないか、と思い当たるに至りさえした。

コクトーがわたしに示した愛想のよさは、生来の社交性のものでしかなかったかもしれない。さらに悪く、こう言ってよければ、自分の作品について公的に語ってくれる者を得ようとする職業的な考慮の結果でしかなかったかも。今度は、彼の著書でも、戯曲でも、映画でもなく、絵画が問題であった。彼は油絵とデッサンを初めて展示しにミュンヘンにやって来た。当時わたしは発行部数の多いある日刊紙(9)で文芸欄を担当していたので、この多才な作家の美術活動を報告するのは興味深いと判断した。その方面はまだ公衆にはほとんど知られていなかったのである。

実のところコクトーは、本物の美術評論家がわたしの代りをせず、わたしの訪問が彼を第一の「専門」であるエクリチュールのなかに、いわば閉じ込めてしまうのを、残念に思ったかもしれない。しかし、大新聞のなかで自己について語らせることへの好み、すでに数十年前から確立されている名声がいささかも鎮めることのなかった好みが、わたしよりも資格のある人びとによって自分の絵を判断させるという配慮よりも、彼にとつては明らかに優位を占めたのである。

結局、わたしがデッサン、たいていは肖像画を通して推測していた彼の画才は、ペンから迸るような線描のすばやさと、語の二重の意味におけるエリプス［楕円、省略］への好みにおいて、この作家の本質を露呈してはいなかったか？　だから、コクトーはわたしの存在を遺憾に思う必要がなかった。おそらく彼はそれを喜びさえしていたろう。わたしはまもなく彼が批評を惧れていることに気づいたのだ。初《はつ》の大展覧会をドイツで開く決心をしたのは、そういう惧れのせいだった。

こういう選択について訊ねたとき、「ぼくはたしかに展覧会《エクスポゼ》を催したいが、自分をさらし者《メクスポゼ》にはしたくない」、と彼は言った。わたしは知っていたが、パリにおいて彼の最近の戯曲が対象にされた、若干の手きびしい批判の過酷な思い出を、彼は忘れずにいたのである。

わたしが相手ならば、彼には何ら危険がなかった。この作家にたいするわたしの感謝と感嘆の念は、やたら彼に有利な判定を下すわけではないが、わたしを中立化させていた。彼はそのことに気づいていたのだろうか？　わたしは明らかに、招待を受けた唯一のフランス人ジャーナリストだった。わたしは自分の公平さを守るために、当人に知らせたわけではなかったが、わたしから見れば、とりわけコクトーのドイツ滞在を詳述する資格は自分にはないと言訳したうえで、招待に応ずることを決断したのだった。

そのうえで、彼も望んでいるようだったので、彼のドイツ滞在記を書くために、わたしはあらゆる所へ彼に同行した。彼のドイツの出版社、学生会館、市《まち》の記者クラブ、その他。われわれは車で移動するあいだ、お喋りをしたが、わたしがジャーナリストの活動以外に、まだ執筆しているかどうか、彼はけっして訊ねなかった。「馬たち」、彼がもう一、二度、感に堪えないようすで頷きながらそのタイトルを口にした物語が、彼にとって、夜中に永久に舞いもどってくる、一つの小さな流星に留まっていることは明らかだった。

われわれが立ち寄ったあらゆる所で、彼はいつも見事に、同じ談話をくり返した。ドイツの美術評論家たちの判断をみくびっているようにも思われる、「ぼくはたしかに展覧会を催したいが、自分をさらし者にはしたくない」を含む、同じ逸話、同じ面白い言い回しをくり返したのだ。まくり上げたシャツの袖口から出た、持ちまえの美しい手は、顔の辺りでひらひら飛びかった。彼はそのつど何とか成功する手品師、綱渡り芸人のイメージを与えた。わたしが彼の「演目」のくり返しの、いつも忠実な証人であることは、彼にこれっぱかしも窮屈な思いをさせなかったのだ。おそらく彼はわたしがそこから新たな楽しみを引き出すとでも思っていたのだろう。

食事には三、四人のお供が彼の周りに集まった。そのなかには彼の養子である三十歳くらいの若い男がいた。ドゥドゥという子供っぽい愛称で呼ばれ、それは彼にぴったりなように思われた。コクトーは身分と年齢にふさわしい貴賓席に着き、そこから会話を牛耳っていた。

彼の比喩に富み、才気に満ちた、活発な談話は、とりわけ彼の青春時代の世界を蘇らせていた。その話では、彼が感嘆していたサラ・ベルナール[10]を筆頭に、大女優たちが優先されていた。彼女は、糸レースのブラウスの下で張り出した豊かな胸と王妃の引裾のある衣裳を喚び起こす大きな尻とをぶらつかせたりしない、唯一の女優だったという。彼女を思い出すと彼はひそかな歓喜に浸るのだった。今世紀初頭における女性のモードとブルジョワ家庭の装飾を描くことに——たとえそれらを嘲笑するためであっても——彼は明らかに強い喜びを感じていた。それらは彼の幼年期に、フロイトがわれわれに明かすことになる動機によって、詩人——あまり呪われてはいなかったが——と同性愛者という二重の分裂を際立たせ、部分的にはまずそれを惹き起した環境の、重要な要素である。

養子以外に、コクトーのドイツ旅行に同伴した三人のうちに、猫専門誌の出版者かつ編集長である若い女性がいた。その誌名はペロー[11]の有名なコントの題名を言葉遊びによってもじったものだった。猫の美しさはその地口を提供し、それを口実にして、出版に際して採用されたトーンの、無意味さを明《あ》かしていた。

ボードレールを信じるならば、すべての詩人のように、コクトーも大の猫好きだった。そのことを弁えて、雑誌の編集者は、彼から協力の約束を取りつけるために旅行しているように思われた。彼女は毎年、素晴らしい品種の猫たちの展示会を催していたので、明らかに今度の展示会のためにこの作家の後援を得ることも期待していた。

コクトーはすでにしばらく前から彼女を、パリにおけるちょっとした取巻きのなかに、その一員にするのではなくても、ただちに迎え入れていた。彼は、文学的伝統よりもむしろ自分自身の趣味に従って、動物たちのなかでも猫を非常に高く評価していたが、賢明な人なので、その女性が猫を対象にしていた社交界の催しを、ばからしいと判断せずにはいられなかった。そのことは彼の談話において、その催しに賛同し、それを奨励する妨げにはけっしてならなかった。そういう状況で、他の多くの状況でも同じだが、そんな催しに協力すれば、彼は社交的遊戯の犠牲になっている、金持連中の期待に応えることに専念している、と思われかねなかった。彼はほぼ半世紀のあいだ、個人的な天才の表現において、彼らにショックを与えそうなものを和らげながらも、彼らを不意打ちし、とまどわせようと努力してきたのだ。しかし、より身近から観察すると、そういう行動は大部分、誘惑のための計算、単なる戦略のようには思えなくなる。誘惑が勘づかれる範囲では、それはけっしてこの詩人の深い本性に逆らうものではなく、その表面にすぎなかった。

倒錯はそれ自体として一つの美学である。現実の変形を表し、そこにある賭を導入する。それは芸術の歩みそのものであるが、芸術の奇蹟ではない。洗練、気取り、趣味のよさは、自然法則によって科される歪みを包み込み、「受け容れられる」ようにする。両性の心理的表現における類似は、精神の洗練、凝りすぎ、軽妙さの、両性にとって共通になる言語活動を通して素描される。

彼の現実の猫に、その神秘に（たとえ過大評価されていても）、さらにその歴史、その神話的過去に愛着をもち、E・T・A・ホフマン(12)の猫ムルやエドガー・ポー(13)の猫や、言うまでもなく、ボードレール(14)の猫（明らかに彼は一匹も猫を飼っていなかったが）の馴染《なじ》みになったにもかかわらず、コクトーはそれでもやはり、猫専門誌の女編集長によって開催される次のコンクールで受賞する、素晴らしいアンゴラ猫の首に、メダルのついた細い絹のリボンを結んでやるつもりでいた。言わずもがな、しかるべく呼び集められた写真家たちのフラッシュを浴びて。だが同時に、完全な自信をもって。

これは遊戯の領域におけることで、不誠実、打算の話は禁句である。コクトーにあっては、遊戯好きが絶対的なものなので、それは挑発になることができたのである。

わたしはまもなく、ドイツの代理人が、絵とデッサンの展覧会の補足として催した、映画の夕べにおいて、彼が人前でのスキャンダルや、芝居がかった無償の策動の愛好者であることを再発見した。そういう評判を彼は、第一次世界大戦の直後に獲得し、彼の若干の同時代人たちが、わたしにまで伝えていた。コクトーがある女友達の、コート・ダジュールにある別荘の屋内を飾った、大きな壁画を観せる、彼自身による短編映画が、ミュンヘン美術館のホールで展示される作品たちに、いわばつけ加わった。『詩人の血』(15)という映画が、上映の第二部になるはずだった。

二本の映画が上映される予定だったホールは、われわれが定刻に着いたとき、けっして満員とは言えなかった——それどころではなかった。すでに風邪ぎみでいらいらしていたコクトー（「ここでは誰彼なしに〈先生《ヘル・ドクトル》〉と呼ぶけれど、誰ひとり医者じゃないのさ」、と彼はぶつくさ言っていた）は、それを不愉快に思っているようだった。

われわれはホールの奥のボックス席にいた。コクトーのドイツの代理人が、その夕べのプログラムを発表し、注釈するために、舞台に上がった。その話にそえた、作家、画家への讃辞は、聴衆のなかに儀礼的な拍手を惹き起したにすぎなかった。公衆はおそらくホールにコクトーがいることを知らなかったし、とにかく、暗いボックス席に坐っている彼を認めることはできなかったのである。

別荘の壁画についての映写が始まった。しかし、タイトルが映るや否や、映像が飛び、重なりだした。一方、コクトー自身によって録音されたオーディオ・テープは、よく響く擬声語としてしか聞こえなかった。故障は長引いたが、すでにコクトーは椅子から飛び上がっていた。

——これはぼーくの映画をじゃない〔片言ドイツ語〕！　と彼は、大声でホールに向かって叫んだ。これはぼーくの映画をじゃない！

スクリーンでは、切れ切れの映像と閃光もついに消え、ホールには明りがもどった。しかし、養子を引っ立てたコクトーは、すかさずボックスを離れていた。彼はひと晩じゅうもう姿を見せることはないだろう。わたしは壁画についての映画と、三度目だと思うが、『詩人の血』をがまんして観た。退屈しているように思われる観客たちといっしょに。

わたしはコクトーが、「技術的故障」の起こるまえに、周囲の無愛想を嗅ぎとり、故障を逃げ出す口実に利用したのではないかと疑った。翌朝、彼はホテルで、わたしの推測を正当化した。彼はすこぶる陽気で、明らかに風邪は治っていた。

――ぼくたち、ドゥドゥとぼくは、ブラスリーへコニャックを飲みに行ったんだよ、と彼は言った。あの「退場《ソルテ》」〔彼は映画のホールでやってのけた、ちょっと派手なふるまいのことを言いたかったのだ〕のおかげで、ぼくは元気になったよ。二十歳になったんだ！

あらゆる形の挑発、意思表示、無礼な言動、スキャンダルは、いかなる性格のものであれ、彼にとっては青春の沐浴であった。彼はふだん、自分は名声によって課せられるよそよそしさのなかに――栄光の首枷《かせ》のなかに、とは言わずとも――閉じ込められていると感じていたからである。ミュンヘン滞在が実際にもたらすわずかなセンセーションをできるだけ利用して、彼は、若年のころ進んで誇示していた、派手で、気まぐれな態度をつかのま取り入れたのだった。そこには芝居っ気が横溢していた。しかし、自己の投影への、感情の発揚への欲求を露呈する芝居っ気は、この作家の詩的なエッセンスをなし、彼の才能に固有のものに思われなかったろうか？　たとえそれは若干の作品において、彼をはっきりとメロドラマ的な霊感に屈するよう促したとしても。

彼のこの二重性、詩的透視力の顕著な才能と、体面、見せびらかしへの欲求との共存は、彼を魅力的にすると同時に、面くらわせるのだ。ほんとうに「考え深く」、しかも軽薄な彼……。わたしはわれに返った。いかにして彼は、つかのまにせよ、わたしの「馬たち」に夢中になったりしたのだろう？

そのテクストに内在する文学的価値は、たとえ勘定に入れる資格があるとしても、それを説明するのに充分ではない。正確に日付が書き込まれてはいないが、テクストが含む歴史的な関連、つまり戦争は、フランスの被占領の期間にも、何ら精神的加担を示したことがなく、軍服姿のドイツ人たち（確かにその一人はエルンスト・ユンガー[16]だったが）を自宅でもてなしさえした人を、あまり引きとめはしなかったろう。物語の中心人物と、ほんのわずか描かれただけの、彼の仲間たちが動き回る、幽閉と暴力との雰囲気は、いつもいかなる気兼ねもなく生きてきたこの人に、ほとんど語りかけるものがなかったはずである。

われわれはどこで一緒になったのだろう？　書くという欲求はあまりにも異常なので、それに屈する男女の、奥底に潜むある精神的共同体の存在を暗示せずにはおかない。たとえ彼らはほかの点では少しも似ていないように見えても。彼らがみな同じ欲求の表現において再会するならば、異なる種族に属することは重要だろうか？　もちろん、重要である。というのも、そういった本能の同一性は、けっして類似をなすものではないからだ。ジャン・コクトーとわたしにとって、真の合流点（実際には、つかの間の合流）は、文学ではなく、馬たちだった、より正確には、「わたしの」馬たちだったのである。

おそらく、前述したように、われわれの心底で、廃《すた》れない記憶を目覚めさせ、無意識のうちに、文学や美術における、多少なりと神秘的な過去への関連によって強化された、馬の造形的な美しさが、この詩人を引きとめたのだろう。しかし、たとえわたしの物語のテーマが、その支えである、自然のままの動物的要素に縮小されたとしても、人生の様相、他者の話、読書が、同じく生者と歴史と美学との総合が、コクトーの心の内で成就するさまざまな映像を、生じさせないような日はほとんどなかったはずだ。だから、いろいろな種《しゅ》を巻き込んで、数千年このかた地上でくりひろげられてきた動物の悲劇の、端的なイメージである、わたしの馬たちの冒険が、わたしには見つけられない理由のために、とりわけこの人に語りかけたに違いない。

理由の個人的な性格は未知のままなので、わたしは全体的に理由を推測する。逆説、詭弁を弄する傾向が強く、しばしば才能を精神の軽薄さに溺れさせる、この輝かしい詩人を、途方に暮れた若い兵士——戦争の喧騒によって脅かされ、恐怖から生じる幻覚によって惑乱し、たとえ動物が苦悩のせいで威嚇的になったとしても、見せかけの救済、生き生きした熱気の最後の息吹を、動物のなかに見いだす、若い兵士——に近づくよう促したものは、わたしにとってひとつの名をもっていた。闇の友愛。

動物の世界は、われわれの多くの者たちにとって、世界の習慣的な秩序が——たとえ戦争そのものの秩序であっても——その期間には廃止され、また共通の理性の糸が永久に絶たれるように思われる、いくつかの状況によってわれわれが連れもどされる、遠い、秘密の祖国である。ここでは、科学的な人類学が、あちこちで、人間界と動物界に属するいくつかの胎児のあいだに見られる、形態学的類似を指摘しているにもかかわらず、みずから拒絶している判断にゆだねなければならない。動物像はわれわれの内にあり、実際にわれわれの精神現象のなかに素描されている、とわたしは思う。たとえ脳の構造がそれについて証明していないとしても。

動物像は、われわれの内に組み込まれている反射のメカニズムと同じく、理解を越えたものだ、とわたしは想像する。あたかもマトリックス(17)やブートストラップ(18)のように、男性の会陰《えいん》における外陰部の痕跡や、女性のクリストスにおける小型のペニスがなす、うわべは蛇足的だが、人体において知覚できるもの。この点では、いくつかの心理テストが、もっとも啓示的であるように思われる。

一枚の紙の上にインクか絵具を数滴垂らしたあと、それを二つ折りにして得られる染《し》みについて解釈させるという、ロールシャッハテストは知られている。圧しつぶされた滴《しずく》はさまざまな輪郭を表し、紙の一方から他方へ同じように扱われるのに、それらの輪郭はけっして完全には同じものでなく、一見して、何も表現してはいない。しかし、人が促すのは、被験者の想像力である。それらの染みは彼に何を連想させるか？

もっとも多いのは、むろん蝶である。この翅《はね》をごらんなさい！　しかし、多くの場合それは即答であり、いくら頻度が高くても、主要なものではない。われわれが幼少期、判じ絵で、表現された木の葉むらの輪郭のなかに、狩人のシルエットをついに見いだしたように、まもなくさまざまな形の連想がロールシャッハの染みから引き出される。

至るところでもっとも多く確認されているのは、六割から八割がた動物の形状であるが、わが国にも現代にも見られない動物たちもかなりいる。おそらく挿絵入りの本や映画など、映像の思い出から生まれた動物たちであろう。だから、ロールシャッハの染みのなかには狼のみならずオーロックやマンモスが現れるようになる。マンモスはたぶんそれを見分けやすくする長い牙《きば》のせいか、太古の集合的記憶におけるその存在のせいであろう。

妄想において動物のテーマが頻発することは、きっとわれわれの内なる二要素の不等な共存の、病理学的な誇張をなすにすぎない。われわれの心理現象に動物要素が存在することは、単に人類には、その起源いらい身近に絶えず動物たちがおり、生き残るために多くの動物たちと対抗した競争に帰すべきか、あるいは、動物たちの存在が、ダーウィンこのかた生物学的な性格に限定されすぎた共通の起源を思い出させるのか、明確にすることはできかねるが。わたしとしては、二つの仮説のうち、後者に特権を与えたくなる。

なぜか？　わたしは、自然界を満たす数々の謎めいた存在のほうへ自分をさし向ける、その「闇の友愛」への信念を説明するために、ふつう幼少期を取り巻く愛情がわたしには欠けていたことを、しばしば引き合いに出してきた。その信念は、無意識的に頼みの綱を見いだしていたが、救済をではなかった。というのも、田舎暮しのわたしが取り巻かれていた動物たちの存在、まなざし、接触のなかには、癒しようのない欠如があったからである。植物界との肉体的な親密さもまた、わたしの精神的な孤独が、世界のひろい領域を被い尽すまでになったので、ほとんど消し去られてしまったのである。

しかし、わたしの個人的な状況は、みずから友愛と名づける自然との個人的な関係を、完全に説明するものではなかった。同様に、わたしが前大戦のあいだ置かれていた生活条件もまた、その唯一の原因ではなかった。でなければ、ジャン・コクトーのような人が、たとえ才能と活発な知性と豹変との輝きによって隠された「韜晦《とうかい》」を、彼の功績にするとしても、つかのまわたしと一緒になったことを、いかにして理解したらいいのだろう。彼の全人生はそれほどわたしの人生と隔たったままだったのである！

しかし時が流れ、コクトーはすでに数年前に亡くなったが、今度はわたしがすこぶる感嘆し、みじんも影のないべつの作家が、この闇の友愛のなかでわれわれと一緒になりにやって来た。観光旅行をしていたケニアから――その観光の楽しみは、彼女にとってとくに、広大な野生動物保護区への訪問によって得られたに違いない――マルグリット・ユルスナール(19)は、挨拶の言葉をそえて、サヴァンナの自由な象たちを表した絵葉書を送ってよこした。「わたしは、捕虜だったあなたが、野生の象たちを夢見ていたことを、けっして忘れません」、と彼女は書いていた。

わたしは自分の記憶を問いただしてみたがむだだった。捕虜だったとき、夢のなかで自由な象たちを見ていたと、いつわたしは言ったり書いたりしただろう？　密集、飢え、渇き、殴打によって狂気になった馬たちのことは、確かに書いた。彼らはわたしの内で生きるようにさえなり、わたしは彼らの苦しみを感じ、短すぎる繋《つな》ぎと周囲の雑踏によって、彼らの跳躍が抑えつけられているのを自分の内に感じていた……

われわれの社会において動物たちにふりかかる残酷きわまりない様相が彼女に抱かせた、異例の暴力への抗議のなかで起ったように、動物たちの苦しみを思い出すことに耐えきれず、おそらくマルグリット・ユルスナールは本能的に、わたしの物語「馬たち」に見いだされた残酷なリアリズムの映像を記憶のなかで変貌させ、鎮静化させたのだろう。窮乏と虐待によって狂暴になり、闇のなかで彼らが形成する、見分けがたい興奮した塊の上で頭を振る馬たちよりも、彼女はおそらく、コレットが暗黙のしかたでしたように、わたしの喚起における邪悪な自己満足を非難する代りに、サヴァンナのなかを眠たげに、ほとんど夢のなかでのように移動する、野生の象たちを置き換えるほうを好んだのである。

そのように彼女は、目指す英知を表す、一種の仏教的イメージに特権を与えていた。そのイメージは、ある平和が存在し、世界の現在の苦悩にやがてうち勝つという確信——まだ彼女の心のなかに素描されたにすぎないが——へと、彼女を導くだろう。実のところ、語の霊的な意味で、恩寵《グラース》の概念のなかに象を導入したのは、彼女ではなかった。自伝的な本、『敬虔な思い出』(20)のなかで、彼女は誕生当時の自分について語りながら、こう書いている。「揺りかごの上のほうには、小天使の首で飾られた、象牙の十字架が揺れている……。それはありふれた物だ。ほとんど同じほどおきまりのリボン結びの輪のなかに置かれた、敬虔な小物である。しかし、あらかじめフェルナンド［彼女の母親］は、たぶんそれに祝別を受けさせたのだ。その象牙は、コンゴの森で殺された象に由来するもので、ベルギーのある密売者に売られたものである。」

マルグリット・ユルスナールの両親の見方では、その「贅沢な祭具」は、明らかにお守りとしての力を、それが表す守護天使に負っていた。その小物を一生保存していた作家は、それが表すもののせいではなく、その材質そのもののせいで、無意識のうちに、それにたいして同じ自然の力を託していたことを、どうして見ずにいられようか？　マルグリッド・ユルスナールが、かなり不必要なことなのに、増大させている正確な諸事実（原住民、密売者）は、母親はもう産褥で亡くなっているのだから、いったい誰から聞き出したのか疑問をもつよう促しさえし、敬虔な物の起源が、動物、しかも「野生」動物であることを明らかに強調するよう意図されている。

その敬虔な物が、自然のもっとも目立つ形態のひとつ、象のもとに、生きた自然と、誕生したばかりの、つまりきわめて不安定な状態にある子供とのあいだに確立した関係は、その子供が実際にもう母親を亡くしているだけに、いっそう守護的な性格をもっていた。思いやりのある姉、マルグリット・ユルスナールは、幾冊かの拙著によって、わたしが愛情の奪われた幼少期に、自然——動物はその理解可能な形態、比喩的な原理にすぎないことが理解されたと思う——の別の面と、本能的にそういう関係を確立していたことを理解してくれたので、回顧的にわたしを象たちに捧げたのである。

うわべはしばしば互いに無縁であるが（わたしはいまジャン・コクトーのことを考えている）、みな同じ目に見えないしるしを付けられているわれわれが形成する一種の家族において、事態は同じである。

われわれのために、世界にかけがえのないひろがりを与えてくれる、この闇の友愛のなかで、われわれは時たま再会するのである。

鏡

ルイ・アラゴン(1)

ルイ・アラゴンの田舎の邸宅は、サン゠タルヌー゠アン゠ニヴリーヌの渓谷にあった。そこは、より正確に言えば、イル゠ド゠フランスの、小谷が蛇行し、森が散在する地方、ユルポワの里にある。フランス語による中世の詩はその地を起源とし、実際はマントワのかなたにまで、東北のほうではソワソネにまでも広まった。だから、風景による刺激と同じく、歴史による刺激が、部分的にアラゴンの詩を特徴づけたことは、わたしには意外でなかった。韻をふみ、歌うようで、時には宮廷風恋愛のこだまを聴くような気がする詩。

同時に、この作家の詩編における、場所の伝説的な過去と中世のマニエリスムへの控え目な準拠は、人柄のむしろ貴族的な風采、端正な顔つき、すらりとした背丈、とりわけ、時には尊大さに近い態度と部分的に一致していた。彼の内のすべてが、彼がしばしばエルザ(2)とともに滞在した住居の古さと様式に、また、『ベリー公のいとも豪華なる時禱書(3)』の挿絵におけるような、節度ある、いささか非現実的な周辺の風景に、呼応していたのである。

わたしはその日、アラゴンが初めて招いてくれた所有地の敷地で、彼の散歩に同行した。われわれは、エルザとわが妻アリスが家のなかでお喋《しゃべ》りするのにまかせた。家は十七世紀の水車小屋を見事に復元し、住居として改造したものだった。庭園を横切る水流が、かつては水車の車輪を回転させていた。おそらく誘水溝だったのだろう。一艘の小舟が係留されている。あたかも日傘をさした乗客を待っているかのように。水車小屋の時代の建物が、古風に舗装された広い前庭に、水車小屋と向き合って建っていた。

所有地の全体は二ヘクタールを越すに違いなかった。わたしは田舎で幼少期を過したので、見せてもらう所有地の面積を尋ねるという、ぶしつけな習慣が身についていた。しかし今度だけはつつしんだ。ホストの口ずから、コミュニストである彼自身を当惑させるような数字が言われるのを、予期していたのだろう。彼はさまざまな罠《わな》を怖れていた。わたしはだからといっていささかも彼の警戒心を正当化するつもりはなかった。そのうえ、ほかの党員たちのなかで彼に匹敵する警戒心の持主に遇《あ》ったためしがなかった。もっとも、明らかに彼ほどの資産家がいなかったのは確かだが……。さらに、アラゴンはおそらく、彼の物腰、生来のエレガンス、卓越さがもつ、人を驚かせるもの、したがって、プロレタリアート側への熱烈な支持者にとっては胡散《うさん》臭いものを意識していたので、いつもわが身を警戒していたのである。

とはいうものの、彼の警戒が、衝動的な気質に屈した発言によって、時おり潜在的な敵たちに武器を与えることの妨げとはならないのを、わたしは見るようになるだろう。庭園のゆきとどいた手入れに感心して、何かの折にわたしは、手入れに携《たずさ》わる人をほめた。何ということを言ってしまったのか！　所有地を管理していた夫婦、夫は庭園の、妻は家の維持を引き受けていたが、彼らは怠け者で、ぺてん師にすぎない、と彼は怒りを抑え声を震わせて告げたのだ。さらに彼は、その夫婦を交代させようとしていた。

そういう文句を聞きながらわたしは、悪しき主人、気難しく不正な主人の、伝統的なイメージを思い浮かべざるをえなかった。わたしのホストが誇示している寛大な政治的意見のせいで、彼を矛盾、諷刺的逆説のなかに閉じ込めるには願ってもない機会だった……。とはいえ、彼がその夫婦に向ける非難が正当化されるとしたら？　なぜわれわれは、社会全体の組織に関係がある信念と、一般的にひどく込み入った平凡な家庭的問題とのあいだに、ある関連をもたせようとするのだろう？

わたしはにわかに家のなかにもどりたくなった。あたかも、彼が所有している広大な土地と革命的作家との対照が、実際には非難すべきことでないとしても、不安定で不愉快な印象を抱かせ、つい先ほどまで、この作家と、彼の住居、その田園的環境とのあいだに存在するように思われた一致を、否認してしまったかのように。こういう断絶、不協和はほぼ完全に、この作家がつい先ほど、要するに取るに足りない問題において示した、いらだち、手厳しさから生じたのだった。とはいえ、そういう事態は、わたしがすでに幾度もアラゴンにたいして抱いた印象を強めるのに足りるものだった。彼は「平和の人」ではなかったのだ。ここではいささか大げさな決まり文句の惧れはあるものの。このような人を前にしては、いかなる景色、いかなる至福も、実際に「持ちこたえる」ことができなかったのである。

その住居はとても凝ったしつらいであった。古い家具（台所に至るまで、壁が部分的に当時のデルフト陶板で被われていない所はなかった）、前世紀末か現代の巨匠たちの絵……。製粉所の古い階段に替えたニス塗りの木の階段が、二階へと通じている。エルザは、自分が唯一の書斎を占領するときには、ルイは段階に坐って膝の上で書くのだ、と教えてくれた。それは初老の夫婦では、時には夫を服従させるふりをする妻の、からかいだったのかもしれない。実際には、冗談めかしたその打明け話において、エルザは自分の権威を主張し、作家としての権利を思い出させたのだった。彼女がルイの文才に対してもっていた真の感嘆の念は、彼女の競争心を排除するものではなかった。彼女は、ルイの作品が称賛されることを本心から願っていた——わたしは間違っているとは思わない——が、自分がその陰に隠れることにいつも悩んでいたのだ。その結果として、文学が話題になるとき、しばしば彼女の言葉に染みこみ、ロシア語のアクセントでも和らげるには至らない、厳しさ、辛辣さが生じたのである。

住居はある奇抜さを具えていたが、それまでわたしはほとんど気づかなかった。というのも、自分の領地を見せたがっている、あるいは、ただ外気を吸いに行きたがっているアラゴンのいらだちに応えて、わたしは到着したとき、突飛な設備がある居間にぐずぐずしてはいなかったからである。

むかし、導水溝から落下する水を受けて、碾臼《ひきうす》を動かしていた、水車の水受け板つき車輪は、当然そとに、建物の壁にぴったりつけてあった。駆動軸（水車輪の軸）は壁を通りぬけ、穀物が注ぎ込まれる、漏斗《じょうご》をかぶせた碾臼まで延びていた。その後、ソファーとテーブルがそういう機械仕掛に入れ替った。水車小屋が転用されたとき、その相次ぐ取得者たちの一人が、おそらく建物の過去を思い出させ、その所有物が保っていた「水車小屋」という名を正当化するために、壁の中に大きな円窓を開けさせる決心をし、その一メートル足らず向こうに、水の落下が見えるようにしたのだ。ただ、かつて水の落下が動かしていた大きな水受け板つき車輪は、取り除かれた。

水は、その激しい流れが証明するように、いかに自由であるとはいえ、大きな円窓の向こうでは、囚われの身のように見えた。要するに、みずからの落下のなかに閉じ込められているように思われたのだ。自然のなかで滝を見ると、水は張り出した高みから立ち現れ、落下においては多少とも髪をふり乱し、地面に達するや、流れを形成して逃げ去り、小川になるのが見られる。そういう連続性はこころを満足させるものだ。

ここでは、円窓の向こうで大きな滝となって落下していても、水がどこから来てどこへ行くのか分からなかった。人は流れのもっとも激しい部分と絶えず対面させられるのだった。窓ガラスの厚さが水音を押し殺してはいたものの、流出の激しさから水音は充分に推測できた。流動している液体においては、つかのまの渦巻きが形づくられ、時どき水脈がロープの子綱のようにねじれ、泡の開花が現れるや否や消え、小さな触手に似た水の短い裂け目が、時たま窓ガラスのほうに飛びかかる。水は生きた存在になっていた。円窓のほうをふり向くと、水と対面する格好になった。一方では騒々しい。だが他方では？

じつを言うと、われわれがいる居間を支配していた平穏は、水の絶えまない動揺によっていささかも乱されることがなかった。ある仕方で、斜めから見ると、水は円窓を不透明にした。あたかも、突然麻痺させられ、水族館の色合いを帯び、また一挙に動きだすかのように。そこに責苦《せめく》のイメージを見なかった者がいるだろうか？

わたしはアラゴンとエルザがどうやら円窓をまったく見ていないことに気づいた。彼のほうは習慣的に、喋りつつ絶えず室内を往来するので、回転の二度に一度は、渦まく円窓と鼻つき合わせはするものの。とはいえわたしは、彼らが二人とも、真夜中でさえ休息を知らないこの水のイメージに、無意識的につきまとわれてはいないかどうか自問していた。

これに関連して、どうしてわたしは、エミリー・ブロンテ(4)の小説『嵐が丘』を思わなかったわけがあろう？　そこでは、不断の熱に、内的な暴力に捉えられた人物たちが見られる。その暴力は、絶えず彼らの住居の周りに吹きつける風が、時おり彼らの情熱をかき立てるかのようにして現れるのだ。直前にはほとんど赤味のなかった熾《おき》から、にわかに真っ赤な炎を引き出す鞴《ふいご》のように。

エルザは、自分のなかに閉じこもり、ルイよりもはるかに寡黙で、不満、絶えざる内的要求を、ほとんどまなざしによってしか露呈させなかった。『エルザの瞳』(5)の詩人は彼女のまなざしのなかに、彼にとっても読者にとっても幸いなことに、まったくべつのものを見ていたが……。彼のほうは、会話を独占し、モノローグのなかに閉じこもって、喋りまくっていた。そこにはまもなくある種の攻撃性が頻繁に現れるようになった。わたしはそのことをとりわけ作家全国委員会の指導委員会のおりに確認するはめになる。彼はわたしもそこに所属するようもとめたのだった。

戦中におけるポーランドとウクライナのユダヤ系少数民族の大量殺戮について言及した拙著、『死者の時』(6)はいくらか、有名な文学賞のおかげで、かなり広範な読者を獲得し、共産党のインテリたちの共感を呼んだ。当時、ヨーロッパの列強は、ドイツ連邦共和国が加盟を促されるようなヨーロッパ防衛共同体の設定を検討していた。この計画は、東欧において、われわれに平和の保証をもつよう、率直に勧めていたソ連の軍事力集中にたいして、われわれの緩衝地帯を強化するという狙いがあった。

言うまでもなく、フランスの共産党員たちは、ソ連の意見に与《くみ》し、彼らの見解では、かつて兵器を周知のやり方で使用したドイツ人たちを武装させるのは危険だと、激しく告発していた。わたしは、証言の価値があった拙著において、ドイツ人たちのその使用法をもっとも恐ろしい形で思い出させたのだった。どうして共産党員たちがそのことに拍手喝采しなかったわけがあろうか？　アラゴンは、面識のないわたしを、訪ねるよう招待してくれた。わたしはこの作家に感嘆していたので、彼の願いを聞き入れたのである。

彼は、いささか過度の荘重さをもって、拙著が平和のために貢献すると断言し、わたしがその気になればいつでも、彼の週刊誌『レットル・フランセーズ』(7)に執筆するようにと誘ってくれた。彼が希望していたのは、政治的記事ではなく（彼はわたしを充分に信頼できると判断してはいなかったに違いない）、周知のように、作家の考えの最良の伝達手段である、わたしの霊感、作家としての感性が書き取らせるものであった……。彼の週刊誌に載ったわたしの記事は、非常に間遠なものだったし、厳密に文学的な性格のものだったにもかかわらず、ほどなく彼は、共産党員たちが「シンパ」という名――それを付けられる者たちを、ほとんど巻きぞえにはしない名――を与える、作家、芸術家、教授、弁護士など、さまざまな階層の人びとに、わたしは以後属すると考えるようになったのである。

アラゴンは率先して作家全国委員会にかなり多数のシンパたちを集めた。その委員会は初め、第二次世界大戦中のレジスタンス運動の精神を永続させるための組織だったが、ほとんどの人たちはかなり前から、その政治的中立を信じなくなっていた。最初からアラゴンは、彼の指揮のもとに指導委員会を構成する、十人ほどのメンバーのなかに入るよう、わたしに提案した。

すでに作家全国委員会が全体的に悩んでいた無関心を、目立つ仕方で示していた、この責任者たち

――有名人たちではないにせよ――の小さな中核は、もっとも魅惑的な名をいくつか失っていた。その一人であるサルトル(8)は、辞職したわけではないが、会議にはいつも欠席していた。わたしがアラゴンにたいして抱いていた真の共感と感嘆の念だけで、穴埋めの役を演じるのに充分だったろう。たとえわたしがその中枢に座を占めた組織の、進行した凋落ぶりを知らされていたとしても。ただ、組織の衰退の具体的なイメージだけが、わたしにその凋落ぶりを意識させたのである。

全国委員会が相変らず占用していた場所の、全体的な外観は、委員会が戦争直後にもっていた輝き、したがって、具えていた力を思い出させたかもしれない。国の被占領期に品位を欠いた罪のある作家たちに対する道徳的な弾劾は、その場所で厳粛に宣言されたのだった。多少なりと一時的な出版禁止を伴って。対照的に、しばしば命を賭してレジスタンス運動を鼓吹した作家たちは、そこで声高に称賛されていた、等々。

創設当初から作家全国委員会が入居していた場所はとても居心地が良かった。すこし前にはドイツの機関が占用していたが、一般に広々とした、時には豪華な部屋からなり、新しい賃借人たちに充てられ、多少とも公的な機関すべてに当時許可されていた「無断居住《スクワティング》」(フランス語にはない言葉)であった。そういうわけで、作家全国委員会は、エリゼ通りとガブリエル大通りとの角近い、十九世紀後半の邸宅のなかにあった。そのすぐそばには、ナポレオン三世のルーヴル宮付き建築家ルフュエル(9)によるもので、ユジェニー皇后(10)が母君モンティホ伯爵夫人に贈った邸宅があった。

隣接して建ち、こういう連結によって一部吸収された、旧王室の邸宅は以後、作家全国委員会を擁する邸宅の一翼を担うに過ぎなくなった。われわれが記念建造物のような階段を昇って行きつく、広々とした部屋では、数々の会議を催すことができたが、同時に、「委員会」の衰退期になると、参加者の減少がいよいよ目立つようになった。むしろごついテーブルが二、三台と、あちこちに、木製の椅子が数脚あるだけで、ほかには家具のないことを、その場所の青白い照明が強調していた。

指導委員会は、若干の椅子が集められた、むき出しの広いホールの真ん中で、月に一、二度開かれた。椅子がみなふさがることはけっしてなかった。暖房が不充分なので、マントを着たままであるわれわれは、そのがらんとした部屋の真ん中で、決算をしにやってきた執達吏か公証人を連想させた。かなりくすみ、埃をかぶった羽目板の上に、われわれがときどき目を彷徨《さまよ》わせると、その決算は、羽目板が漠然と思い出させる時代の、むしろ遅ればせの決算であるかのように思われた。わたしは、その時代がみずからの亡霊の一人を代表として送ってよこしたと想像するまでになっていた。われわれの前を喋りながら往き来する、その痩せた、上品な、白髪《しらが》まじりの男を。

アラゴンがわれわれの間に坐ることはほとんどなかったので、会話の都合からすれば普通はそうであるように、椅子を円陣に並べるのではなく、ほとんど一列に並べざるをえなかった。モノローグに耽《ふけ》った議長の絶えまない移動のせいで、われわれは礼儀上、彼を目で追わねばならない。わたしはしばしば、自分にとってほとんど興味がなく、時には異議を唱えたくなるような話を聞いて、いったい自分はそこで何をしているのか自問していた。実際にはアラゴンは、すでになかば過去の幻影である、その委員会にわたしを引き入れることによって、単に新兵補充をしようとしていたのではなかった。それはあまり重要ではなかった。ある種の共感が、明らかに彼を導いていたのだ。わたしがアリスに遇って結婚する前、アラゴン＝エルザ夫妻と彼女との間にあった関係は、彼がかくも早々とわたしを受け容れたことを、幾分か説明していた。共通の友人たちや、アリスが翻訳していたスペイン語圏作家たちの政治的意見――それに彼女自身の意見――は、数年来、彼らを親密にさせていたのである。

そういうわけでわたしは、共産党員たちがしばしば、「同志たち」との私的な関係において、真に感情的な要素をもち込むことに気づいた。家族的な精神が、党派的な精神に重なり合っていた。活動家の配偶者、時には子供さえ、補足の、さらに代用の親戚のなかに、抗《あらが》いがたく合体されていた。彼らはそこで、戸籍上の絆によって結びついた人たちと同じ、時にはそれ以上の、熱意と援助を見いだしていた。むしろ貴族的な生活習慣が身についていたアラゴンは、言うまでもなく、「下部組織」の大部分の同志たちが、私的な関係において、つまり「細胞の外で」示す、熱烈な好意、時には同情に陥るようなことはなかった。とはいえ彼は、人の肩に手をかけることに、嫌悪を覚えてはいなかったのである。たとえ長くそうしているわけではないとしても。

それは厳密に個人的な確認だった、とわたしははっきり言わねばなるまい。われわれの関係は、付き合い初めの熱意が刻み込まれてはいたものの、彼はわたしのうちに、あるためらいがあることを見抜き、わたしはそれを感じていた。彼はそのためらいを政治的な性格のものとみなし、これは間違いだったわけではない。共産主義が根拠を置く正義と連帯との精神は、青春時代において、出身と社会的身分も与《あずか》って、わたしを魅きつけたとしても、個人的な自由は、そうした精神の実施の後では、ほとんど残れないことを、まもなく確認したのだった。一九四五年にわたしを解放した赤軍での短い滞在、その後、ソ連と中国において、いささか表面的ながらも観察したことのおかげで、わたしは壮年期が近づくにつれて、当然すでに弱まっていた、青春時代の幻想から、ついに離脱していたのである。

とはいうものの、わたしは、同世代の大部分の男女が経験した、そういう内的葛藤の複雑さを意識したままだった。また人類の名誉のために、後につづく諸世代にも、そういう内的葛藤が免除されないことを望んでいた。わたしの政治的疑問は、アラゴンにとってむしろ好意的に方向づけられていたにもかかわらず、彼の目を逃れてはいなかったに違いない。彼は、ヨーロッパ防衛共同体の計画に反対するキャンペーンへの協力を、わたしから得たことを明らかに喜んでいて、さしずめそれ以上を期待せず、女友達アリスの夫が、交際できる男であることだけでよしとしていた。

わたしが彼の人柄について抱いていた意見――人柄と作家を切り離して考えていたにせよ――も、同等の保留を含んでいたが、おそらく彼はそのことも意識していた。わたしが接触した共産党員の多くは、マルクス＝レーニン主義の掛替《かけがえ》のない美徳への誠実な信念によってわたしを納得させたとしても、その信念を証明するのに使われた議論によってよりも、むしろ彼らのまなざし、声の抑揚、断固たろうとするがあきれるほど不器用なばかりの態度によってであり、アラゴンが自分の政治的意見を説明するときには、わたしはある種の気まずさを感じていた。その人物が丸ごと、彼の信仰告白の生きた否認だった。その人柄全体から、生来のものではなく、後天的な復讐欲である強い私情があらわになるだけ、私情はいっそう強調されるのだった。わたしは徐々に、そういう私情の性質と起源に気づくようになった。

わたしはアラゴンがほかの詩人たちと一緒にいるところをよく見かけた。とくにアリスが本を翻訳したスペインや南米の詩人たちと一緒に。作家全国委員会は、あまり有名ではない文学者の常連たちに縮小され、エリゼ通りの邸宅をまもなく離れざるをえない危機に瀕していたにもかかわらず、ラテン系の詩人たちがフランスにやってきた折りには、歓迎会を催していた。スペイン人ラファエル・アルベルティ(11)からキューバ人ニコラス・ギリェン(12)まで、グアテマラ人ミゲル・アンヘル・アストゥリアス(13)やチリ人パブロ・ネルーダ(14)も含めて、彼らはみな共産党員だった。少なくとも進歩主義者で、時には亡命者だった。彼らの政治的な信念は、簡略主義のなかに、彼らの祖国において実施されている体制の古風な性格を反映していた。こういう歴史的な遅れは、彼らをわが国の一八四八年の革命家たちと一緒にさせ、彼らの信念を感動的なものにした。その若干の者たち——わたしはとりわけパブロ・ネルーダを念頭においている——はいささか策略と打算を弄していたが。

このチリの偉大な詩人は、かなり抜け目のない人で、虚栄心の遊戯をするのだった。自分の誕生日のために、彼は友人たちを食事に招待し、そこでカーニヴァルの王様になって現れた。確かに、王者の表象は金紙のスカーフと、宮廷の道化の笏に限定されていたし、それらはたちまちテーブルの下に消えてしまったが。こういうユーモアのしるされた儀式は、この人物の誇大妄想を想起させるとしても、また、それを正当化するのではないが、説明するもの、すなわち、彼の顕著な才能と、それで彼が確保した南アメリカの詩における実際の王位、さらにそれ以上のものを思い出させもするのだった。しかし、この雄弁な仮装が、列席した詩人たちの気分をいささかも損なわなかったはずはなかろう。

その晩、支持者の一人によって詩人に貸された、サン＝ルイ島の小さなアパルトマンで開催された、パブロ・ネルーダの誕生夕食会には、アラゴンが参加していた。アリスとわたしは中央市場に、ちょうど食べごろの大きな野兎を二羽、買いに行ったのだった。ネルーダは、その料理に目がなかったのだ。

それはあまりわたしの口には合わず、明らかに隣席のアラゴンにもそうだった。彼は愛想のよい様子はしていたものの、いささかいらいらしているようで、酒をしたたかに飲んでは、支離滅裂なことを口にしていた。いつもながら駄弁家である彼は、テーブルの向こう端《はし》でくり広げられるお喋りのざわめきを抑えこむために、かなり大声で話をしていた。

この時、隣人はわたしのほうを見ていたわけではないのに、わたしはどんな話のきっかけで、満面に彼の話を受けるという印象をもつようになったか分からない。けっして革命的行動に参加しないくせに、ただ反動的に、滑稽にもブルジョワ的に見られたりしないために、革命的行動に賛同するふりをしているが、いつかはそれを糾弾し、さらにそれと闘うかもしれない輩《やから》を、彼は痛烈に批難していた。だから、知識人社会の一部には、しばらく前から、流行語で言われるように、赤は「流行《はや》る」とみる人たちがいるのだ……。わたしは列席者のなかで唯一人、共産主義者ではなかったので、どうしてそういう話によって自分が狙い撃ちされていると感じずにいられたろうか？　わたしは何も聞こえなかった、少なくとも何も理解しなかったふりをした。最年少の出席者だったので、わたしのしりごみは、年長者、しかも有名な年長者にたいする敬意、とみなされたかもしれない。

疑いもなくアラゴンは、そういう会食者たちのなかで感じているいらだちの気晴らしをもとめていたのだ。そうすることで、悲惨が支配している大陸全体を代表し、少なくとも世界のコミュニストの観点からすれば、フランス人である彼を凌駕《りょうが》している詩人を、暗に称賛しているのだった。アラゴンは絶えずグラスを空けていた。なぜほろ酔い加減の人の話を重大視する必要があろうか？　とわたしはくり返し思っていた。

ほどなく彼は、同じく挑戦的だが、今度はわたしに直接に、最初のよりもはるかに意外な話をした。いま話しているのは、もはや政治的偽善の非難者、うわべだけの革命家の告発者ではなく、驚くべき変貌ぶりだが、野心の、出世主義の策士だった。彼はわたしのほうに身をかがめていた。

——きみはやりかたを知らないよ、と彼は、夕食の終りのざわめきのなかで、小声で言った。きみは弾《はず》みで、やりかねないな……

しかし、もはやわたしの記憶は、彼の言葉を正確に再生することができない。完全に答えられるのは、最初の決まり文句しかない。「きみはやりかたを知らないよ……」(社会における、より正確には、文学におけるあてこすり。わたしに話しかけているのは、偉大な同業者、「ベテラン」なのだった)。彼が用いたくだけた常套句そのものは、いまだにまざまざと心に残っている。彼は、どういうやりかたをすべきか正確には示さずに、わたしをやたらとせっついていた。肝心なのは、立身出世しようとする意志にある、と彼はわたしに理解させようとした。

わたしは、彼が冗談を言っているのだと思い、何と答えるべきか分からなかったが、まもなく自分がみじめな気がしてきた。さながら、かつてのわたしがそうだった、愛情面でも物質面でも不遇だった少年の内気さ、愚かさが、彼によって恥をかかされているかのように(彼がわたしの過去を知らなかったのは本当だが)。彼の言いぐさは、わたしがいつもそこに仕返しを見いだしてきた、内奥の謙遜を傷つけるものだった。自尊心の喜びにたいする、社会的成功の悦《よろこ》びとその成功がもたらす物質的贅沢にたいする軽蔑は、本能になって、わたしには力の代りをなし、べつの形の野心のようになっていたのだ。こういう超越の要因である、最初の不運によってわたしは豊かであること、その不運は、他人には見えない、おそらくわたしにとってもっとも身近な人びとにさえ見えない、内的な光で、わたしを照らしていること、わたしは無償でそれを獲得したわけではないことを、彼は理解していなかったし、おそらく理解することができなかったのだろう！

しかし、彼はなぜわたしにそんな話をしたのか？　確かにわたしは、この人に完全な政治的信念をみたことがなかった。人間として作家としての屈託のなさは、政治的信念のありかを疑わせるのだった。それでもやはりわたしは、彼には深い確信があると思い込んでいた。人はこういう点では変装したりしないものだ。そのうえ、有名な作家である彼が、そんなことをしてどんな利益があっただろう？　彼は自分が誇示してきた意見をひそかに否認している、とわたしは信じるのを拒み、彼の尊大、傲慢ゆえの、身勝手な感情、エゴイズムによって一部は封じ込められていると、わたしがそれまで想像してきた政治的信念よりも、はるかに深い政治的信念が彼にはあるのだと、信用するまでになっていた。

わたしに対して真の敵意を抱いていたわけではないが、ほんのわずかでも、自分の意見を共有することが絶対にできないと判断した彼は、見識のある先輩として、わたしがたて続けに獲得した二つの重要な文学賞のおかげで開けた、「ブルジョワへの道」に、わたしを誘い込もうとしたのだ、と思った。とはいえ、ネルーダの所でわたしが受けたばかりの「忠告」の、相反する二つの解釈は、等しくわたしの自尊心を傷つけるものだった。最初の場合には、わたしの人格にたいして示された皮肉な軽蔑、後の場合には、他人のうちに観察される知的ないし心理的な不全によって吹きこまれた、寛容のしるされた軽蔑が、読み取れたのである。

その後数ヵ月間、夜会の思い出のみならず、多忙のせいで、わたしはアラゴンから遠ざかっていたし、彼のほうは、生活上の波瀾のせいで、ほとんどそのことに気づいてもいなかったに違いない。作家全国委員会はすでに存在しなかったので、わたしはエリゼ通りの邸宅の、くすんだ羽目板の下で彼に会う機会がもうなくなっていた。とはいえ、作家全国委員会の周《まわ》りにでき、幾人か共感のもてる人たちがいた社会と縁を切らないために、わたしはそこから発行されていた週刊誌『レットル・フランセーズ』に時おり原稿を送ることはつづけていた。それらの原稿は、そこの編集長により、おそらくアラゴンの承諾をえて、わたしに依頼されたのだった。われわれのあいだにそういう絆《きずな》が存続することは、わたしにとって不快ではなかった。わたしは、世界保健機関情報局のためにした、かなり長期の東南アジア旅行の途次、「第三世界から」霊感をえた詩（わたしが十八歳このかた書いた唯一の詩）を、その週刊誌に送るまでになり、それは公表された。名宛人が、われわれの不在を、決定的な疎遠、断絶とはみなさないために、不在に目印をつける絵葉書のようなものだった。

フランスに帰国してまもなく、わたしはある芝居を上演させた。初日のために、劇場当局はわたしの個人的な招待客のリストをもとめてきた。わたしはそこにルイ・アラゴンとエルザ・トリオレの名を載せるのを忘れた。実のところ、わたしはエルザが、『レットル・フランセーズ』誌で劇評を担当していたので、あらゆる劇場から新作の招待を受けていることを知っていた。しかし、よくあることだが、われわれの精神は、ずっと前からの既定事実を、特殊な状況の光のもとで見直さなくてもすむように、その事実の認識の後ろに身を隠すものだ。要するに、『レットル・フランセーズ』誌のように発行部数の少ない週刊誌の劇評家たちは、たいてい「初日」後の晩にしか招待されないことを、わたしは思い出したくなかったのである。

この有名な夫妻は、わたしから初日の招待状を受け取らなかったので、わたしが彼らを昵懇《じっこん》の間柄のなかには含めていない、と考えても当然だった。わたしはかつて書評を担当していた新聞において、エルザ・トリオレの小説に関し沈黙していたことを、彼女が恨んでいるのを知っていた。彼女の小説の浅薄な感傷性は、とはいえ叙述には精彩と闊達さが欠けていたわけではないが、ほとんどわたしを魅きつけなかったのである。

ルイよりも他人を見抜く素質のある彼女は、しばらく前からわたしが彼らに対してしていたある種の保留に、おそらく気づいていたのだろう。ネルーダの夜会に出席していた彼女は、わたしも含められる自称「左翼の」人びとを狙い撃ちした、ルイの嘲笑的な言葉を聞かなかったはずがない。またおそらく、すぐ後でルイがわたしに出世主義の教訓を垂れたとき――座席の位置からして、彼女には明らかに聞こえなかったろうが――わたしの狼狽し、すぐ沈鬱になった顔つきに気づいていたに違いない。

彼女は、ルイのお喋りがあまりにも軽率だったり、あまりにも気まぐれだったりすること、とりわけ飲酒のあとではそうなることを知っていたので、わたしから初日の招待状が届かなかったとき、あの夜会で彼が口走ったことをわたしが赦していないと考えざるをえなかった。彼女がルイに小言を言ったのは、自分の本について今度こそもうけっして記事をもらえない（わたしはまだ時どき『ガゼット・ド・ローザンヌ』(15)紙に文学批評を載せていた）と惧れたからというよりも、むしろずっと前からアリスと昵懇の間柄だったからである。ともかく夫妻は、われわれの間にありそうだと疑った誤解を、機会のありしだい解消する決心をはっきりしたのだった。普通の匿名の招待状で、エルザとルイはわたしの芝居を見物しにやって来た。彼女は劇評によって、彼は手紙によって称賛し、わたしを祝福することを固く決意して。

そんなことはしなくてもよかったのだ。わたしはその晩も劇場に行った。俳優たちに顔だけ出すために、ほとんど毎日通っていたのだ、というのも、すでに客足が減り始めていたからである。わたしは舞台裏へ行くためにホールを横切っていた。そのときアラゴン——わたしは彼に気づかなかったのだが——とばったり出会い、彼は、自分の気持をはっきり表すように、わたしの肩を激しく叩いたのである。それに伴ったいかにも南国人らしい歓声は、その熱烈な動作でも抑揚でも、完全には彼に似つかわしいものではなかったが、和解にはぴったり合っていた。それじゃ、われわれは和解する必要があったのか？

——やぁ、とんま！

これは冗談を解さなかった者が身に招く呼びかけである。わたしは彼を理解しはじめた。この人には戯れがあるのだ。たいていは無償の戯れで、およそ三十年前には彼もその一員だった、シュルレアリストたちが身をまかせた戯れと同じものだった。彼らは可能性を探究するために、ばかげたことを喜んでやってのけ、さまざまな状況を発明し、ある時期には、それらを実際に生きていたのだ。その後彼らがした政治的選択（とはいえアラゴンにとっては厳しいものだった）は、ある程度、ばかげたことからの超越のように見えたかもしれない。ばかげたことは飼い馴らされてひそかに存在しつづけ、時おり何かのはずみに、各自の私生活において解放されるのだった。

その和解のあと、アラゴンとわたしのあいだに、ある歩み寄りが生まれた。彼が出版したばかりで、われわれに熱のこもった献辞を添えて送ってくれた『聖週間』[16]が、ある意味ではそのことに与《あずか》っていた。歴史的アリバイに根拠を置くだけだが、それだけにいっそう輝きを増すこの小説は、あらゆる点で注目すべきものだった。わたしは手紙のなかで、その著者に衷心からの讃辞をささげた。まもなく、あるフランス＝ロシア・レストランにおける夕食――エルザに対するささやかな配慮――によって、われわれ二組の夫婦は会合をもった。

食事の雰囲気は――ウォツカも手伝って――当然、打明け話をするのにふさわしい。その晩、もう六十歳になったアラゴンは、彼のしばしば傲慢で無遠慮な外観からは隠されていた人柄を、幾分かさらけ出すことになった。しかし今度もまた、彼の誠実さについては何も確かではないだろう。この人物には自己弁護、自己正当化の試みが際立ち、わたしにはその一部しか完全には説得力をもっていない。つまり、彼の幼少期に関係がある部分。

彼は、社会の偏見と、それをみずからの規範にしてきた人たちのエゴイズムとの、自分は生まれながらの犠牲者だ、という態度を示していた。彼らの義務を、また彼らの感情をさえ無視して。彼は父親に認知されない私生児だったが、父親は彼が未成年の間は扶養費を保証していた。父親はルイ・アンドリュー[17]という名で、一時パリ警視総監だったが、それからスペイン大使になり、十九世紀末には、立法府の幾度かの任期のあいだに、注目すべき代議士になった。さらに予審弁護士、闘争的な新聞の編集長になり、一九一四年の戦争に先立つ時期には、また政治活動に戻った。

アラゴンは、父親の人物について、その肉体的特徴、性格について、正確なことはほとんど話してくれなかった[一]。彼は父親が誰か知っていただけなのか？　それに関して彼に質問するのは、慎みのないことだったろう。その夕べ、彼はただわれわれの前で（おそらくわれわれは会話のなりゆきで、子供時代の話をすることになったのだろう）少年の彼が、明らかにそういうニュースを窺っていた母親の口から、父親が盛大なレセプションを開くと知らされた晩に覚えた孤独感、もっと悪く、疎外感を思い出しただけだった。

——ぼくは姉妹たち（異母姉妹たち）のきれいなドレスや、照明のことを想像していたよ……。ぼくたち、母とぼくは、小さなアパルトマンに身を寄せあい、想像のなかで、同じことを思い浮かべていたんだ。

彼の母親は当時まだかなり若かったので（一八四〇年生まれのルイ・アンドリューは、中年の魔の結晶《デモン・ド・ミディ》である息子ルイが誕生したとき、五十七歳だった）、息子を弟と見せかけることができた。しがない下宿屋を営む彼女は、顧客が遠のく惧れのあるような、むだ口をたたいたりしなかった。息子ルイ（それは父親と同じ名だった）には、必然的に母親の姓がつけられていた。彼はあとでその姓を棄て、ルイ・アンドリューが自分でつけてやったらしい、アラゴンという姓をもつことになるだろう。父親は、縁故を後ろ楯にして、国務院によりその姓を公認させることができたようだ。こういう情報は、真実であれ虚偽であれ、わたしがアラゴンからされた打明け話にはないものだった。

彼が私生児としてのフラストレーションを思い出させるために、その時期の回想のなかから、父親によって催されたが、私生児である彼には排除されていた、社交界の華やかな夜会の、空想的ヴィジョンを選んだことに、どうしてわたしが強い印象を受けずにいられたろう？　あきらかにかつて会ったことがない父親、息子のためにその母親に支払われた下宿屋を除いて、お情けのように、アラゴンというでっちあげられた姓をしかもらい受けなかった父親への、子としての愛情を夢見る彼を想像するほうが、わたしには好ましく思われなかったはずはなかろう。

そういうわけで、認知されない私生児という条件から生じる社会的な強奪が、彼の見方では、それに伴う感情的な性格の剝奪に勝《まさ》っていた、と考えねばならなかった。父親が所属する社会環境に対する、アラゴンのこうした過大評価は、その環境が妥協や不公平や政治的陰謀に慣れた実務的ブルジョワ階級を代表し、息子として認知されなかったおかげで、もしその環境に受け容れられたならば身を晒《さら》さねばならなかったはずの、精神的堕落を免れたことを喜ぶべきだっただけに、いっそう意外であった。おまけにルイ・アンドリューは、潜在的な軍事クーデターの軍人であるブーランジェ(18)将軍の熱烈な補佐役の一人で、ドレフュス砲兵大尉の擁護者のなかには名を連ねていないことも、ついに判明したのだった……

十五年ないし二十年後のルイ・アラゴンの政治参加は、父親の態度が若年の彼に体験させた社会的疎外感の、完全に論理的な結果のように思われるだろう。彼は、不法な出生によって追いやられたほうの陣営を味方につけた。たとえそういう出生は、ほかの諸要因の無意識的な一要因にすぎなかったとしても。その要因は、情のこもった悔しさのほうが好ましく思われたろうが、明らかに恨みによって決定されていた。そうした政治参加は、それが役立つような主義のなかに、その精神的価値を見いだしていたのだ。私生児の復讐は、物質的な幸福と民衆の尊厳のために実現されるだろう。ルイ・アラゴンはボルシェビキ革命のとき二十歳だった。誰もがそういう誕生日をもてるわけではない。

しかし、主としてソヴィエト反体制派に充てられた、シベリアの強制労働収容所の増加に関する証言が、すでに数年前から、とくにスターリンの没後、絶えず集められるようになった。ツァーリたちから受け継がれたが、プロレタリア大衆——その政治化が共産主義の原理そのものを表している——に比例して拡大された、こういう形の恐怖政治の告発が、すでに世界中に流布していた。ソ連賛美に固執してきたわが国のコミュニストたちの面前でさえ、だれも告発を口にするのを憚《はばか》らなかった。ついにこの話題は、われわれの食卓において、「党」の大作家を前にした会話にまで入り込まざるをえなくなった。わたしはごく控え目に、誠実な悲しみの抑揚さえつけて、その話題に触れたのだった。

——そう、われわれはしばらく前からそのことを知っていたよ、とアラゴンは答えた。モスクワ［夫妻は時おりそこに行っていた。アラゴンの著書は数多く翻訳されていたし、エルザ・トリオレにはまだそこに親戚がいた］の知り合いのなかには不当にもそういう措置の犠牲者が幾人かいるんだ……。そう、われわれはそのことを知っていたよ、と彼は頭を振りながら、茫然としてくり返した。でもわれわれは、隠しておかなくちゃならなかったんだ。こういう強制された沈黙は、われわれにとって絶えず大きな苦痛だったよ。変化の機会をうかがっていたんだ。それがゆっくりと、あまりにも遅くやってきたことは認めるが……

エルザは、ロシア人の心の琴線を逆撫でされ、喚起された厭《いと》わしい状況をも上回ることを口走っていた。彼らは二人とも、悲嘆に暮れていると同時に、物思いに耽《ふけ》る様子によって、われわれよりはるかに多くを知っていることをほのめかしていた……。なぜ彼らは語らなかったのか、いまだにみずから証言をしないのか？　むだな質問だった。わたしはさし控えた。話したならば、彼らは裏切り者のように見えただろうし、実際にそうだったのだろう。彼らの長期にわたる共産党への忠誠は、絶えず更新され確認された支持を表し、その支持はイデオロギーの基本原理にばかりではなく、そのあらゆる適用と――問題の要点はそこにあった――適用がさまざまな状況に応じて取りうるあらゆる形態にさえ向けられていたのである。

わたしは、彼ら二人の精神的な従順さは、普通のモラルに照らしてみれば、犯罪的で許し難いと判断される、ソ連政府の諸行為のひそかな正当化への信頼から生まれた、と理解していた。それは極端な結果にまで推《お》し進められた弁証法の問題であり、理性を転倒させて、政治の運命論的観念にまで行きついたのだった。「戦時には戦時のように」。まさしく戦争については、第二次世界大戦ではソ連において二千万人の死者が出たことを失念すべきではなかった。「それはシベリアの収容所の恐怖とは何の関係もない」、と言うこともできた。しかし、人間のあらゆる問題のあいだには、秘められた関係があるのではなかろうか？

この男女にとって、大義を棄てることは、自然に悖《もと》る行為、思いもよらぬ堕落だったのだろう。彼らは、モスクワで形をとり始め、徐々にスターリン主義の後遺症を払拭《ふっしょく》してゆく自由主義的進展について、絶望してはいなかった（彼らはスターリン主義について、それがマルクス＝レーニン主義「生来の」ものであることを、心底ではよく識っていたが）。それでも彼らは黙って悩んでいたのだ。良き共産党員として彼らが享受することのできる、それが唯一の自由だったのである。

プロレタリア階級のためのこの種の自己犠牲は、アラゴンにとって真実のものだったのか(19)？　この作家の過去と現在の作品においては（ある敬虔な義務を思わせる一連の『レ・コミュニスト』を除いて）、自己犠牲を可能にするような、精神の服従、想像と感性の不在はみじんもなかった。しかしおそらく、知性の役割や夢想の自由を侵さない程度の、信仰の様相はあるのではないか？　血気に逸《はや》る小説家、叙情詩人であるアラゴンは、おそらく密かにそういう苦行衣を身につけていたのである……

それはともあれ、わたしは、自分にとって生きた謎である彼に、うんざりし始めていた。まもなく、アルジェリア戦争の結果生じた政治的諸事件が、基本的な自由と、より正当な社会機構――個人的な権限と、完全で充実した民主主義とのあいだの昔ながらの選択――を一致させる可能性についての、果てしない尋問と入れ替るようになった。われわれはふたたび、一種の安堵をもって、本質的な、したがってごく単純な選択を前にしていた。

まさに不人気なその戦争に解決を見いだしえない第四共和国政府を見て、若干の政治集団は、国民の大部分においてその道徳的信頼が無傷のままである、ド・ゴール将軍を呼び出す決心をしていた。将軍はその呼びかけに好意的に答えたところだった。仕事にとりかかるために彼が要求した権限を与えるために、国民投票が行われようとしていた。

人びとは、彼が戦争直後、大統領になったときの、彼の権力――けっして濫用はしなかったが――を知っていた。しかし彼は、全権を委任されないので、動き出そうとしなかったのか？　復讐好きが彼を導いたのかもしれない。要するに、その国民投票は本当に合憲だろうか？

「左岸のインテリたち」――当時、サン＝ジェルマン＝デ＝プレでまだよい匂いをさせていた呼び名――は、彼らの見解によるとクーデターの信任投票のやり方に似た、その国民投票に反対する抗議を、ビラによって公表する決定をした。わたしは名を貸すようもとめられ、そうした。いやそれ以上に、知り合いではなかった劇作家アダモフ(20)が電話をくれて、彼とともにビラの原稿を作成するという根気仕事に携《たずさ》わる人たちに加わるよう勧められた。署名を促される人びと全体に通じる内容を示す、ということに限定される原稿。わたしは駆けつけた。「歴史的な」事件に参加するという感情は、人を走らせるものだ……。ビラの原稿の推敲は、サン゠ジェルマン゠デ゠プレ広場に面した、ある若い前衛女優のアパルトマンで行われた。隣人としてやって来たシモーヌ・ド・ボーヴォワール(21)がいた。ビラの原稿は、二、三の誇張した表現を除いて、満足すべきものに思われ、わたしは署名した。わたしの指摘は考慮されたように思われたが、それが促した訂正が実施されたかどうかは、その後印刷されたビラでは確認していない。

——ド・ゴールはきっと三〇パーセント以上の得票はしないでしょう、とシモーヌ・ド・ボーヴォワールはわたしに言った。

わたしは七〇パーセント以上は得票すると言った。彼女は軽蔑するように肩をすくめ、行ってしまった。

政治言語では、あるいはより正確には、政治活動家たちの言語では、大衆デモと呼ばれているものが、おそらく資金不足で小規模なものに留まりそうなビラ・キャンペーンを補足して組織された。首都の壁のあちこちに予告されたデモのほうが、直接にプラカードを立てられたように思われた。作家全国委員会の残留者たち、すなわち郷愁に満ちた最後のメンバーたちが、その集会のグループの一つをなすだろう。わたしにはそのグループに加入する気がぜんぜんなかった。とはいえ、デモの成功を推し量り、どんな政治家たちが参加しているか見たいので、われわれ、アリスとわたしは、バスティーユ広場とレピュブリック広場とのあいだに、行列が通過するときに行って、歩道に群がる人たちのなかに紛れ込むことにした。

行列をなして進む人たちの一列目には、左翼政治のリーダーたち、なじみの顔の国会議員たち、数名の元大臣たちが見分けられた。グレーの山羊ひげをした元大臣は、疲れを感じたのか、あるいは、若干のデモ参加者たちが拍子をとるスローガンによって危険に巻き込まれすぎたと感じたのか、すでに行列を離れていた。

われわれが、インテリたちの大きなグループが近づくのを見たのは、その時である。彼らはどんな旗もプラカードもかかげず、むしろ微笑みながら無言であった。おそらく自分がそこに、書斎の平穏や人で溢れる講堂の生き生きした静粛から引き離されているのを見て、驚いていたのだろう。一列目に二十人ほどの男女が固く腕を組みあって並び、その真ん中にアラゴンがいた。たまたま彼は、われわれの前を通るとき、こちらに顔を向けた。歩道の野次馬たちはむしろまばらだったので、アラゴンはわれわれを見つけ、こちらに走ってきた。

——そこで何してるんだ？　さあ！　おいでよ！

彼はたぶんわれわれが集会に遅れたと思ったのだろう。すでに彼はアリスを引き込んでいた。それこそ人を窮状から救い出す行為だった。列はわたしに場所をあけるために広くなった。わたしは、コミュニストの詩人と、向こう側には、数年後にド・ゴール政権の大臣になる、同業者のひとりと、互いに腕を組み合っていた……

わたしは生涯ではじめて、人間の鎖のなかにとり込まれていた。その名は、鎖の環が形成される男女それぞれの腕が結ばれる仕方の、揺るぎなさに負っていた。手を胸の高さにもってゆき、抱擁をきつく締め直していた。それは、レスラーたちによって「腕固め」と呼ばれる、つかみ合いをいささか思い出させた。そういう押し詰められた配列の仕方は、警官たちが警棒を使わずに襲いかかるとき、「生身の壁」を対抗させるという、政治デモの組織者たちの配慮によって決められたものだった。

参加者たちのこういう団結は、彼らのそれぞれを麻痺させるものだったが、それは意図的にだった。政治においては、時たま「われにもあらず」連帯することは、自然だと考えられている……。わたしは、グレーの山羊ひげをした元大臣が、ついさっき、どうやってうまく逃げ出せたのか自問していた。確かに彼は、国会議員たちに充てられた、行列の別の所にいたし、そこではわたしがいた所のように、闘争の予防策がとられてはいなかった。わたしは生涯で一度も、自分がそれほど囚われていると感じたためしはなかった。しかも単に肉体的に囚われているだけではなかった。他者がそれほど硬直していると感じたことは、けっしてなかったのだ。それはわたしにはにわかに、はなはだ意味深いことに思われた。ついに行列がレピュブリック広場に達して解散したとき、わたしは深い安堵を覚え、それはさし当って、最近のわたしの生活に、漠然と広がっていったのだった。

時が経過して、われわれがアラゴンと会う機会は間遠になっていた。作家全国委員会の消滅、週刊誌『レットル・フランセーズ』や同系統の刊行物の衰退は、それまで公平だとみなされ、貴重な精神的保証を共産党にもたらすことができた、支持者たちを補充しようとしてきた党の、一時は実りの多かった試みの失敗を告げていた。ド・ゴールが国家元首になって始まった政治的和平らしきものと、多少とも青春の終焉《しゅうえん》を迎えんとしていた人たちの目覚めは、それまで共産党の「シンパ」たちが、党の旗印のもとに、みずからのなかば参加を正当化できると信じていた、進歩主義のテーゼを、時代遅れのように見せていた。

しかし、共産党に対して、国民のインテリ層や他の層によって示された、後退の動きの主要な原因は、ソ連とその衛星国において、あらゆる形の異議を絶滅するために用いられた、恐怖政治の方法についての、ますます数を増し、いっそう強烈な印象を与える暴露にあった。それらの証言の山をめぐって、言うまでもなく、大きな反響が起った。そこにはもっとも称賛すべき憤慨が、冷淡な政治的打算にまざり合い、共産党のエリートを、徐々に精神的ゲットーのなかに閉じ込めようと迫っていた。

わたしはある晩、芝居の「初日」に、友人と連れだって出かけた。幕間に、彼はしばしわたしから離れて、知り合いに声をかけに行った。わたしは廊下を往き来するうちに、アラゴンとエルザに出会った。彼らは沈み込んでいた。

——見たまえ！　誰もわれわれには挨拶しないよ！　とアラゴンは、わたしが夫妻に近づくやいなや言った。

エルザは、いつもの習慣で、それを上回ることを言った。彼らは間違えようがなかった。人びとは彼らをひどく嫌っているのだった。この上演に招待された人たちのなかには、演劇、文学、美術、報道の社会に属する人たちが数多くいた……。夥しい人びとが、この夫妻を知っており、さまざまな機会に彼らに紹介されたことがあった。わたしが確認したところでは、われわれとすれ違う人たちの目は、この夫妻、有名で、陰険なやりかたで除《の》け者にされた夫妻を逃れているように思われた。わたし自身もそれには気詰りを感じた。

とはいえ、完全に意識してはいなかったものの、わたしはしばらく前から、自分の態度とふるまいによって、この優れた人物が対象とされた、無言の追放に加担していた。われわれはもうアラゴンとエルザにほとんど会っていなかった。彼らに遇う機会もおいそれとはなかった。また、彼らにそれを促す熱意も、われわれには不足していた。この劇場での公演以来、わたしは時どきサン＝タルヌーの水車小屋のなかにいる彼らを想像していた。ある詩が言っているように、無数の友だちがいるにもかかわらず、彼ら自身の秘密な苦悩のイメージを、倦《う》まずに送ってよこす、落水の円窓を前にして、孤独な彼らの姿を。

そのうえ、さまざまな事情があって、われわれ、アリスとわたしは数年間、田舎暮しをせねばならなかった。彼らとわれわれとのあいだには沈黙が封印されてしまった。アラゴンがわれわれに贈ってくれた最後の本には、献辞がわりに、恨みがましくはないが、こういう幻滅した人の言葉が添えられていた。

「ある変わらぬ気持をもって……」

それ以来、ともかく、その言葉は、わたしの内にある後悔の念を保っている。

淀んだ水の秘密

ジャン・ロスタン(1)

発行部数の多い新聞はいつも「科学の奇蹟」――読者における驚異への絶えない好みの開発があらわになる、それ自体は矛盾した決まり文句――を狙うので、ある大新聞の編集長がジャン・ロスタンに、「生物学はわれわれの生命の観念をくつがえしつつあるのではないか?」というシリーズの記事を依頼したのだった。

この生物学者は返答を避けた。彼の著作にはかなり広い読者層がいるので、彼はすでに、大研究所に所属する同業者たちの多数によって、啓蒙家――彼らの口にかかると、軽蔑ではなくても、讃辞を呈しているわけでもない言葉――と呼ばれるようになっていた。だから、こういう多少とも覆い隠された不満をみずから招いたりしないために、ジャン・ロスタンは、詳述するはめになる諸事実の、しばしば単純化し、物議をかもすような紹介のおかげで、多くの発行部数を獲得する新聞には、何も公表しないようにしていたのである。

わたしが時どき協力していたこの新聞の編集長は、いろいろ奔走した挙句《あげく》、ジャン・ロスタンから、もし彼が指導し、威信ある彼の名をかぶせた、生物学のいくつかの新局面に関するアンケートで、わたしがその実現を引き受けるならばよい、という許可をついに得ることができた。彼の保証に力を得て、わたしは、読者に対して彼の代弁者になり、初心者の感嘆の念をもって、得たばかりの諸観念を提供するだろう。

そういうわけで、わたしはある日、ジャン・ロスタンが住んでいるヴィル＝ダヴレ(2)に行ったのだった。彼から講義と、わたしが他の研究者たちと比較して講義を補足できるような指示を、少なくとも週二回そこで受けるよう、促されることになったのだ。彼の家は、その村の主要な魅力である池のすぐそばにあったが、そこの照り返しは、その季節では、フォース＝ルポーズの片側に聳《そび》える、裸の木々の影をとりわけ強調していた。

ジャン・ロスタンの家から数歩の所にある池は、すでにわたしにとって研究分野への入場を意味していた。というのも、われわれ、生物学者とわたしは、アンケートを、実験による単為生殖に捧げられた二、三の論文から始めるよう、意見が一致していたからである。それまで、雄の助けなしに、人間の手で子を生める唯一の脊椎動物だった蛙が、いまだに、実験による単為生殖のもっとも目ざましい例証だった。

蛙は、幼少のころ田舎で暮したか、よくそこに滞在した者にとってはそうだが、わたしの幼少期の思い出のなかにしばしば姿を現した。だから、ジャン・ロスタンの家へ行くためにヴィル＝ダヴレの池に沿って歩みながら、わたしは、生物学者の単為生殖による冷たい蛙たちのなかに、二十年前、そば近く見るため、餌としては赤いぼろきれだけをつけて、釣ろうとした蛙たちに、再会するのではないかと思ったのである。

これらの思い出は、科学者のドアをノックしようとしたとき、わたしには場ちがいに思われたかもしれない。しかし、博物学者の最初の実験は、子供時代の好奇心に、手さぐりの企てに似てはいないだろうか？ ジャン・ロスタンは、自著のどこかで、博物学者としての天職が早熟だったわけを、父親が健康回復のために出かけた、バスク地方のカンボに、家族とともにたびたび滞在したせいにもしていたのだ。少年が、その年頃の狭い視野に住みつく、水生小動物や昆虫を観察し始めたのは、そこだったのである。

少し後に、青年になって、自然の秘密への好みが明確になったころ、彼はJ・H・ファーブル(3)の著作を見いだす。それは前世紀の孤独な学者だが、彼のおかげで昆虫学の観念は拡大された。それまでは、動物行動学、観察対象の生来の行動についての、それほど明解な研究はなかったのである。ジャン・ロスタンがこの老学者に対して抱いた感嘆の念は、ヴィル＝ダブレに居を定めたとき、彼の選択をほぼ確実なものにした。それは、すこし辺鄙な所にあり、年間の大半は木々の葉むらで暗く、近くの淀んだ水の静寂に浸っているような住居だった。

自然科学においては、生体内《イン・ヴィヴォ》での研究と、現場での観察は、研究者が、ある保護された外的空間を駆使できることを前提とする。プロヴァンス地方で暮していたJ・H・ファーブルにとって、それはわざと放置され囲まれた庭だった。そこでは自然の影響だけに従う昆虫たちが、繁殖し、心ゆくまで観察されることができた。研究への情熱、それが必要とする精神的満足は、そのとき、場所の孤独で野生的な様相と結びつき、たいていは蹲《うずくま》って、根気のいる観察に携わっている人の生活に、なかば隠者のような性格を与えていた。ともかく、J・H・ファーブルが自分の研究活動を描く著作から明らかになるのは、そういうことである。だからわたしが、ジャン・ロスタンの科学者としての天職を幾分か、ファーブルのような生活様式が、家族的世俗性の敵だったこの青年のうえに及ぼした、誘惑のせいにするのも正当であろう。

ヴィル＝ダヴレにおけるジャン・ロスタンの所有地は、セリニャンにおけるJ・H・ファーブルの所有地といささか似ていたが、前者が多くの場合影に浸っているのに、後者がプロヴァンス地方の夏の動物たちの鋭い鳴声に満ちているところだけは違っていた。二人の研究が、約八十年へだててかかわった動物たちは、彼らがそれらを追い回した場所の性格に対応していた。ジャン・ロスタンは、淀んだ暗い水に住む両棲類と微小動物に関する実験にたずさわり、J・H・ファーブルは、日なたにいるスズメバチやシシリアさそり(4)の生活を観察していた。

しかし、科学の年代学と進展によって、彼らの科学的研究は同じく根本的に違う方向に向かったのだった。J・H・ファーブルは、動物行動学と生態学（動物の行動の研究をしめすほぼ同義の二語）のなかに、それらを完成の域にまでもたらして、閉じこもっていたが、ジャン・ロスタンは、自分の研究を生物学の最近の発見から発展させていたのである。

実のところ、ジャン・ロスタンは、ヴィル＝ダヴレで暮すのが不可欠だったわけではない。至るところで彼は、蛙やミジンコを手に入れ（彼のものは近くの池のものではなかった）、どんな庭ででも、彼らを生息させる貯水池をもつことができただろう。やや人里離れ、壁で囲まれた研究用の空間がある（そこには貯水池があった）ヴィル＝ダヴレの所有地には、彼の見解では、青年期にJ・H・ファーブルの生活にそのモデルを見た、社会とのあいだに保たれる距離を象徴する価値がおそらくあったのだろう。

実際には、ヴィル゠ダヴレの家は、長靴をはき、大きな麦藁帽をかぶったJ・H・ファーブルが、九十歳過ぎまで科学的研究をつづけていた、プロヴァンス地方の隠者の住居を、ほとんど思い出させはしなかった。前世紀末期のブルジョワ階級の生活様式が、そこには痕跡を留めていたのである。

ジャン・ロスタンは、わたしを実験室にではなく、入口が池のほうを向いた、ヴェランダ風の控え室に迎え入れた。池の畔《ほとり》の木々の枝が見え、家にまで影を投げかけているように思われた。わたしが通されたガラス張りの客間らしきものには、藤《とう》の家具や、緑色に塗られたテーブルが置かれているせいで、冬季には閑散としたどこかの湯治場で見かける、前世紀の邸宅にでもいるような気分になった。科学的研究を喚び起すものは何ひとつなかった。

生物学者は、わたしを迎え入れるのに、白衣を脱いではいたものの、対談——わたしの参加は、生徒の資格に限定されるような対談——においては、いささか粗野な善良さをしばしばかいま見せつつも、完全な科学的厳密さをしか見せないよう配慮しているのを、絶えず観察するはめになった。彼はその厳密さにある種の熱意をこめているようにさえ思われた。それは彼が大きな研究所ではなく、普通の大学コースを経た後は、私立の試験所で、生物学者としての自己形成をしたせいかもしれなかった。しかし、彼が自分自身を警戒していたのは、彼の比較的地味な免状よりもはるかに、彼の家系そのものに関係があったに違いない。

もし彼が劇作家で詩人の父親(5)、詩人の母親(6)、これまた小説家で詩人の兄(7)、要するに、夢想、仮構、叙情、さらに言葉の陶酔に浸りきり、そのうえ、周りにはさまざまな友情や関係によって、前世紀末に多少なりと重要だった、夥しい数の作家たちを集めた家族の出でなかったならば、彼の警戒心はそれほど大きくはなかっただろう。われわれがいた場所の古臭さによって、いっそう実在感の増したこれらの亡霊たちは、みなこの生物学者のうえにのしかかり、できれば、その反応によって生命の諸法則の研究の優位をさらに上回るよう彼を導く、精神的遺産を思い出させに来たのだった。

こういう態度は、彼には際立った文学趣味と、作家としての実際の資質があることと、けっして矛盾するものではないが、彼は文学への愛よりも、抗しがたい科学的天分のおかげで、精神の厳密さに導かれ、文学的技法のうち、推論の正確さに起因し、明晰さのセンスと明瞭な表現に属するものでなければ、みずからに認めようとしなくなった。彼はいわば自分の遺伝の分け前を測っていたのである。

わたしは、彼の遺伝は、彼が崇拝していた父親が名声を得る因《もと》になった、思考と表現との様式に、かつて彼を結びつけることができた、とは思ってもみなかったが、科学によって必要とされる精神の厳密さが、必ずしも想像力を排除するものではなく、われらが生物学者には、父方の最良の才能が部分的に再発見されるような、知的態度があると期待できる、と思っていた。

自然の単為生殖は、生殖力を、カップルの二成員に分散する代りに、唯一の固体に集中することによって、ある恩寵の状態を創造するように思われる。単為生殖の雌は自身と同一のコピー——時には、ささいな染色体の差異を除いて——を、自然発生的に生む。どうしてこういう固体の複製のなかに、尻取り遊びのように、世代から世代へと無限につづく生存に匹敵する奇蹟を見ずにいられよう？

こういう能力は、地球上の生命の初めに、おそらくあらゆる被造物に与えられた、と考えても構わないだろう。それぞれの種《しゅ》のただ中における、同じ型のもとでの固体の反復は、種たちの永続性をなんら損ねるわけではなく、相違がしばしば種たちのあいだに発生させる対立を排除しさえする。ジャン・ロスタンはそれについて、遺伝学者T・H・モーガン(8)の見解を引用していた。それによると、雌の有機体におけるあらゆる卵細胞は、発育して、自然発生的に胚に変化する能力をもっているという。ただ、自然の未知の制止が、たいていはその結実を阻止する、と彼は考えていた。いつもそうだったのか？ 動物界で観察される、自然な単為生殖のケースが比較的多いことは、こういう生殖様式は、地球における繁殖の初めには、おそらく規則であった、と考えることを可能にする。そのころ生き物の総体は、処女しかいない広大な婦人部屋をなしていたのだろう。いささか単調な光景ではある、確かに……

しかし、多様性を発生させる進化は、なにもかも複雑化させた。というのも、差異が無限に活用形をもつことは、進化の論理のなかにあるからである。至るところにさまざまな目的性を見るように思われる危険を冒して、人びとは、子孫が確保される生存をめざす自然法則が、雄の存在を設けた、と想像することができる。雄は生殖機能によって、みずからの精液から生まれた固体への所有権を獲得し、雌親も多少ともそういう扶助の対象になるので、雄がしばらくは子の面倒をみるのである。

おそらく若干の動物種の進化の遅れの結果、それらでは単為生殖が唯一の生殖様式として残った。ある種の甲殻類と軟体動物、若干の水生微小動物がそうだった。他の動物たち、とりわけアブラムシとハチたちは、単為生殖と交尾を交互に行ってきた。そういう折衷主義の原因がいつも明瞭に現れるとは限らなかったが。

自然に単為生殖を行う動物たちの存在——残存？——は、生物学者たちが、雄親なしにオタマジャクシを得ることを可能にする、驚異的方法に対して、非難が起こるのを阻止した。彼らはおそらく、自然の最初の計画、あるいは最初の状態にもどったにすぎなかったのだ。発生のプロセスを、その基本的な生物学的要因を変化させることなく、実験的に攪乱させることによって、彼らの操作は大きな影の領域を存続させたのだ。実験的な単為生殖は半世紀このかた自閉していたので、研究者たちは自然な単為生殖の研究に絶えずたち返っていた。そこにこそ彼らの最初で唯一の成功の鍵、まだ真の科学的発見とは同一視できない鍵があったのである。

カエルに単為生殖を促すためにごく一般的に実施されている操作は、その卵の一つを針で突き——活性化と言われる段階——、その突き口を通してこの動物の血液をすこし卵のなかに注入すること——調節と言われる段階——である。するとまもなく卵は胚をつくり始める。

わたしはジャン・ロスタンを、科学的次元の考察に至るまで人間的なトーンがしるされていないものはなく、きわめて正確な描写でさえ繊細な筆遣いを感じさせる、彼の著作によって知ったので、彼が生体内の実験にたずさわっているのを知って驚いたのだった。この場合、「患者」はいかに取るに足りないものでも、手術台のリアリズムは、わたしが科学的冷静さと父親譲りの感動する能力との結合を見いだすのをあきらめなかった、この人物像とはうまく一致しない。たとえ父親はその作品において、感動のむしろ型にはまった例をしか提供しなかったとしても。

わたしがヴィル＝ダヴレを初めて訪れる前に読んでいた、カエルに関する単為生殖の実験報告においいて、ジャン・ロスタンは確かに、カエルの未受精卵を突き、動物の血球で人工授精を行うために、彼自身の用語では、「細いガラスの探り針」を使った、と指示していた。わたしはただちに、鋼《はがね》の器具の使用から必然的に生じる、切開や穿孔という考えをとり除くことによって、彼の行為からあらゆる外科的性格をはぶこうとする、この生物学者の希望をそこに見てとったのだった。

ここでは、細いガラスの探り針は、未授精卵の皮質を止むをえず貫くとしても、針が通過するとき集めた、少量の血液を卵のなかに注入するだけだった。だから、最小限に抑えられた侵入は、補充をもたらすのだ。それが実際には、有機物の移動をなすこと（以前には存在しなかった所に導入されるその血球）は、ある意味では、実験動物の本来の状態への侵害にはなりえなかった。というのも、その侵入は実験動物の自律を強化し、生殖においてその有機物を、雄に対する同じ未授精卵たちとの競争から免れさせてくれたからである。

ジャン・ロスタンはきわめて正確に、単為生殖の二つの段階を描写してくれた。彼は自著においては、その単為生殖をたいてい実験的と名づけていたが、わたしの前では、彼のすべての同業者たちと同じく——わたしはあとでそのことを確認するだろう——、ずばり外傷性の単為生殖と名づけた。

傷害、注射は、手術の二つの段階を結びつけ、卵を活性化し、同時に、卵への血球の導入とともに、胚形成を開始する。それですべてが言い尽されたように思われた。ジャン・ロスタンは両手を膝の上に置き、しばらく口をとざして、わたしが傍《かたわ》らにいないかのような、夢見るようすで、こちらを見つめていた……。なぜ卵への注射がその活性化の決め手になるのかは知られていなかった。冷気や、逆に熱気、また、感覚を麻痺させる蒸気や、さまざまな性質の光線、その他からも、同じ結果を得ることができるのは確認されていたが、これまたなぜなのかは知られていなかったのである。

胚形成の調節と触発もやはり説明されていなかった。実験者があまり不手際なまねさえしなければ、「外傷性傷害」によって血球は提供されるので、便宜的にその実験動物の血球を使用していたが、他のカエルの血液、さらにヒキガエル、魚、ヘビ、ウサギなどの血液も、同じく有効だったろう。それは実証されていた。

確かに、有機体に由来するあらゆる物質がそれに向いているわけではなかったが——その証拠は得られていた——、もとめられている結果を産む物質のリストは、どういう理由《わけ》か分からないが、長々とつづいたので、われわれはある魔術的現象、少なくともその素描と向き合っている、と思いがちだった。実際に、人間の介入——いかなる形をとろうと、人間自身の介入、だが、活性化＝調節という儀式が尊重されるという条件での——は、危うく魔術のように見えそうだった。

明らかにそういう考えをジャン・ロスタンが思いつくはずはなかった。彼は淡々としたようすで、実験的な単為生殖において「調節のファクター」として作用することができる物質、すなわち、あらかじめ穴を開けられたか「ショックを与えられた」カエルの卵において胚形成を進行させはするものの、そのあと妊娠の生物学的プロセスにおいては役割を演じないと、実験的に確認されている物質を、数え上げていた。ミミズの精嚢《せいのう》や池のムールガイの内臓やウサギの精巣組織の断片が問題だった……。ジャン・ロスタンがそういう列挙の構成要素の差異に対してある種の無関心を示したのは、おそらく、生化学上のある目立たない近縁性はいつか明らかになる、という確信をもっていたからだろう。

多種多様な動物たちによって提供される有機物を使用するので、単為生殖は、わたしの見方では、もはや完全な状態で生じるのではなかった。交接におけるよりも控え目だったが、「他者」の介入があった。だから、わたしの考察においてはいつも、あるカエルの卵のなかに注射によってそのカエルの少量の血液を導入するという方法にたち返るのだった。いったんその行為が完了すると、現象はその動物の血液循環において、外部との接触を断ってくり広げられる。そのカエルは自分自身の少量の血液を、彼女の生体の両分⁽⁹⁾におけるように、「よそ者」として受けとったのだ。自己＝輸血は、そういう結婚に完全な純粋性を与えたのである。

調節のファクターとして、実験的な単為生殖に貢献できる有機物の出所の大きな多様性は、やはり人を当惑させるものだった。それらの有機物のなかに、多くの動物種に共通し、無脊椎動物と脊椎動物とをへだてる、ほかのどこでも乗り越えられない障壁をまで取り除くことのできるような、ある原理の存在を想定せねばならないのだろうか？　多数の被造物たちにおいて、未分化の、したがって譲渡可能な生殖質の、ある力の存在を信じねばならないのか？

そのとき生命は、いかに新たな伸展を見いだすことだろう！　動物は、自然においてどれほど自由であっても、みずからの種《しゅ》のなかに閉じこめられている。動物相のどんな代表であろうと、それに施される実験的な単為生殖における補佐になり、なかば＝普遍的な生殖補体の保有者であることを示して、その動物は、もっとも厳格な法則である生物学的特異性から解放されているように思われた。動物界は大部分、「隔壁を取り除かれて」いたのである。

しかし、カエルにおいて実験的に実現された単為生殖において、ウサギの一滴の血液（「ドナーたち」

のなかへの、哺乳類の最初の加入）が調節の一ファクターであることを実証したとき、生物学者が、少なくとも一度は「見るために」、自分自身の血液に頼らなかったはずはあるまい？　おそらくその試みは実を結ばなかったのだろう。学問的刊行物に報告されていないからである。しかし、件《くだん》の研究者（おそらくそのとき、わたしの眼前にいたのでは？）は、自分の失敗をわざと伏せておいたのだ。というのも、彼の実験は、いかに科学的であっても、自然に悖《もと》る性格を帯びていたからである。すでに、ごくありふれた実験的単為生殖が、ある「生物学的錬金術」について語るよう促してはいなかったか？

こういう調節のファクターは、一種の抽象的な人工授精を可能にすることによって、男か女を、単に推定上の父か母にすぎないものの――というのも、彼ら自身の何ものも、そういう子孫のなかには移行しなかっただろうから――カエルの雄親か雌親にすることができただろう。彼らの貢献は、その性格上、生物学的であるにもかかわらず、ある刺激、ある触発にすぎなかったのである。こういう考えは、それでもやはり眩暈《めまい》のようなものをわたしに感じさせるのだった。

わたしはそんな言葉を口にはしなかったが、ジャン・ロスタンは説明を中断し、もの問いたげに眉を上げて、わたしを見つめているように思われた。そうではない！　彼はひと休みしているだけだった。彼は眼鏡の奥でややぼんやりしたまなざしをしていたので、到達困難な空間のなかに、それどころか、明らかに戻ることのできない遠い過去の時間のなかに、身を退いているように見えた。彼は前頭部＝後頭部の禿《はげ》を、かつて教授や政治家たちに特有のものだったモードに従い、王冠状のかなり長い髪によって埋め合わせていた。彼の口ひげも、いささか「ガリア風」なので、時代遅れになっていたが、人物の幾らか気難しい善良さにまさしくぴったりという利点があった。

われわれの対談の場所そのものが、しめきった、むしろ暗いこの種の客間では、ふつうテラスに置かれ、片づけられて、座礁したように思われる家具に似た、軽い家具をしつらえたその部屋ばかりでなく、家のすぐ近くの存在が感じられる池——わたしは来るとき、その畔の暗がりで、水門の水の音を聴きとっていた——もまた、ちょっと見捨てられた、孤独の印象を保っているかのようだった。

その池は、いまではわれわれにとって身近なものになった。少なくとも生物学者の話のなかでは。淀んだ水は彼の主要な観察領域だったから。彼は時どきソローニュ地方(10)に行くのだと教えてくれた。そこでは池が、パリ地方では人口の集中化のせいで晒《さら》されている汚染を免れていた。ソローニュ地方——おまけに彼はそこの変りやすい光が好きだった——の池から、彼はヴィル゠ダヴレの庭の貯水池用に、カエル、オタマジャクシ、微小動物をもち帰り、実験のために貯蔵していたのである。

いいえ、と彼はわたしの質問に答えて言った。彼は自分ではカエルを釣らなかった。土地の漁業監視員にやってもらった。「餌の代わりに、赤いぼろぎれですか?」確かに彼はその仕方について話を聞いたことがあった……。しかし、わたしの幼少期の思い出は、見るからに、彼の興味をあまり引かず、彼は急いでまた自分の説明にもどろうとした。

しばらく前から、とりわけワムシ——長さ一ミリにも満たない水生の虫——が話題になっていた。それは蛭形目《もく》の変種に属するので、単為生殖がその唯一の生殖法である。ワムシという名は、口の両側にあって車輪を思わせる、繊毛のついた裂片に由来する。かつては回転虫と呼ぶ博物学者たちもいたが、私見によれば、その用語は、運動に関して、その虫が課されるタクス(11)の観念を導入するのには、不都合がある。

ところで、淀んだ軟水のなかでの生活にもまして、動きの容易さ、いささかの努力もいらない可動性――あえて幸福とは言わないが――を喚起できるものはない。水生植物の一部、水中で移動する能力がある植物、鞭毛虫類に至るまで、授精をもとめる雄蘂のような、動く繊維のおかげで、動きを開花にしないものはないのである。

ジャン・ロスタンはわたしに、自分の内で植物と動物を一つにする、軟水のそれら微小な藻類について話すところまできていた。というのも、それらはワムシの食物になるばかりか、摂取されると、いっそうワムシの単為生殖による生殖を助長するものもいるからである。だから、ポリトーマ[12]と呼ばれる色褪せた藻は、ミズワムシによって規則的に食べられると、この虫の子孫から有性生殖を(言うなれば)免除するのだ。もしミズワムシが食物として緑藻類しか見つけられなければ、この虫はもっぱら「聖霊の働きによって」懐胎することを止め、かなり頻繁に、パートナーに頼らざるをえなかったろう。この例は、もういちど、単為生殖の決定的な段階、いわば調節の現象における、部分的に動物起源の(ポリトーマは、動植物二つの界の性質をもつ植虫類[13]である)生化学的要素の役割を証明していた。

藻であるポリトーマは、その鞭毛の、定位の動きが証明するように、植物と同時に動物の有機体である、混成の性格を示しているにもかかわらず、わたしは内心、二つの自然相のうち植物のほうに特権を与えがちだった。植物が、それを摂取した動物に、単為生殖を促したり助長したりできる要素に属するということは、この単独の生殖法の古さを証明していた。地球では、植物相が動物相にはるかに先行し、後者の生物学的諸要求に応じることにあらかじめ専念していたからである。

ポリトーマは、他のいくつかの植物、とりわけイヌサフランのように、必要な場合にはこの藻を食べる、ワムシを含む若干の動物たちのうちに、倍数性（染色体の係数 n の変異）を促すように思われる。ところで、生物学者たちは今日では、倍数性が単為生殖を助長することを知っている。

動物の出現と比べたある植物相の先行性は、部分的には動物における生殖法に適しており、地球にはその発端において、単為生殖雌虫しか住んでいなかったとする、T・H・モーガンの仮説にとって有利に作用した。世界はそのころ死のない世界だったという魅惑的な仮説。被造物に対して、自己に忠実なコピーを繁殖させることを可能にし、その子孫を、みな同じ像を反射する鏡たちの無限の遷移《せんい》にする単為生殖は、被造物に不死を保証したのだった。果てしない系統の成員たちは、みな生物学的に完全な同一性に属するので、けっして個別化される危険がない。外部世界に対する成員たちの反応は、みな同じ神経組織によって決定されているので、類似のものたらざるをえず、その世界（ワムシたちにとっての淀んだ水）は、歳月をへてもほとんど変化しなかったからである。したがって、二つの固体のあいだで、体験についての独自な記憶が生みだす差異が、排除されていたのである。

そのうえ、ここでは自然環境をなす液体要素において、すべてが流動性、動きの容易さ、薄暗がり、静寂にすぎないので、記憶は、継続という感情が溶解してしまう、画一的な世界をしか反射することができなかった。そこではせいぜい胎児の生命のイメージ、リンボ(14)の薄暗い照明しか見いだせなかったのだ。こちら側の倖せな画一性。表面的な差異の背後に隠された世界。その若干の要素が提示し、わたしに「何物かを思い出させ」、わたしの意識的な生命に、こう言ってよければ、端的なわたしの生命に先立つ状態へのノスタルジーのような、記憶の軽いおののきを目覚めさせる、一様で、一体化した世界。

むろんわたしは、ジャン・ロスタンに自分の考えを打ち明けようとはしなかった。われわれの内的な生命と、淀んだ水の世界とのあいだに、ある種の類似があることを、彼は認めるはずがないと感じていた。彼にとってはおそらく、急速に蔓延する自然の無秩序と、理性によってすべてが解明される人間の精神現象とのあいだに、どんな共通点も存在しなかっただろう。ほんのわずかでも、不可解な、とっぴな、神秘的な性質を提供できるものは、いずれも彼の気を悪くさせるのだった。とはいえ、ワムシの件でさえ、前述したように、人を面くらわせる姿を見ないですますわけにはほとんどいかなかったのである。

この生物学者がワムシについて教えてくれたことのほかに、わたしは、すこし古い著書のなかで、今日では科学的にみて重要ではないとしばしば判断されている細部に結びついた、ワムシの特徴のいくつかを見つけていた。ワムシは、単為生殖をする能力に加えて、たとえ水から引き出されても、生きることを止めず、ぼろぼろになるまで完全に乾燥する能力をもっていることを学んでいた。それを生き返らせるには一滴の水で十分であり、つづけて十六回も蘇生することができたようだと言われている。その一匹は四年間、微小な、形の一定しないかけらの状態で留まったあと、水中に沈められて、ふたたび完全な可動性を見いだしたのである。

わたしが彼にとって興味のないそういう細部について言及することに、彼は目に見えていらだっていた。わたしに知らせるまでもないことだと判断していたからである。わたしがジャン・ロスタンにその正確さを質《ただ》したとき、彼は肩をすくめた。

——お訊きしますが、なぜ十六回だけ生き返るんです？

彼はあわただしく自分の話のテーマにもどった。倍数性。いくつかの動物種において、時おり単為生殖をもたらす染色体の増殖。

家のなかはいつも静かだった。生物学者はひとりで暮しているのかなと思った。わたしにドアを開けてくれるのはいつも彼自身だった。とはいえ、さまざまな素描、写真製版、顕微鏡のスライドが必ずあり、おそらく水槽のなかにはワムシさえいて、彼の解説をわかりやすくするのに役立つはずの実験室へ、わたしを連れて行ってくれることはけっしてなかった。わたしがどこかの廊下を曲りしな、他の同居人に出くわさないかと彼は惧れているせいだ、と想像していた。とにかく、微かな物音さえ、その存在を示す気配はなかったが。その静寂は、冬の早いたそがれが訪れて明りを灯さねばならないとき、いっそう驚くべきものになった。いつも家じゅうに、目覚めのようなものが駆けぬけたのである。

ジャン・ロスタンは、その日の話が終っても、わたしが急いで暇乞いするよう、促すそぶりをみじんも見せなかった。もし家のどこかで、身内の者の無言の働きかけを感じとったならば、たとえ控え目であれ、そうすることもできたであろうに。彼はお喋りに身をゆだねていた。誰でも知っていたが、あまり世間に関心がないことを打ち明けた。彼のむしろ隠遁した生活、芝居にはめったに行かないこと、そういうこととも関係あるが、音楽への無関心を。彼はそのことを悲しむでも、喜ぶでもなく、否認できる実例は多々あるにもかかわらず、科学者にとっての運命とみなしているように思われた。

それはわたしにとって、彼が生者の論理に、したがって理性の法則に完全に還元できる世界のなかに閉じこもろうとする、わたしが彼に託していた意志の、いまひとつの証拠であった。とはいえ、その世界では感情が場所を占め、しかも彼はそれを重視しており、彼の生来の善意——慎みゆえに、ぼやいて隠すこともしばしばだったが——を人道主義にまで導いていた。彼は徹底して平和主義者だった。核兵器、化学兵器、細菌兵器への反対——もちろん、いわゆる通常兵器もけっして正当化されはしなかったが——は、孤独と研究を愛する彼を、公人に、闘士にするに至ったのである。

人間も対象のなかに含める自然に対する彼の愛情は、自然が保つ影の部分と、人間の内に見いだされる秘密の深層とを考慮することへの、彼の内に窺えた拒否を、意外なものにしていた。わたしはある日、どんな話でだったか、現代社会において観察される混乱の兆《きざ》し、若干の進歩の形態が基礎をなすように思われる精神障害のファクターに言及した。

——小粒のノイローゼ患者たちにすぎませんね！　まさしく小粒のノイローゼ患者たちですよ！　と彼は、今度は憤懣やるかたなげに答えた。

彼は絶えず異常なものを追っ払おうとしていた。そして異常なものは、彼の私生活において、家や仕事において、彼を追いかけることを止めなかったのである。

まず彼の仕事において。しばらく前から、いかなる科学者も彼ほどには、独創的な科学研究——組織的でも方向づけられてもいなかったが——を生む、内的刺激によって、わたしの好奇心を掻きたてることはできなかった。ジャン・ロスタンはその感受性、その出身、また幾分かは、その教育によって、あまりにも作家に近かったので、何らかの仕方で、われにもあらず、科学的研究と文学的創造（多様な形での芸術的創造）が、最初の段階では、しばしば同じプロセスを経た、という証拠をもたらさずにはいなかった。しかし、このプロセスという言葉は、多種多様な考えを結びつけるために用いられるには、あまりにも秩序立てられ、あまりにも論理的な連続を暗示していないだろうか？　霊感は形の定まらないものから生まれるのだ。

ジャン・ロスタンは、わたしが彼に出会うしばらく前に、カエルの卵を熱ショック、つまり冷却にかけて、倍数体を促すことに成功していた（しかし、加熱もおそらく同じ結果を得ていただろう）。単為生殖に関係のあるものについては、さまざまな化学物質の使用と、放射線、外傷、その他の手段は、前述したように、ずっと以前から、肯定的な諸結果を得ることを可能にしていた。しかし、それらのどのケースでも、カエルの卵に冷気を吹きかけたジャン・ロスタンのもそうだが、一種の賭、でまかせの選択、要するに、真に科学的とは言えない仕方が問題であるにすぎなかった。科学は、得られた結果の分析にしか介入せず、確認された結果の起因をなす体《たい》や物質や要素の、特徴が明確になる点までしか、原因をたどることはなかったのだ。生物学者たちの実験領域には、部分的、中間的な諸発見が点在しているばかりで、それらは、説明可能なものに由来してはいないので、ある祈りに応えているように思われたのである。

操作が純粋な即興に依存するのではないとき、それは、幾世紀にもわたり、人類によって収集されてきた「方法」の応用を表していた。いくつかの生物学的現象を惹き起すために、ジャン・ロスタンによって用いられた、冷暖いずれかの熱ショックは、歴史の過程で、しばしば科学のために受け継がれてきた経験上の遺産から、多かれ少なかれ汲みとられたのである。

生物学において確認される多数の結果の第一原因をめぐる不明を前にして、わたしはどうしてこう想像しなかったわけがあろうか。科学者たちは、時どき彼らの研究を逆転させ、非合理なもの、つまり、取るに足りない思い出や夢から発するいろいろなイメージや、無意志的にせよ要求されたものにせよ、さまざまな精神的表象や、つかのまの肉体的印象の、不明瞭な堆積、要するに、われわれがあきらめて、まったく価値なしとみなすこともできかねる、べつの精神生活を刺激せざるをえなかったと。

しかし、科学的研究は、考察の一貫性がとぎれるようにみえたときでさえ、けっして合理的であることを止めなかったということに、わたしはまもなく気づいたのだった。実証主義の効力は、それが精神の全プロセスをカバーし、権威の一体系のように見える、ということにあった。この哲学を、ジャン・ロスタンは、まだあまり年老いてもいないのに、わたしから見れば、いささか「歴史的」見本のようにみなしていたのである。

風采、風貌のせいで、彼は実年齢よりもかなり老けて見えた。口ひげや髪の型によって、また部分的な禿《はげ》によっても、彼は前世紀末に見られたような彼の父親にそっくりだった。実のところ、彼は父親にほとんど似ていなかったので、その真似をしていたのではなく、父親の記憶に忠実であろうとしてか、自分を父親の同時代人にしようとしていたにすぎない。それは他の多くの人びとが喪服を着るのよりも雄弁であると同時に繊細な、父親への思慕の仕方だったのである。

ジャン・ロスタンもまた、永久に十九世紀最後の十年間に属するように思われた。とはいえ、この時期は、その実証主義と宗教的信仰の不在と人道主義によって、彼が誕生するのを見たにすぎなかった。こういう知的態度は、『シラノ・ド・ベルジュラック』の著者にはむしろ無縁であった。エドモンのほうは、ときには型にはまっていたにせよ、想像力と叙情性がまさっていた。その結果、父と息子のあいだに対立が起こるということはけっしてなかった。息子の科学的実証主義は、感情に特権を与え世界についていかなる特別な観念も抱かなかった、父の芸術的気質に反するものではなかったのである。

父と息子の一致は、すでに自然な愛情によって確固たるものであったが、それぞれが相手の内的生活についてもっていた、ごく大まかな、とはいえ同意の価値がある考えによって、明らかに強められていた。エドモン・ロスタンは、ジャンがある種の小動物たちの生活について教えてくれるのを楽しみにしていたし、博物学者の卵のほうは、父が自作の戯曲『シャントクレール』(15)の登場人物にした、まったく異なる身の丈で、かなり重々しく寓意化された、動物たちの冒険を称賛していた。それでもこういう感動的なイメージを通して、前世紀末と今世紀初頭における知的生活をいちじるしくゆがめた、誤解がやはり見えてくるのである。

十九世紀中葉に、知識を奇蹟の水準にまで高めた科学の飛躍的発展は、文学にせよ芸術にせよ、ほかの精神諸活動の発展がもうあまり期待されていないことを示していた。科学は初めて、ほかの精神諸活動と、超自然的、排他的なものとして提供されるそれらの源泉そのもの、つまり霊感において、競争するはめになったのだ。科学研究では、その自発性と力において驚異的な、思考のそういう発現は、根気よく獲得された諸観念の組立てや、実験にもとづく諸事実の巧みな整理に、しばしば仕上げをしたことが確認された。まさしく霊感が問題であり、それはここである正当性を獲得したが、もはや天の純粋な賜物ではなく、長いまじめな努力(16)への償い——とはいえ、いつも予測不能な——であった。

偉大な数学者アンリ・ポワンカレを含む多くの学者たちが、公然と霊感の権利を要求することをためらわなかった。彼に関しては、それまで作家や芸術家のものだった、ほとんど宗教的な言葉を横取りさえしたのである。今度は科学者たちが、それまで彼らにはうまく解釈できなかった諸結果を、突如解明するかのように訪れる、「神聖な」直観の瞬間をときどき経験する、と断言するようになった。「発見するのは詩人たち［その絶対的意味において解釈された］である」、とアンリ・ポワンカレは言った。「着想《せ》は長い夜の間の稲妻《パン》にすぎないが、その稲妻こそすべてだ。」(17)

これらの学者は、霊感の権利を要求するだけではなく、それを自分のものにし、独占していた。その結果、彼らは、みずからの例によってしばしば彼らを正しいとする作家や芸術家たちを、伝統的な様式、慣習、単なる技量のなかに、さらにその世紀末には、「ベル・エポック」という浅薄さの精神の産物——それはわれわれのまじめな学者たちに楽しい気晴らしを提供した——のなかに、閉じこめておこうとした。エドモン・ロスタンは学者たちのなかに熱烈な観客を見いだした。そういうことが、若いジャン・ロスタンにとって、文学（とにかく、まずそれ）と科学とのこうした一致のなかに、自分が家庭環境と調和していると感じる、もうひとつの理由を見ることを可能にしたに違いなかった。

当然ながら、われわれの学者たちは、マラルメ(18)の詩を退屈な謎とみなし（その詩は、エドモン・ロスタンの文学的取巻きのなかでも、似たり寄ったりの評価しか得ていなかった）、印象派の絵画からは目を逸らしていた。しかし、その世紀末の知的誤解が陥っていたある相互性の効果によって、『牧神の午後』の作者がダーウィン説の言及に肩をすくめ、モネ(19)もまた、偉大な化学者シュヴルール(20)の色彩に関する研究の前で、同じことをしたかもしれないのである。

徹底して「文学者」であるにもかかわらず、敏感で慧眼の士であるジュール・ルナール(21)は、有名な『日記』の作者である彼がよく招かれた家庭の食卓における、若いころのジャン・ロスタンを描いている。「ジャンは無口だ」[22]、と彼は書く。しかし、ほかの場所での「すばらしい知性」[23]も指摘している。青年は、おそらく彼と差し向いのとき、その証拠を示したのだろう。大勢のなかでのジャン・ロスタンの無口は、内気さのせいだった、とジュール・ルナールは想定する。もし兄モーリスの、サロンでの浮かれ騒ぎが、いっそう彼を抑制させる性格のもの——と推定される——でなかったならば。とにかく、わたしには、若いジャン・ロスタンの無口を、彼の面前で説かれた文学的ないし芸術的次元でのさまざまな意見（それらはロスタン家におけるすべての会話の内容をなしていた、とジュール・ルナールは言う）の承認、あるいは逆に、暗黙の否認とみなすことは、いささかもできなかった。

父親の記憶へのジャン・ロスタンの愛着は、彼が、父親とその友人たちが抱いていた文学と芸術との観念を、かつて非難したことはないし、今日ではいっそう非難していない、したがって彼は前世紀末の偉大な実証的精神の持主たちにつながっている、と時どきわたしが考える気にさせたのだった。ほかの時には、彼の感受性を漠然と察知し、彼がある文句や言葉に関する説明を中断したとき——わたしにはその突然の沈黙の意味が少しもつかめなかった——、彼のまなざしのなかに何かの夢想を推測しながら、わたしは、彼が世界の秘密を洞察することに没頭しているとしても、それはおそらく彼が手に入れた知識を防御するためではなく、そこに「解決策」を見いだすのを期待してのことだ、と思っていた。

もし作家の過去に、とりわけ幼少期に、彼の作品の性格の説明を、あるいはより率直に、彼の天職の起源を探すことが、理に適っているならば、ある学問に身を献げる決心をした男女の幼少期にも、彼らの選択の直接、間接の理由を、なぜ探そうとはしないのだろうか？　実際、彼らの選択について語らねばならないだろう。というのも、研究者のアプローチを個性的にし、おそらく彼の秘密の精神的傾向を伝えることになるのは、彼が、選んだ研究分野の内部において行う選択だからである。

その分野において定められる最初の区別は、言うまでもなく、自然科学と抽象科学を対立させる。それらはしばしば相手の領分にはみだし、精神の同じ基本的性質を要求するにもかかわらず。それでもやはり、自然科学は、初めのうち、幼少期の探求の延長、好奇心の深化であるように思われる。とりわけ生物学においては、若年の制限された世界にみずからの限界を見いだした小宇宙的ヴィジョンに、別のヴィジョンを入れ替えるだろう。

子供にとって自然への興味は、彼をとり巻く人びととの、それまで欠如していた、あるいは充分ではなかった、コミュニケーションの要求をあらわにする。愛情の次元での欲求不満が、その興味を決定するのだ。わたしはジャン・ロスタンの若年におけるそういう欲求不満の存在を想像していた。その種の欲求不満についてわたしが学んだすべてのことは、そうした想像を可能にしたのである。

ジュール・ルナールは経験上、母にあまり愛されなかった子供の内心に永久に結ぼれるものを識っていたが、彼の『日記』から明らかになるのは、ロズモンド・ロスタン（筆名ロズモンド・ジェラール）は、ジャンよりもモーリスを愛していたことである。モーリスは、その美しさ、才気、活発さによって、弟にはるかに勝《まさ》っていた。彼は、彼女の詩が示しているように、過度に感傷的な母親に、ひどく甘ったれた態度をとっていた。「モーリスは彼女を熱愛している」、とジュール・ルナールは書いている。「彼女の機嫌をとり、その背中にキスし、けっして彼女と離れたがらない。」(24)

この文章は一九〇六年のものである。モーリス・ロスタンは十五歳であり、すでに女性的な態度を示している。それはやがてこの人物に、ある諷刺の、ある戯画の特徴を与えるだろう。四十年後、わたしはたまたま数回、劇場での「総稽古」の折り、このすでに伝説的になったカップルを見かける機会があった。厚化粧をし、腰は曲がっていても年齢不詳のロズモンド・ジェラールが、額にカールした金髪を頂いた頭を昂然と上げ、腰を振って歩くモーリス・ロスタンの腕にすがって、よちよち歩いていた。それは滑稽であると同時に感動的な情景で、誰もがふり返った。

息子は自分を生んでくれた女性と精神的に結婚し、心底から一緒になるためか、女性と化したので、母と息子との半世紀をこえる、互いの過褒《かほう》が要約されていた、そういうイメージは、不器用で、粗野で、内気なジャン・ロスタンを、いかに孤独のなかにうち棄てていたか、想像に難くない！

しかし、彼のために、ある頼みの綱が提供されていた。下等動物——昆虫、環形動物、蛛形《くもがた》類、両棲類——の生命、完全にみずからの原則のなかにあり、その現実、その価値を、種の延長への参加のなかにしか見いださない生命の観察に没頭することによって、彼は、単為生殖においては絶対的だが、両性生殖においても、その発生論的残余とは無関係に、主権をもちつづける母性の優位、支配を見いだすようになるだろう。

そうなれば、社交界趣味に熱狂し、モーリスの気取りで喜びのあまり呆然としていた、その母親によって放置され、理解されないことが、彼にとってさほど重要ではなかったろう。彼は以後、一匹ずつばらばらになって、繁殖し、永久に消滅することだけを運命とする、ホタルの群のようなものを、生命が住まわせる広大な生物学的闇の中心で、彼女が自分と切り離しがたく結ばれていることを知ったのである。

わたしがジャン・ロスタンの科学的天職に仮託していた諸原因——本当にそんなものがあったとして——は、たとえ曖昧な仕方であれ、おそらくいつも、自分自身にさえそれらを隠してきた、この成人の話のなかに、現れるはずもなかった。それでもわたしは、彼のもっとも堅固に構築された推論のなかに、ある下心、ある異常なイメージ、つまり、ある心底の存在をあばきだすような、挿入節を窺っていた……。彼が説明したあと、わたしの訪問を正当化するテーマとは関係のないテーマに言及していたとき、そういうものが初めてやってきた。その日、われわれはおそらく誰か著名人の死亡について取りざたしていた。

——わたしは死が怖いのです！　とジャン・ロスタンはうっかり漏らしたのだ。

彼はこの言葉に、少なくともそれから期待される性格を忘れさせるような、陰にこもった、とっつきにくい抑揚をつけていた。人物を裸にする、若い、ほとんど子供じみた、率直な調子だったが、わたしは彼の真実の一部を明かされたという確信がもてなかった。年少のころ母親の愛の喪失に悩んだことのある個人は、他の人たちよりもはるかに死を惧れることを、わたしは識っていた。死の運命を考えると、確かにわれわれは誰しも（信者たちのように）、手の施しようのない精神的剝奪の感情を覚える。子供に、母親との実際の、あるいは感情的な隔たり——二つはしばしば結びつく——を覚えさせるのは、それと同じ感情である。そういう欲求不満は個人の内に、残りの人生のあいだ、ある執行猶予を生きる、という漠とした印象を残すのだ。彼はその最後を恐怖をもって窺うことを止めないだろう。一つの人生において二度死ぬことはつらい。

またおそらく、ジャン・ロスタンの内では、全生涯にわたって、生き物の領域のただ中に沈潜し、そのみごとなメカニズムを知り、絶えざる変態を観察し、いつも新たな情報を期待している博物学者が、そういう取消し、そういう侵害を拒否していた。たとえ彼は、有機物の諸要素――突然分散させられ、崩壊させられるが、生命の永久に消えないしるしの一種、分子の非対称性の斜めのしるしがついた――は、他の化合のなかに無限に再導入されることを知っていたとしても。科学者にとっては不必要な、そういう拒否。彼はそれでも時どき、果てしない広がりのなかで、エドガー・ポーの大鴉(25)の啼き声、「ネヴァ　モア！」が響きわたるのを聞き、ハエを追っぱらうように、いらいらしたそぶりで、そういう考えを追いだそうと努めていた。

彼には、前述したように、人びとが彼の面前でする話において、厳密な合理性から遠ざかるたびに、ほぼ同じいらだちが見うけられた。彼のまなざしは時おり疑い深そうにさえ思われた。わたしは独りで、実際にはしばしば、むしろ夢想という名がふさわしいような考えに耽っていたのに。淀んだ水は、生物学者の話のなかでよく想い起され、ヴィル＝ダヴレの池の近さは、われわれの対話が行われていたヴェランダ風の所まで、水が入り込んでくるような気にさせたので、わたしは絶えず幼少期に連れもどされそうになった。それは明らかに、わたしが相手の話の本筋に注意をこらすためにはならなかった。

幼少期の大部分の思い出は、空想的な、あるいは少なくとも、変容できる性格を保っているので、わたしは、この生物学者が描いたような、若干の水生動物の生活がしばしば含んでいる奇異なことに、心の内では特権を与えていた。そのようにして、わたしの遠い過去が記憶のなかで文字通り解明されたとき、ジャン・ロスタンは、お気に入りの微小動物、ミジンコやワムシの話を離れて、淀んだ水の動物相のいささか伝説的な代表のいくつか、サンショウウオやイモリの話をし始めていた。

われわれが、まったく食べられないのだが、小さなコイを釣っていた池の泥の底に、手網《たも》がたまたま触れて、うっかり捕えられたそれらの両棲類は、わたしの内にも、友人たちの内にも、ちょっぴり恐怖と混ざった嫌悪感を抱かせるのだった。それらの動物は泥そのものから生まれたように思われ、泥はまだ部分的に彼らの身を被い、彼らの斑点をふやしていた。泥は彼らの形態の、ある種の不確定さと、また、おそらくある跳躍を予告する、軽い内部の脈動をあらわにする脆弱さと調和していた。

この生物学者は、われわれの幼少期の想像力が、その動物たちに託するよう促された能力をはるかに上回る非凡な能力を、それらに特有のものとみなしていた。それらはとりわけ、事故による切断や、なにか他の身体的損傷のあとで、再生する特性をもっていた。サンショウウオの脚やイモリの尾はまた生えるのだった。この能力に照らせば、生物学者がそれらのメカニズムを研究するために、施すよう促された移植に、それらは最適であることがわかる。ついに、イモリは、それら両棲動物の一つの受精卵の分割によって、雄だけを得ることができる方法、実験的雄性発生において、驚異的なことをやってのけたのである。

この生物学者の話が進行すればするほど、そういう淀んだ水のなかで、天地創造は、最終的に決着したわけではなく、進化の、必然的に予測できない大きな動向の埒外でさえ、まだ開かれたままであるように思われた。人びとはあらゆる生命形態の、原初の未分化状態で憩う潜在的な力の世界のなかにいるのだ。事故によって片目にされたイモリが、網膜を元《もと》にして目(一つの目! 自然のこの入念な傑作)を再生できたということは、今度は、胚形成のメカニズムに、とにかく、その秩序の不変性に違反するように思われ、天地創造の総力が、そこに、われわれの身近に、保存されたままであることを立証する、あるる再生能力を表しているのだった。

わたしがジャン・ロスタンのおかげで見いだした多くの生物学的現象と同様、イモリの目の再生（サンショウウオの脚の再生よりも「奇蹟的」である。というのも、イモリにおいては、「無を元《もと》にして」光が徐々にもどってくるのが見られたから。それは「とりもどす生命」であった）は、わたしに、それぞれの生物体と、それを形成する非物質的ゾーン、一種のオーロラ——そこではその生物体の生命が、霊波のように、創造力をもって現れつづける——で包まれた、内的諸要素のそれぞれを、想像してみる気にさせたのだった。それぞれの生物学的現象には、観察される現象の現実と、それの諸原因の最後のものとのあいだに、そのとき橋のようなものを架ける霊波が示される段階がつねにあるように、わたしには思われるのだった。そういうわけで、わたしは科学のさまざまな溝を大胆に埋めたのである。

言うまでもなく、いつものようにわたしは、この生物学者の面前で、自分の予測を引き合いに出すことをさし控えた。彼はたぶん皮肉に、神秘学は人間を、一種のエクトプラズマ(26)の分身のなかに絶えず閉じ込めてきたことを思い出させただろう。実証主義者はある経験をもとにしてしか議論をしなかった。わたしはそれに同意していた。しかし、イモリの目については？「独り言《ごと》の」質問も、精神の自然な活動ではなかったか？

わたしは、ジャン・ロスタンもまた、みずから閉じこもった諸現象の魅惑から免れてはいなかった、あるいはいつも免れていたわけではなかったことに気づくだろう。それらは今日では、世界に注がれた多くの明晰さのあとで、世界を未踏の部分で豊かにするようになったのだ。わたしがまだ識らず、ヴィル゠ダヴレを訪問するかたわら読み始めていた、この生物学者の著書の一冊によって、ジャン・ロスタンは二十年ほど前に、「動物の組織に固有の生命力」に興味をもっていたことを知らされた。アレクシス・カレル(27)、その他の研究者たちは、いつも単独行動者であるジャン・ロスタンが企てるすべのなかった一連の実験において、その生命力を解明したところだった。彼のほうは、いわば手作りで、動物における自発的な延命のケースを探求し、研究することに甘んじていたのである。

とりわけ彼は自分の実験室でクワガタムシの切断された頭を、しばらく観察していたことがあった。それは黒い大きな甲虫目に属し、その凧《たこ》という俗名は、枝角の形をした二本の頑丈な大あごのせいである。パラフィン状の薄膜が、昆虫の頭が体から切り離された所を被っていた。その頭は生きつづけていた。凧の触角は、指先で触れると、動いて「反応した」。その細かな動きは、メトロノームや、停止したのを軽く突くとまた一瞬動きだす掛け時計の振り子の動きと同様、規則的であった。被造物において生き延びることのできる最後のものは、あるリズムであるように思われる。

そういう信号は、およそ十日してようやく止んだ。この「信号」という言葉とともに、人はロマネスクなもののなかに滑り込む。凧における触角の動きの規則性は、実際には何の答えにもなっていなかった。あるショック——たとえこの場合のように、単なる指の接触にすぎなくても——への反応は、純粋にメカニックな活動なのか、それとも生命の表現度なのだろうか？　こういう疑問を、ジャン・ロスタンが実験室の孤独と静寂のなかで、みずからに禁じることにいつも成功していたのかどうか、わたしは完全には確信がもてなかった。

わたしはこの生物学者に、凧に関する彼の実験を自分が知っていると打ち明けるのを控えた。その実験はわたしのアンケートのテーマとは完全に無縁だったので、わたしの好奇心は、わたしが準備していた記事の、まじめな性格について彼を悲観させるような、幻想や異常への好みを、わたしの研究に持ち込もうとしていると、彼に考えさせたかもしれない（実際に、彼はすでにそう考えているとわたしは確信していた）。

わたしを驚かせたのは、ジャン・ロスタンにとって、凧がカエルに結びついているということだった。一方で、人びとは死の中断に立ち会い、他方で、単為生殖はある不死の形に導くように思われた。単為生殖が、カエルの場合のように、雌をしか生みださない動物においては、前述したように、母親は子孫のなかに自分の完全な重複を確認することができる。そのようにして、彼女は転移による延命を確保している。もし彼女の全子孫が同じく単為生殖によって出産するとしたら、今度は彼女が、そういう連鎖の一つの環として、みずからの個体の忠実な反復を見いだすのだ。個性が転移可能になれば、死は排除されている。永遠が、同じ存在を無限のコピーとして伝播するだろう。

実のところ、わたしはそこでジャン・ロスタンに、自分に固有のものである夢想を託していたのだ。科学は、素人にあっては、たやすく想像力の濫用へと導く。この点では、最初に単為生殖を観察し描写した博物学者、シャルル・ボネ(28)が、あとで哲学者、輪廻《りんね》の理論家になったことは意味深い。その理論は、それぞれの魂が個別的生涯の終りに溶け込む、集合的な人間の霊魂についての、不滅の原理にもとづいている。この十八世紀、ジュネーヴの学者には、心霊主義や革命思想のごたまぜを通して、実際は人間のあらゆる要素に不滅を確保する、遺伝子の存在——だが、かなり漠然とした形で——を推定したという功績がある。彼もまた死を怖れていたようで、二十二章ある有名な『哲学的輪廻』において、死を否認することに大いに骨折ったのだった。

わたしの生物学に関するアンケートは終了し、公表され、その後十五年ほどはジャン・ロスタンに再会することがなかった。テーマは忘れたがわたしも参加するよう招待された、あるラジオ討論があり、わたしはその録音が行われる予定の、ヴィル＝ダヴレにある生物学者の家をついに再訪した。そこでは、かつてわたしが懐いた印象に再会することがなかった。池にその輝きをまたもたらす穏やかな季節の光、四、五人の存在、彼らの都会風の臨機応変な話しぶり、なかば長老になったジャン・ロスタンの愛想のよさ——彼はその間に科学者としての評判を確立し、アカデミー・フランセーズの会員になったばかりか、大量破壊兵器反対キャンペーンにおける最重要の精神的権威とみなされていた——、それらがおそらく一緒になって、かつてはわたしにとってついに親しいくらいになっていたその家のなかで、わたしは居心地悪い思いをしていた。

われわれがいた部屋は、かつて生物学者とわたしとの会話がくり広げられた部屋だったが、隣室を向いた両開きのドアは、以前にはいつも閉じられていたのに、いまは開け放され、奥のもっと小さな、わずかに開いたドアからは、廊下の一端がかいま見られた。朝の光が二つの部屋にみなぎっていた。要するに、その家は息づき、寛《くつろ》いでいたのである。

そういう拡大、非孤立化、より大きな自由という印象は、同じく、その場の主人の快活な調子と彼の物腰によっても与えられた。とはいえわたしは、その同じ客間に、生物学者のもとで学びにやって来た、あの冬の夕べを危うく懐しむところだった。そこは当時もっとがらんとして、かなり暗かったように思われ、広い窓々には、道を縁どる裸木の影が時おり投げかけられていた。

その家の静けさ、薄暗がり、生物学者の弱々しくはないが押し殺した声は、そのとき秘密の雰囲気をかもしだし、その対話のあいだにわたしが獲得した知識を、どんなしかたでか分からないが、いわゆる科学の限界を越えた、秘儀伝授の教材とみなしそうになったのだった。そのようにして、この上なく知的で、合理的な、現実主義者である先生が、その意に反して、わたしを夢想させていたのである。

ラジオ討論の日、ジャン・ロスタンの家を退出したとき、わたしはそれに参加していた人たちの一人の口から、十五年前、わたしが生物学者のそばで感じていた、なにか漠然とした印象を解き明かすようなことを知らされた。そのころ彼は、詩人で小説家の兄モーリスを家に泊めていたのだった。兄は母の死によって陥った絶望に、手術によるショックが重なり、甚だよくない心的状態にいた。一種のおんな＝おとこであるモーリス・ロスタンは、そういう二重性が、まだ社会において、最悪の嘲笑の対象だったころ、そうした形の非難の的にされて、おそらく精神的にすでに不安定になっていたのだろう。

彼は父親の作品に対する感嘆の念と、母親ロズモンド・ジェラールに対していつも懐いていた激しい愛情に促されて、文学作品を生み出したが、そこでは寛大な感情と雄弁——時には大言壮語——が、独創性と深味を凌《しの》いでいた。弟ジャンを手本にして、彼は世界の決定的な平和のために熱烈に闘ったものの、その裏声と気取ったそぶりは、完全にはその立場に役立つものではなかった。ジャン・ロスタンはモーリスがその著作よりも素行によって有名になったのを見て悩んだだろうか？　おそらく。というのも、彼は兄を愛していたが、科学者として、性欲に関するいかなる偏見もなかったので、そういう事情によって惹き起こされる悲しみには、たぶんどんな非難も伴っていなかったからである。

精神障害のために兄を、監禁ではなくても、少なくとも家庭環境に収容する必要が出てきたとき、彼はすぐさま兄を自宅に引きとった。そういうわけで、モーリス・ロスタンは、ヴィル＝ダヴレの家の、人目につかない客になったのだった。その家はかなり広かったので、彼はおそらくスリッパをはいて、好き勝手にぶらつくことができただろう。というのも、わたしはけっして足音を耳にしなかったからである。しかし、動物の主人であれば、彼だけはドアの後ろで、犬や猫の足音を聴き分けられるように、ジャン・ロスタンは、わたしにワムシにおける単為生殖のメカニズムを説明している間でも、兄の影が隣室を横切ったり、廊下を滑ったりしたときには、ひとり聞き耳を立てていたに違いない。わたしがその軽い足音に気づいたかどうか、またおそらく、家に病人がいることを知っているかどうか自問して、彼がもの問いたげなまなざしを向けたのは、そのときだったのだ（わたしは今度はそう想像していた）。

しかし、そのもの問いたげなまなざしをわたしは、生物学的事実の奇怪さに驚嘆する、素人らしいわたしの傾向が惹き起した、軽いいらだちのせいにしていた。科学者にとって奇怪さは存在せず、わたしがそれをもとめ、彼に奇異なものを期待して、質問攻めにするので（彼は間違っていなかった）、おそらく彼の目には、わたしは最悪の、根拠のない詩への好みを示していたのだ。彼は出身と家族関係のせいで、無償の詩が何から成るのか知るには、恰好の立場にいたのである。

それは『シャンテクレール』の誇張した韻文や、ロズモンド・ジェラールの感傷的な詩や、モーリス・ロスタンの人道主義的高揚のなかにだけあるのではなく、まず何よりも、文学の良い部分が包み隠している、現実の変容への意志のなかにあった。それだから、わたしがジャン・ロスタンのまなざしのなかに、時おりいらだちのようなものを読みとったとき、おそらく間違ってはいなかったのだ。それはわたしが、ドアの後ろに彼の兄がいると見抜いていたからではなく、生物学者の見るところ、わたしがある種の精神的彷徨に屈して、彼の兄と一緒になっていたからである。

亡霊

ルイ・パストゥール[1]

パストゥールの業績に関する本[2]を書くことになり、わたしはこの学者の姓がついた研究所へ、必要な参考資料を調べに毎朝通っていた。厳密に学問的な分野のものは施設内の大きな図書館にあり、わたしはそこで、近隣のさまざまな実験室から来た、みな白衣を着た男女の読者たちのなかで、いささか闖入者のように見えた。

しかし、とりわけ生物学、細菌学、有機化学の歴史、およびそれらの進歩に貢献した人びとの伝記に関する、ほかの著書、資料は、パストゥール博物館、すなわち、研究所内にあって、この学者が晩年の七年間を過し、当時のまま保存されているアパルトマンに集められていた。わたしが計画していた、「パストゥールの時代」というテーマの著書の性格からして——その標語には学問の外的な、あるいは公的な面が特権を与えられていた——、わたしには、その時代がもつ理論的な、抽象的なものにのみ捧げられた大きな図書館よりも、その時代が、伝説的になった研究者たちのなかに具現されている、博物館のほうがはるかに役立った。

わたしは、かつておそらく事務所として使われ、使用ずみの書類や資料でいっぱいの小部屋に入れられた。博物館の管理者によって、わたしのために選別された図書が、運ばれてあった。ペンを手に、まる数日もそれらを検討して、わたしはそこから出ることがなかった。初夏の季節なので、早朝から始めることができた。研究所がまだほとんど活気づかないうちに、わたしは「博物館」のドアのベルを押した。若い娘が開けてくれた。部屋を整頓し、換気するために、おそらく明けがたにやって来たのだろう。アパルトマンにみなぎる薄暗がりと暑苦しさが、彼女にはまだその仕事をし終える時間がなかったことを示している。彼女は小声で挨拶した。パストゥール夫妻の目を覚ましてはいけないというわけだった。むだな懸念。若い娘が人目につかない仕事にもどるあいだ、わたしは広く薄暗い、静かなアパルトマンに入り、自分も眠りの世界にもどるような印象を受けた。アパルトマンは二つの階に分かれ、木の内階段がそれらをつないでいた。パストゥールは生涯に二度、脳卒中の発作を起し(3)、部分的には半身不随のままだったので、階段を造るとき、老学者の昇降の苦労を軽減するために、段々の高さを低くしたのだった。こういう階段の整備は結果的に、足音をより軽く、気づかなく、ほとんど抑え込まれたようにし、階段に沿って、夢のなかを滑ってゆくような気にさせるのだった。

部屋の家具と装飾は過去のさまざまな相続から成り、過去は多くの偶然の混合のあと、もはや混乱した記憶の状態でしか存続していなかった。そのように、とりわけ十九世紀末のブルジョワの室内の特徴を示すイメージであるこのアパルトマンは、その時代が、まず、みずからをもっともよく代表すると信じていた社会階級が、ひけらかしていた精神の厳格さ、公正さを、否認していたのである。

家具と品物との数が多すぎ、様式が装飾過剰であることからも明らかな、富裕への配慮が、まだ新しい、安楽への好みと結びついていた。ソファーは、まだすこし固かったが、イギリス風に、規則的な間隔をおいてキルティングした座席になっていた。客間に、誘惑するような暗礁をばらまいた、錦織ビロードの大きなクッションに、一歩ごとに倒れ込むこともできたのである。

どの部屋もたっぷりドレープをつけられ、刺繡した布飾りを上に載せた重々しい二重カーテンには、昔のタピスリーの代りとして、装飾的な壁紙がつけ加えられていた。ドアカーテンは出口を隠し、ふさふさした縁飾りのなかに何もかもくるんでいた。その縁飾りは、木の幹や枝に付着する地衣や苔さながら、畝《うね》織りやダマスカ織りの絹の表面に、ガロン、打ち紐、飾り紐としてはびこり、自然の実《み》のような玉飾りや総の形で、絶えずはみだす雑草のようだった。

緑の勝った一般に濃い色のこの縁飾りには、しばしば金糸や銀糸が混ざっていた。布の重々しい襞があちこちでわたしの視線から隠す、ガロンや飾り紐を目でたどると、それら金糸、銀糸の輝きが徐々に増大するような印象を受けた。さきほどはほとんど気づかなかったが、いまは刺繡された立葵の重たげな布飾りのてっぺんが、微かにきらめき、もっと下では、それと対照的に、留め紐を抑えるフックの、くすんだ古いブロンズが、光を増していった。

同時に、静寂と薄明によって、パストゥール夫妻はいっそう存在するようになった。実際には彼らは、「研究所」の数メートル地下の納骨堂に埋められていたが、この階のすこし離れた廊下に、彼らの対《つい》の部屋の二つのドアが認められ、眠っている彼らの影を送ってよこした。わたしは、アパルトマンのこの辺りで暇どり、さらに、大きな客間の、メダル陳列ケースの前で、これは近親者や来客の啓発のためにパストゥールの生前すでに置かれていたのかどうか自問しつつ、長いこと佇んでいるにつれて、闖入の、ほとんど瀆聖の感情が、わたしのなかで大きくなっていった。

そこにはパストゥールが生涯において授与されたすべての勲章が見られた。他のどの勲章よりも大きく、ダイヤのはまったレジオンドヌール大綬章の周りに、衛星のように集められた、少なくとも約五十の勲章があった。その一つ（オーストリアの星印入り十字勲章か？）は、黒い七宝を施されて、翼を広げた鷲を表し、緑の七宝を施した黄金の十字章を支えていた。またべつの勲章（おそらくトルコの名誉章）は、簡素な金のメダイヨンからなり、中央にはアラビア文字が描かれていた。もう一つべつの勲章（ロシアの聖ヴラジーミル勲章か？）は、赤と黒の七宝を施し、金の縁どりをした、四本の枝の十字章を表し、その黒い縞の赤いリボンは、白い縞を除き、ポーランドの聖スタニスラフ勲章のリボンを模倣していた……

数が多く、ぎっしり並べられているので、それらの「勲章」は、名誉上の価値を無効にし、輝きだけで競い合い、ついにその場所の生気を蘇らせていた。あたかもそれらは、いまは壁紙とカーテンの縁飾りに沿って、夥しい燭台の分枝、シャンデリアのガラスのなかを流れている、微かな光沢をみな、反射によって養う中心であるかのように……。まるでこういうメダルの陳列から発散したように、メダルが表していた感嘆や感謝の印からは完全に独立して、アパルトマンじゅうに広げられ、ブルジョワの重苦しい名声を突きぬけ、変化させた、栄誉の光であった。

天才の光と言うほうがいいだろう。そういう光の多様な目覚めが、精神の霊感のように、大量の重々しい家具と装飾とのあいだを流れ、それらを引き立て、ついにこれ見よがしの月並さからぬけ出させた。パストゥールのものだったということは、たとえ彼が、それらを選ぶ世話をおそらくパストゥール夫人にまかせていたとしても、この室内のさまざまな要素を、一種の受胎告知の光のなかに浸していた。さながら家庭のごくありふれた物たちが、天使が訪れる聖母マリアの周りで微かに輝いている、あるフランドルの画家の絵におけるように。

そういうことは、わたしから見れば、鎧戸やカーテンを通して漏れる、陽光の進行とは関係がなかった。ある卓越した人物の思い出が、彼の生活した場所にもたらす、現実のこうした秘密の浮き彫り、光のこういう微かなかき立ては。心がパストゥールに関する伝記の、しばしば聖者伝さえの、読書でいっぱい詰っているので、わたしにはトルコ帽をかぶり、半身不随によって歪んだシルエットをもつ、老学者の亡霊をたやすく蘇らせることができたにもかかわらず、亡霊を考えだす必要はなかったのだ。あちこちに掛けられ、霊感を受けたというよりも、忠実な彼の肖像画は、彼を型どおりのイメージに閉じこめ、若いころ彼が、アルボワ[4]でのヴァカンスのあいだに、パステルで驚くほど巧みに両親のために描いた肖像画ほどの、実在感がなかった。ほかの肖像画、彼の子供たちや孫たちの、あるいはイタリアの博物学者かつ生理学者スパランツァーニ[5]の肖像画——最後のは大きなサイズのもので、彼を讃えて、食堂に奇妙な具合に掛けられていた——も、同じくその場所の魔法には無縁のままだった。肖像画の暗い背景ではしばしば見分けにくかったが、そのように描かれた人物たちの一人だけは、ほかのよりも実在感を示していた。

引退した召使の老女たちや献金集めの修道女たちの訪問用に、おそらくパストゥール夫人に充てられていた小さな客間は、ほかの部屋よりも家具が少なく、ステンドグラスのはまった二つの窓から明りを採《と》っていたが、その様式は十九世紀末にかけて広まったものだった。多色のガラスの配置が、装飾的な配慮だけで決められたような窓の一つの扉には、目の高さに、はっきりと、だがむしろ全体のなかにまぎれて、うら若い娘の全身像をなすメダイヨンが見いだされた。そのころ伝統的に初聖体拝領者が着けていたヴェールの類が、その子供服には見られないが、それはおそらくその際の写真の複製だった。若い娘の瞑想的な物腰はまぎれようもなかった。

パストゥールはつづいて三人の娘を亡くしたが、その一人(6)は思春期早々だった。通りすがりにわたしは、明るい陽光で輝くステンドグラスのなかに、窓の縁で餌を与えられ毎朝もどってくる鳥のように、忠実な彼女を認めたのだった。

午前のもっと遅くに、午後だけアパルトマンの部屋部屋に入場できる見学者たちを待って、博物館のスタッフがまた毎日の仕事にとりかかったとき、わたしはときどき気晴らしに、隣接する実験室を一巡しに出かけた。実験室の用途は、そこを満たしている物体や道具の性格によって示されてはいたが、それらの型が古すぎて、使い方が推し測れないし、積み上げられて、明らかにそれらの使用が禁止されているので、もはや歴史的な性格しかもっていなかった。だから実験室は、一見して、アパルトマンのなかで博物館と呼ばれうる唯一の場所だ、という感じがした。生命が不在の場所であり、要するに、学者パストゥールは、かつてその天才が有効な仕方で発揮されたその実験室でよりも、ブルジョワ的な室内で、いっそうまた存在を見いだしていたのである。

見せかけの逆説。パストゥールの人生と仕事は、切り離せないほど、互いのなかに包含されていた。だから、わたしが毎朝、アパルトマン＝博物館を通って、本が待っている事務所に達するとき覚える、目覚めた夢のようなものは、わたしの企ての良い行動にとっては有害な、放心をなすものではけっしてなかったのだ。わたしには、部分的に彼の科学思想が培われた親しい場所において、自分がこの人物と一緒になる途上にいる、という確信があった。その場所には、彼の科学思想の、秘密の部分があり、理性が、そのもっとも厳密なものにおいてさえ、結びついている夢の領域が開けていた。自己の、昔ながらの生暖かさ、曖昧さのなかで、精神のもっとも実りある計画が練り上げられる、人間の内的中心を、わたしは見いだしたかったのである。

広い窓には光がみなぎり、ガラス器具、磨かれた金属の道具、白いタイルの作業台が、冷たい印象を与える実験室において、わたしは二度目の訪問でようやく、パストゥール自身によって描かれ、壁のあちこちに張られた、結晶のデッサンを見つけた。それらは、線的な性格、投影図の様相のせいで、むしろ抽象的な周囲に、よく溶け込んでいたのは確かである。この学者の生涯のさまざまな時期のものだったが、とりわけ学者としてのキャリアの初期に、企業家やぶどう栽培者の求めに応じて、発酵飲料の変質の原因を熱心に探究していたころのものだった。

化学者としての彼は、研究期間でも、教授になってからでも、鉱物がしばしばその形で現れ、有機物そのものが時には凝縮してそうなる、幾何学的な形状とともに生きることを止めなかった。魅惑的な世界。思考はたちまちそこに閉じこもる。しかし、デッサンによって結晶を忠実に再現するには、鋭い目と確かな手が必要である。たとえば、平行四辺形を基底にして、斜菱面体の正確な形をつくってみるといい！　構成する小さな結晶たちによって表される、鈍角の突き出た側をなす多面の輪郭は、素描家が線を描くかたわらから、たえず膨らもうとする。彼の目はそれを正確には把えにくく、彼の手は、誰でもそうだが、反射的に、線をいつも曲折させようとするのである。
青年は手のそういう自然な訓練を、とくにしっかり積んでいたに違いない。彼はデッサンも絵も好きで、すでに多くの水彩画とパステル画を描いていたが、そのうち肖像画と風景画は、今ではパストゥール研究所のアパルトマン＝博物館の食堂と玄関に飾られている。それらの作品は優れた技巧のものだったが、真の独創性をもたない。とはいえ、本物の才能が萌《きざ》しつつあるという期待を阻むものではなかった。

同じころ、しかももっと重要な巡り合わせだが、同じ、あるいはほぼ同じ場所で、ルイ・パストゥールより三歳そこそこ年上のギュスターヴ・クールベ[7]が、『田園の恋人たち』を描いていた。その絵にも、あまり個性的なものはまだ発揮されていなかった。ルイ・パストゥールが生涯示すようになる、家庭的、つまり宗教的起源の慎重さが、彼にそうしたテーマを思いとどまらせたのだろう。とはいえ、二人の若い絵かきの比較はぜひ必要であった。というのも、それは風景画についての共通したヴィジョン、あるいは解釈に根拠を置いていたからである。実際、クールベにとって風景画は、絵のタイトルによって予告される官能性のいかなる痕跡も留めていなかった。

彼らはともに、画家たちの言葉を用いるならば、同じモティーフに拠っていた。クールベによって一八五〇年―一八五一年のサロンに送られ、強い注目を浴びる八作品の一つで姿を見せる、ルー川と呼ばれる小川は、パストゥールのアルボワの自宅から十キロの所を流れている[8]。この町にはそれ自身の川、クウィザンス川があり、外観はルー川そっくりだが、もっと恵まれない名をもっている。この二つの水流が、あらゆる点で似通う二つの場所を横切っている。牧場と林の背景には、鬱蒼とした樹木を頂いた丘があり、その下には、むき出しの石灰岩の明るく大きな壁が、所々に広がっている。こういうほの暗い色調は、風景のいかめしさを強め、同時に、神秘性、一種の瞑想性を獲得している。若い絵かき、ルイ・パストゥールは、いささかそのイメージに似ているのだ。血気に逸るクールべのほうは、『オルナンの埋葬』(9)(絵の大きさを考えると、ともかく、その下絵)をかかえて、パリへと出発していた。その絵における、ジュラ地方の白い崖は、絵画におけるリアリズムの夜明けを反映している(もう一人のフランシュ＝コンテの人、プルードン(10)は、彼の『美術の原理』(11)において、そのリアリズムを定義すべく努力するだろう)。

ルイ・パストゥールが学問を職業とすることを慎重に選ぶやいなや、鉛筆画による結晶の厳密な幾何学が、ジュラ地方の崖のプロフィルと入れ替るだろうが、彼はそれでいささかも欲求不満を覚えることがなかった。博物館の実験室のあちこちに展示され、しばしば作者自身の手で説明が施されているデッサンを、絵画の否認、道理に適ってはいるが、いやいやなされ、ルイ・パストゥールの内に無念さを存続させるような、ある選択の結果とみなすべきではない。学問は、芸術によって表された探求の対象を移し換え、要約するにすぎなかった。結晶の研究にはときどき、啓示——いつもそれを芸術から期待することもできないだろう——の代りに、光の急激な斜めの遁走、多面体の戯れの後ろで、それまで閉じ込められていた眩《まぶ》しいきらめきを、目覚めさせ、解放するような、日光の不意の分散が見られたのである。

即刻その理由を見つけることはできなかったが、透明な塊の中心で、ある入射点をそのように輝かせる結晶内部の屈折は、あらゆる論理の埒外で——のように思われる——、それらの結合がある急激な光を誕生させるわれわれの精神の戯れに、類似している。われわれは誰しも、それ以外の時には粘り強い考察のおかげで得られるものよりも、多くの場合はるかに貴重な、不意のめぐり遇い、非理性的なものの産物に、時には感嘆しなかったことがあろうか？　われわれはそれらを、奇蹟的な偶然とみなすのではなく、意識を超越し、理性が到達できないさまざまな真実をわれわれに取っておく、隠れた法則の結果とみなす。こういう法則は、精神活動に対して開かれた、あらゆる研究分野で行使されるように思われる。それと知らずに、あるいは自分では認めずに、学者は、詩人のように、芸術家のように、仕事の間じゅうずっと、こういった解放する閃光を期待して生きているのである。

　結晶は構造にすぎず、その構造によってしか作用しない。透明であろうと不透明であろうと、明らかに何ら変りはない。せいぜい、不透明の場合には、結晶内部の組成が、結晶の形成される際の化学諸物質の、対照をなす色によって、あるしるしや染みを、中枢において時にはくり返し、増加させるだけである。こういうくり返しは、時にはついに、一つの言葉活動とみなされるようになったのである。

　三角の水晶状に結晶される、アルミノケイ酸塩である双晶[12]についても事情は同じである。それには十字架が一つ刻み込まれているが、偏向的な解釈を拒否する人には、一種のX《イクス》と言うほうがいいかもしれない。双晶に「十字架の石」（ラピデス・クルキフェリ）という名をもたらした解釈は、幾世紀来、公衆のなかでわがもの顔にふるまってきた。サンチアゴ＝デ＝コンポステラ[13]では、かつて巡礼者たちに、玉に小さな十字形のあるロザリオが売られていた。というのも、それは双晶から作られていたからである。たまたま、この鉱物の最大の鉱脈は、スペインにおけるキリスト教最大の中心地の一つ、正確にはアンダルシアにある（鉱物学カタログでは、双晶は紅柱石《アンダルズイット》の一変種である）。双晶《マクル》という言葉はとにかく「編目《マーユ》」という言葉に由来し、細かな編目の網を思い出させる。目に見えない、きらめくような網は、われわれの上下で、永久にわれわれの世界を閉じ込め、動けなくさせようとしている。結晶作用のさまざまな空想力は、それと同数の生物、無生物の運命の前兆をなす。たとえそれらの空想力は、水の凍結——冬、窓ガラスの上に蒸気として下りたり、溶けた雪の層で被われた舗石の上で凍結のぶり返しに遇って凝結した——の結果であるとしても。誰しも観察することができたのは、氷として形成された、シダ、分岐した枝、さまざまな植物の葉の、デッサンである。北風は、落葉した平野の上で、さまざまな肖像をまき散らす、彷徨《さまよ》う記憶になったのである。

パストゥールは、彼の教育の一部をなす理論的結晶学（透明な結晶）の埒外で、発酵のメカニズムを発見することを期待して、結晶化しうる物質、酒石を研究していた。それは長いことワインを入れておいた樽の中で見つかる。中世の探究者たち、また、少し後では、酒石という命名をした錬金術師たちが、この物質に非常な興味を抱いていた。彼らはこれを、一種の塩、エッセンス、創造の秘密の一つの徴候とみなしていた。精神的に、多少とも錬金術師たちと関係のあるパラケルススは、酒石を、物質の変化、とりわけ、生物の有機体における生理的機能に由来する変化の結果である滓《かす》、有害な産物とみなしていた。要するに、ほとんど毒であると。パストゥールのほうは、そこに生命の鍵を見いだそうとしていたのである。

彼がいくつかの発酵性飲料、とくにワインの変質の原因を研究せねばならなかったとき、酒石について、より正確には、それから抽出され、白い大きな結晶の形で現れる酒石酸について検討するよう促された。酒石から得られるすべての体《たい》は、結晶学の見地からすれば、疑似の対称《シンメトリー》をなす。それらの結晶は、われわれの両手や、顔と鏡の反射像のように、同一であると同時に逆である。パストゥールは、乳白色の大きな結晶から得られる溶液が、偏光（ある条件において反射したり収縮したりするものの、二度と反射も収縮もしない光）を、その溶液が結晶の右側から取られたときには右手に、左側から取られたときには左手に、逸らす特性をもっていることを観察した。

それはある種の結晶の、疑似の対称（半面像と呼ばれる）が、分子の起源にはある、と証明することであった。有機体、すなわち植物、動物、人間に由来する物質だけが、そういう非対称(14)を表す、という最重要の確認。生物の細胞のあらゆる要素が半面像になっており、無機物の要素はそうではないのだ。だから、われわれを取り巻く世界に、われわれが呼吸する空中にある、最小の微粒子でも、結晶学的分析——もし可能ならば——によって、生物の細胞の基本的な性質を明らかにする。しかし、生物と無生物のあいだの主要な区別を定める、そういう特性はどこから来るのだろう？

「わたしは分子の有機組織において、生命にとって本質的な直接の諸原理を、必然的に、絶えずつかさどる、宇宙の非対称的影響を、したがって、生物界の種たちが、構造、形態、組織素因において、宇宙の運行と関係があることを信じている(15)」と、パストゥールは昔の教え子ローラン(16)宛の手紙のなかで書いた。彼はこういう意見を科学アカデミーに伝えるまでになるが、アカデミーはそれをあまり評価していないように思われる。「……生命のあるかぎり、非対称的な活動は、非対称の真に直接的な諸原理の生成をつかさどる。こういう非対称的な活動はどんな性格のものでありえよう？　わたしとしては、それは宇宙的な次元のものだと思う。宇宙は非対称的総体であり、生命とは、われわれに示されている通り、宇宙の非対称の作用と、それがもたらす諸結果だと確信している。日光は、植物の生命が有機物を創造する葉を、けっして直線で打つことはないのである。[17]」

彼は自分の意見を、死後しばらくしてようやく公表される個人的ノートにおいては、はるかに正確な用語によって説明している。「自然の有機的生成における分子の非対称の原因は、おそらく完全に太陽の運行という事実にある」、と彼はそこで書いている。「光の振動には、炭酸ガスの分子を分解する能力があり、その振動は東から西へ動く。こういう動きの方向は、化合物 CO_2（二酸化炭素）から炭素と水素が生じて、セルロース、酒石酸、等々と呼ばれる分子のなかに入り込むとき、二つの原子がとる方向と無関係であるはずがあろうか？」

ここで疑問形は、いささかも疑念を表してはいないのだ。それはレトリックに属し、形式的に、不可能だとわかっている反論や異議へと促すのである。

有機物の、生体分子の半面像という性格の発見と、そういう特性についてパストゥールが与えた起源──とはいえ公的な仕方ではない（彼が所属した科学アカデミーへの報告は、単なるノートの形で、仮説のように提出された）、というのも、いかなる証明も不可能である、宇宙進化論の領域へはみ出すことを、彼は意識していたから──は、この学者の内的生活へ、光の絶えざる流れのようなものを入り込ませた。その時から、彼は学問の世界において、ひそかな至高性を与えられるようになったのだ。ほかの学者たちは無意識にそれを彼に認めだし、彼の相次ぐ発見が、それをさらに強めるようになった。しかし、彼の運命のこういう突然の輝きは、もはや完全には、「当然のなりゆき」と言われるものには属さなかった。彼は天才の曖昧さに包まれていたのである。

生体分子の半面像という、空想上のとは言わずとも、仮説上の解釈によって、彼は通常の科学的研究の合理的性質と別れて、直観、夢想を拠り所とし、われわれが誰しも幼少期から自己の内に秘めている、精神的冒険への欲求に身をゆだねたのである。

それはあたかも、彼が地球における有機物の出現の原因とみなした、日光の流れのようで、空の果てから到来した、斜めに射す日光が、起源の物質の核を、不動から引き出して、ならし、象《かたど》るばかりでなく、さらに今度は、それまで未知だった作用において、ある人により推測された、輝きの増加の類を維持しているかのようだった。おまけに、その発見から誕生した細菌学は、多くの生理的現象、つまり発酵、感染、腐敗を、つぎつぎ暗闇から引き出していき、まだ完全にそれらすべてを支配してはいなかったにせよ、ついに人間がうまく自分の利益に変えうるような、生者の論理のなかに据えたのである。

終生、パストゥールは、機会あるごとに、アルボワの家に行って滞在した。彼は町から少し離れた所に葡萄畑を手に入れていたが、そこは日暮れにしばしばする散歩の目あてになった。道路を夕日に向かって歩む彼の姿が見られ、引き返すとき、前には彼の影が伸びていた。思索は科学の計算と詳細から逃れ、科学がその原理において表す精神の純粋な解放と一緒になり、どうしてこの人は、歳月をへてもまだ、自分の発見をふたたび生き、昔ながらの夢のすべてと、そのもっとも漠然としたもの、もっとも表現しがたいものとまで、また結びつくことに、一種の魅惑、自尊心の喜びを見いださなかったわけがあろう？　かつて創世記の「光あれ」の、正確な意味を明らかにした、あるいは明らかにしたと信じたのだから、彼はどうしてそのとき、存在のひそかな所で、その夕べの光と親しく共鳴しなかったわけがあろうか？

完成に至った天才だけが人間を位置づけられる、普遍性と永遠性に達した、この学者のイメージを前にして、わたしには、科学者たちの研究によって獲得された、多少とも驚嘆すべき諸結果を前にして、しばしば投げかけた疑問が、また思い浮かぶのだった。「彼らの真の出発点は何だろう？　いかなる富から彼らは汲み取っているのか？」知のある個別的分野において知識を蓄積したあと、各自にとって知識が自分自身のものになるように、あるいは、ある共通財産の一部になるように、彼らは当然、その知識を拠り所とし、それに自然な発展を与えようとする。しかしわたしにとって、進歩とは、獲得されたものからいつも論理的に推論できるとはかぎらず、そこでは想像力が、獲得されたものたちの相異なる粗描をつなぎ合わせ、根拠のない仮説のおかげで、思考は無限の探究領域に、さながら宇宙に突入するために、われわれが頭上に、堂々めぐりすることを余儀なくされる、宇宙空間のプラットフォームを配置するのと、いささか似た仕方で、いくつかの中継所をみずから創り出すものだ、ということがよく分かっていた。

そういうわけで、わたしは、科学的研究は、とりわけ生命科学においては、芸術的創造と同じ精神的能力に訴えかけ、たとえ内的起源のあらゆるしるしを奪われて、みずからの発展に従い、理性の諸法則に応じることになるとしても、他の知的活動にもまして、その出発点、その萌芽を、無秩序、無意識の富のなかに見いだすものだ、と考えるようになった。直感なくして真の知性はない（わたし以前にもよくそう言われた）。記憶の戯れがしばしば目覚めた夢にする、存在のもっとも暗い領域、われわれの内的生活に属する、そういう予知力なくしては。

うわべはわれわれの関心事とまったく無縁で、取るに足りないが、平凡なもの、陳腐なものの神秘性を担い、眠りの幻視だけが発見させる、現実の諸要素が、その領域に投影される。われわれが生きている環境と時代は、われわれの精神に深く染み込み、潜在的生命の重要な構成要素となるので、わたしは、パストゥールのアパルトマンを、彼の精神において、知らぬまに、反映することを止めず、わずかであれ、彼の「カラー」に貢献した、環境の要約とみなしていた。

そういう影響は、それに従っている人の意識外で行われるので、彼の日常生活の背景、まず過去のさまざまな様式の遺産が、入り混じって蓄積され、はっきりと保守的な、より正確には、ブルジョワ階級の懐柔的な精神を露呈する、そのアパルトマンが伝える、社会的あるいは審美的な価値で、彼が得るものは少しもなかったのである。

政治と宗教に関係があることでは、伝統主義者、順応主義者であるパストゥールは、彼の時代の支配的風潮、とりわけ一八七一年の敗戦の直後に始まった「道徳的秩序」を延長する風潮に、完全に同調するように思われたが、そういう従順さは当然、礼儀作法への純粋な配慮、彼の社会的地位が含む身分の尊重にすぎなかった。それは「厳密さの姿勢」をとる人の、例外的な精神的資質によって、他のあらゆる外面的特徴と同様、何の理由もなく、取るに足りなくなったものにすぎなかった。

こういう「時宜に適った」物質的かつ精神的な偽装には、たとえ彼にとってある種の滑稽さとひき替えにだったとしても、学者——地上の生命の起源の発見者——の孤独を、浮き彫りにする利点があった。実験室や書斎の外では、慣習の尊重によって硬直している、しばしば傑出した人びともまた、いかめしい顎ひげを生やし、オペラハットをかぶった人たちと、取り違えられるはめになるのだ。しかし、パストゥールが孤独と同時に、彼の社会的身分によって閉じ込められていた勿体ぶりの重さを実感していたことは、結局、彼にとっておそらく有益だったろう。われわれの内的生活は、現実との不一致によって、現実との絶えず追求される混乱した交渉によって、豊かになるのだ。うわべはさほど重要でないこういう精神活動は、彼に奇妙な産物を与え、そこではもっとも遠く、希薄になった記憶が、ある弾力性をもたらすのだった。科学的思考も含めて、いかなる思考において、それら取るに足りない、ちぐはぐな思考が、ある用途を見いださないことがあろうか？

「研究所」のアパルトマンは、この学者の生活が科学的活動と協力《コンジョアントマン》して（この言葉にそのもっとも厳密な意味を与えて）形成されていた諸要素の、総合と象徴化をよく表していた。だから、この場所における称賛は、いかなる文化的刻印、いかなる明白な記念碑的しるし――メダルの陳列ケースは、当時流行した「婦人用デスク」の中味のような、幼稚な性格をしていたにすぎない――も助長することなく、おのずと生まれたのである。

地上の生命の光化学的起源についてのパストゥールによる発見が、毎朝ここで、鎧戸と刺繡した厚いカーテンを通してさし込む陽光に、ささやかな公的栄誉の外観を与えるのは、自然なことではなかったか？　わたしは、半身不随によって困難になった歩行が、目に見えない重荷のせいに思われるほど、彼の名声によって打ちひしがれた老学者が、音を立てない階段を通って、彼の休息の場所にたどり着く姿を、思い描くようになった。彼の天才の秘密の加担者たちだった、世紀末の家具、品物、装飾、また、必死で背伸びしている、ステンドグラスの若い娘も含まれる、それらの肖像画のただ中を通ってゆくのを。

訳注

家の守護神

（1）フィリップ・エリヤ。　一八九三—一九七一。一九三〇年代の代表的な記録小説家。『だだっ子』（三九、ゴンクール賞）、『ブーサルデル家』（四七、アカデミー・フランセーズ小説大賞）。

（2）ヴュイヤール。　エドゥワール・　一八六八—一九四〇。ナビ派の画家。自称アンティミスト。『パリの公園』（九四）。

（3）バルザック。　オノレ・ド・　一七九九—一八五〇。小説家。『人間喜劇』（九一編の作品の総称）ほか。

（4）少佐カロー。　フランソワ・ミシェル・　一七八一—一八六四。砲兵士官。理工科学校《ポリテクニック》卒。

（5）ズュルマ。・カロー、一七九六—一八八九。バルザックはカロー夫妻宅に滞在中、『幻滅』と『ラブイユーズ』の背景を得、『ヌツィンゲン商会』を彼女に捧げている。

（6）義弟シュルヴィル。　ウジェーヌ・　一七九〇—一八六六。バルザックの妹ロールの夫（一八二〇年結婚）。一級土木技師。

（7）「……抵抗しています。」　Honoré de Balzac, *Correspondance*（以下Cで示す）, Classiques Garnier, 1960-66, t. II, p. 117（1832. 9. 10 de Zulma Carraud à Balzac）。

（8）「……お会いするでしょう」。　Ct. I, p. 606-607（1831. 11. 8）.

（9）「……おわかりになるでしょう」。　ibid.

(10)「名声は……」。 Ct. I, p. 711 (1832. 5. 3).

(11)『ルイ・ランベール』。 一八三二年刊。バルザック『人間喜劇』の「哲学的研究」に属する小説。

(12)「……優れている」。 Ct. II, p. 245 (1833. 2. 1).

(13) サン＝シール。 ＝レコール。フランス中北部、イヴリーヌ県北東部の町。ヴェルサイユの西五キロ。

(14) アングレーム。 フランス西部、シャラント県の県都。

(15) ペンの徒刑囚。 Œuvres complètes de M. de Balzac, *Lettres à Madame Hanska*, Les bibliophiles de l'originale, 1967, t. I, p. 35 (1833. 2. 24) 参照のこと。

(16)「……見るのはつらいわ！」 Ct. II, p. 115 (1832. 9. 10).

(17) カストリー侯爵夫人。 クレール＝クレマンス＝アンリエット＝クロディーヌ・ド・マイエ・ド・ 一七九六—一八六一。カストリー侯爵との初婚後、オーストリア宰相メッテルニヒの長男ヴィクトルと会い、夫とは事実上離婚。彼女のファンレターからバルザックとの交際が始まる。彼の失恋は『田舎医者』、『ランジェ侯爵夫人』の題材になった。

(18)「……愛情をもって。」 Ct. II, p. 116–117 (1832. 9. 10).

(19)「……と考えています。」 Ct. II, p. 131 (1832. 9. 23).

(20) 妹ロール。 一八〇〇—七一。バルザックの上の妹。この兄妹は同じ乳母の所で里子として育てられ、仲が良かった。訳注（6）参照のこと。

(21) ハンスカ夫人。 エヴェリーナ・ジェヴスカ・ 一八〇〇—八一、ポーランドの伯爵夫人。バルザックとは一八三二年から交際し、一八五〇年に結婚。

(22) 作家の痙攣。 訳注（15）と同じ手紙を参照のこと。

(23) イスーダン。 フランス中部、アンドル県の郡庁所在地。

(24) 借りもののド。 貴族の称号。バルザックはダブランテス公爵夫人宛、一八二五年七月二十二日付手紙において、初めてこの称号を用いた。
(25) ナカール博士。　ジャン＝バティスト・　一七八〇—一八五四。バルザックの友人、主治医。
(26) ベルニー伯爵夫人。　ルイーズ＝アントワネット＝ロール、ガブリエル・ド・　一七七七—一八三六。両親はルイ十六世の宮廷音楽師とマリー・アントワネットの侍女。バルザックは一八二一年に彼女と出会い、相愛の仲になる。『谷間の百合』の女主人公モールソーフ夫人のモデルとされる。
(27) ガヴァルニ。　ポール・　一八〇四—六六。第二帝政時代の版画家、デッサン家。
(28) モニエ。　アンリ・　一七九九—一八七七。作家、諷刺画家。
(29) ドーミエ。　オノレ・　一八〇八—七九。画家、版画家。政治諷刺紙『カリカチュール』などでルイ・フィリップの王政を批判し、投獄される。
(30) エドゥワール・ヴィエノ。　現在、バルザック記念館において展示されている油絵『ズュルマと息子イワン』は、一八二七年にゲラン（一七七四—一八三三、新古典主義の画家）の弟子ヴィエノによって描かれたもの。
(31) 「……ではありませんね。」 Ct. III, p. 736 (1839. 10. 12).
(32) ……三人の内に入るだろう。　『バルザック全集』、東京創元社、一九七二年、第二六巻、一七一頁（一八五〇・三・五—十七）。
(33) ヴィクトル・ユゴー。　一八〇二—八五。詩人。小説家、劇作家。
(34) ナダール。　本名ガスパール＝フェリックス・トゥルナション、一八二〇—一九一〇。写真家。銀板写真の優れた肖像を遺す。アングルや印象派の画家たちにも影響を与えた。
(35) カルジャ。　一八二八—一九〇六。諷刺画家、写真家、詩人。アングルの美しい肖像写真がある。
(36) ジュリエット・ドルーエ。　一八〇六—八三。女優。ユゴーには一八三三年から彼女の死まで付き添う。
(37) ヴォージュ広場。　パリ四区、マレ地区にある広場。アンリ四世により十七世紀初頭に造営された。
(38) エドゥワール・ロックロワ。　エドゥワール・シモン、通称ロックロワ、一八四〇—一九一三。ジャーナリスト、政治家。
(39) 詩人が亡命地。ユゴーは一八五一年にルイ＝ナポレオンのクーデターに反対して国外追放され、イギリス海峡のジャージー島、ガンジー島に亡命し、十九年間を過す。
(40) 長男シャルル。一八二六―七一。作家、ジャーナリスト。
(41) 立派な劇作家。ジョゼフ・フィリップ・シモン、通称ロックロワ、一八〇三―九一。劇作家、コメディ・フランセーズの俳優。
(42) マク＝マオン元帥。マリ・エドム・パトリス・モーリス・ド・ 一八〇八―九三。第三共和国第二代大統領。
(43) ジュール・シモン。ジュール・フランソワ・シモン・スイス、通称ジュール、一八一四―九六。哲学者、出版業者、政治家。
(44) ブロユ侯爵。アシル・レオン・ヴィクトール・ 一七八五―一八七〇。首相、アカデミー・フランセーズ会員。
(45) 「ダイヤモンド」。legs du diamant（記念品程度の遺贈）と、そういう煩雑な仕事を代行してくれる「貴重な存在」という意味が込められている。
(46) ラ・プレーヌ・モンソー。モンソー平野。パリ八区。現在その名を留める建物がある。
(47) セザール・ビロトー。『人間喜劇』の「パリ生活情景」に属する一八三七年刊『セザール・ビロトーの盛衰物語』の主人公。
(48) オスマン。ジョルジュ・ウジェーヌ・ 男爵、一八〇九―九一。財務官、セーヌ県知事、パリの都市計画者。
(49) ペレイル兄弟。兄ヤコブ・エミール（一八〇〇―七五）、弟イザーク（一八〇六―八〇）、ともに実業家。フランス最初の鉄道敷設に尽力し、動産銀行を創設し（五二）、第二帝政下の経済発展に寄与した。
(50) 『ブーサルデル家』。一九四七年刊。訳注（1）参照のこと。
(51) 『レ・ミゼラブル』。一八六二年刊。ユゴーがガンジー島に亡命中、パリとブリュッセルで同時に発売される。

(52)『海に働く人びと』。一八六六年刊。ユゴーがガンジー島に亡命中取材した長編小説。『ノートル＝ダム・ド・パリ』では宗教を、『レ・ミゼラブル』では社会を、『海に働く人びと』では自然を書いた、と著者みずから言う三部作の一編。

(53)『ロベスピエールの影』。*L'Ombre de Robespierre*, Gallimard, 1979.

(54)「恐怖政治のエリアサン」。前掲書の第二部第十章。エリアサンとはラシーヌの悲劇『アタリー』の人物、少年。実はダビデの種族の唯一の正統後継者ジョアス。大司教ジョアが彼をエリアサンの名で隠し育てた。

(55)マルク＝アントワーヌ・ジュリアン、通称パリのジュリアン、一七七五―一八四八。政治家、軍事評論家、教育雑誌創刊者。

(56)「清廉の士」。ロベスピエールの異名。

(57)ペチヨン。ジェローム・ペチヨン・ヴィルヌーヴ、一七五六―九四。弁護士。三部会に選出。立憲議会では極左少数派。ジャコバンクラブ議長。パリ市長に選出。ジロンド派の一員としてロベスピエールと対立。逃亡の果て、ジロンドの森で自殺。

(58)ビュゾ。フランソワ・一七六〇―九四。高等法院の弁護士。立憲議会ではジャコバン派に所属。国民公会ではジロンド派に所属して王の処刑の執行猶予に投票。ペチヨンとともに自殺。ロラン夫人の恋人。

(59)グラクス・バブーフ。本名フランソワ・ノエル・バブーフ、一七六〇―九七。革命家。独自の共産主義理論、バブーフ主義を展開し、総裁政府の転覆を図ったが失敗、処刑される。

(60)ミシュレ。ジュール・一七九八―一八七四。歴史家。ギゾーの実用的歴史に反対して、民主的・反教会的立場から民衆の歴史的役割を説く。

石たちの倖せ

(1)ロジェ・カイヨワ。一九一三―七八。シュルレアリスム運動に参画したが、三五年にはそれと袂をわかつ。

三八年、バタイユ、レリス、クロソウスキーらと「社会学研究会」を創設。

(2) ……地衣に興味をもっていた。　ガスカールは『箱舟』（七二）において地衣を大きく取りあげている。

(3) ブルボネ地方。　フランス中部、中央山地の北側、アリエ県などを含む地方。

(4) ヴァレリー・ラルボー。　一八八一―一九五七。作家、外国文学紹介者。『バルナブースの日記』（一九一三）。

(5) 蛸。　Caillois, R., *La Pieuvre, essai sur la logique de l'imaginaire*, Table Ronde, 1973. 参照のこと。

(6) ロートレアモン。　ロートレアモン伯は筆名、本名イジドール・デュカス、一八四六―七〇。『マルドロールの歌』（一八六八―六九）、『ポエジー、未来の書のまえがき』（七〇）。「絹のまなざしをした」〔au regard de soie〕は『マルドロールの歌』「第一の歌」に。Isidore Ducasse, Comte de Lautréamont, *Œuvres complètes*, Eric Losfeld, 1971, p. 58. なお、ロジェ・カイヨワ『蛸』第二部IIIの表題は「絹のまなざし」。

(7) ……自然石の話をしている……。　*Pierres*, Gallimard, 1966, Poésie/Gallimard, 1967, p. 7-9.

(8) ランボーをテーマとして。　「ガスカール略年表」参照のこと。*Rimbaud et la Commune*, Gallimard, 1970.

(9) 『シエラ＝マドレの秘宝』。　アメリカ映画、一九四九年、ジョン・ヒューストン監督、邦題『黄金』。

(10) ……著書によって……。　「ガスカール略年表」参照のこと。*Voyage chez les vivants*, Gallimard, 1958.

(11) ウメノキゴケ。　parmélie. 学術ラテン語 parmelia は古典ラテン語 parma（小さな円い楯）に由来。

(12) ヤグラゴケ。　cladonie ← cladonia ← kládos（枝）。

(13) 「跳ねるインゲン豆」。　一九三五年、アンドレ・ブルトンがメキシコ到来の「跳ねるインゲン豆」の神秘に人前で感動してみせたところ、カイヨワはそれを割って中に虫がいるかどうか確かめるべきだと主張した。この出来事をきっかけにカイヨワはシュルレアリストたちと訣別したと言われる。

(14) 「…抵抗することができない。」　*Pierres*, p. 32.

(15) 分子の非対称性。　分子の不斉とも言う。〔化学〕互いにある物体と鏡に映したその鏡像との関係にある分子構造をもち、旋光性を異にする異性体でできた結晶の形で見られる。本書、亡霊、訳注（14）参照のこと。

(16) 矢石類。〔古生物〕イカに類する古代の軟体動物の甲が化石として残ったもの。
(17) 三畳紀。　地質時代で、中世代の最初の時代。約二億年前から一億七千万年前までの時代。
(18) 『記号の場、あるいは隠された反復』。　*Le Champ des signes, ou Récurrences dérobées*, Hermann, 1978.
(19) 「……に由来するイメージ」。　ibid., p. 80.
(20) 「……揺るがし難い」。　ibid., p. 78.

ザンクト＝パウリの夜

(1) ミシェル・フーコー。　一九二六—八四。哲学者。『狂気の歴史』(六一)。
(2) 若い捕虜だったわたし。　「ガスカール略年表」参照のこと。
(3) 「……煙がたち昇る」。　旧約聖書、創世記、十九節二十四—二十八の要約。
(4) ハンザ同盟。　中世中期以後、北海およびバルト海沿岸の多数のドイツ都市を中心にできた経済的同盟体。
(5) スパルタクス運動。　スパルタクス団とはドイツ共産党の前身。一九一六年一月から発行された非合法誌(のちに『スパルタクス書簡』と命名される)にちなむ。
(6) ボルシェビキ。　一九〇三年、ロシア社会民主労働党の第二回大会で多数を占めたレーニン指導下のグループ。
(7) 再洗礼派。　宗教改革の時代に、内的回心にもとづき、自覚的信仰において授けられた洗礼のみが有効であるとし、幼児洗礼の無効を主張したキリスト教の一派。
(8) ライデンのヤン。　一五〇九—三六。オランダの宗教改革者。
(9) クロップシュトック。　フリードリッヒ・ゴットリーベ・　一七二四—一八〇三。ドイツの詩人、劇作家。
(10) ゲーテ。　ヨハン・ヴォルフガング・フォン・　一七四九—一八三二。ドイツの詩人、劇作家、科学者。『ファウスト』(第一部、一八〇八年刊、第二部、一八三二年刊)。
(11) 「……樫のもとに……。」　Johann Wolfgang von Goethe, *I Gedicht I Gedenkausgabe Der Werke*, 1949,

Herausgegeben Von Ernst Beuther Für Kunst Und Wissenschaft in Zürich, p. 355.

なお、ガスカールの引用の仕方はかなり恣意的なので、原文を付す。Klopstock will uns vom Pindus entfernen; wir sollen nach Lorbeer nicht mehr geizen, uns soll inländische Eiche genügen。（クロップシュトックはわれわれをピンドル山脈から遠ざけたいのだ。われわれはもはや月桂樹を熱望してはならず、わが国の樫で満足すべきだというのだ。）

(12) カルステンス。ヤーコブ・アスムス・ 一七五四―九八。デンマークの画家、素描家で、ドイツ新古典主義の代表者。

(13) ルンゲ。フィリップ・オットー・ 一七七七―一八一〇。ドイツ・ロマン主義の神秘的象徴的方向を代表する画家。

(14) ヨハネス・ブラームス。一八三三―九七。ハンブルクとウィーンで活躍した作曲家、ピアノ演奏家。『ドイツ・レクイエム』（五七―六八）。

(15) ビセートル。フランス中東部、ヴァル＝ド＝マルヌ県クレテイユ市クレムラン＝ビセートル町。そこの施療院はもともとルイ十八世によって傷病兵のために創設された。

(16) ピネル博士。フィリップ・ 一七四五―一八二六。近代精神医学の創始者の一人。

(17) ネルヴァル。ジェラール・ 本名ジェラール・ラブリュニー・ 一八〇八―五五。後期ロマン派の詩人、小説家、紀行家。パリの裏町で縊死《いし》。

(18) ヴァン・ゴッホ。フィンセント・ファン・ゴッホ（ホッホ）、一八五三―九〇。オランダ出身、フランスで活躍した画家。オーヴェール・シュル・オワーズでピストル自殺。

(19) フーリエ。シャルル・ 一七七二―一八三七。空想的社会主義者。一八三〇年、ファランステール（またはファランジュ）と称する共産主義的自治村を建設したが、成功しなかった。

(20) ノヴァーリス。本名フリードリヒ・レオポルト・フォン・ハルデンベルク、一七七二―一八〇一。ドイツ・

ロマン派の詩人、小説家。『夜の讃歌』(一八〇〇)。
(21) フリードリヒ。　カスパル・ダーヴィト・　一七七四—一八四〇。ドイツ・ロマン派の代表的な画家。
(22) ジャン・ジュネ。　一九一〇—八六。小説家、劇作家。『花のノートルダム』(四四)、『女中たち』(四七)。

闇の友愛

(1) ジャン・コクトー。　一八八九—一九六三。詩人、小説家、劇作家、画家、映画作家。『平調曲』(一九二三)、『恐るべき子供たち』(二九)。
(2) 「馬たち」。『けものたち』(一九五三)所収。「ガスカール略年表」参照のこと。
(3) コレット。　シドニー・ガブリエル・　一八七三—一九五四。女性作家。『シェリ』(一九二〇)。
(4) マックス＝ポル・フーシェ。　一九一三—　。詩人、文芸誌『フォンテーヌ』の創刊者。『深い風』(三八)。
(5) ジェリコー。ジャン・ルイ・テオドール・　一七九一—一八二四。フランス・ロマン派の画家。『メデューズ号の筏《いかだ》』(一八一九)、『エプソムの競馬』(二一)。
(6) シャセリオー。　テオドール・　一八一九—五六。フランス・ロマン派とギリシア的格調を融合させた画家。『エステルの化粧』(四一)。
(7) ゴヤ。　イ・ルシエンテス、フランシスコ・デ・　一七四六—一八二八。スペインの画家、版画家。『黒い絵』(一八二〇—二三)。
(8) 「首をもたれ合った」。　Cocteau, J., *Poésie 1916-1923*, Gallimard, 1925, p. 448 (Plain-chant).
(9) ある日刊紙。　『フランス＝ソワール』紙。「ガスカール略年表」参照のこと。
(10) サラ・ベルナール。　一八四四—一九二三。一世を風靡した女優。
(11) ペロー。　シャルル・　一六二八—一七〇三。作家。「猫の親方、あるいは長靴をはいた猫」は『コント集』(九七)の一編。

(12) E・T・A・ホフマン。　エルンスト・テオドール・ヴィルヘルム、通称アマデウス・　一七七六—一八二二。ドイツの作家、作曲家、諷刺漫画家。『牡猫ムルの人生観』(一八二〇—二二)。

(13) エドガー・ポー。　エドガー・アラン・ポー、一八〇九—四九。アメリカの詩人、短編作家。『黒猫』(四三)。

(14) ボードレール。　シャルル・ピエール・　一八二一—六七。詩人、文芸・美術評論家。『悪の華』(一八五七)、『小散文詩集』(別名『パリの憂鬱』)(六九)。『悪の華』には「猫(たち)」と題した詩だけでも三編ある。

(15) 『詩人の血』。　一九三二年発表。

(16) エルンスト・ユンガー。　一八九五—一九九八。ドイツの作家。『砂時計の書』(一九五四)。

(17) マトリックス。〔数学〕行列。多数の数をあたかも一つの数のように扱い、行列の演算も定められるので、多変数の解析には欠かせないもの。

(18) ブートストラップ。〔情報科学〕プログラムを入力する方法の一つ。最初に命令を読みとるための簡単な操作を行っておけば、それから先はその命令が後続の命令を読み込む。

(19) マルグリット・ユルスナール。　一九〇三—八七。ベルギー生まれだが、フランスとアメリカの二重国籍をもつ小説家、詩人、劇作家。『ハドリアヌス帝の回想』(五一)。

(20) 『敬虔な思い出』。　Marguerite Yourcenar, *Le labyrinthe du monde I : Souvenirs pieux*, Gallimard, 1974 (Biblos, 1990, p. 26).

鏡

(一)〔原注〕　アラゴンは……話してくれなかった。　カラン・ダシュのあるデッサン(一八八八)は、ルイ・アンドリューを描いている。それは口ひげをつけ加えたルイ・アラゴンだ。

(1) ルイ・アラゴン。　一八九七—一九八二。詩人、小説家、政治活動家。一九二二年、ブルトン、スーポーらとシュルレアリスム運動を始める。二七年、共産党に入党。三七年、『ユマニテ』編集員、共産党の夕刊紙『ス・

ソワール』責任編集者。四一年、パリに潜行して「作家全国委員会」を組織。『レ・コミュニスト』(第一部、四九―五一)、『聖週間』(五八)。

(2) エルザ。 ・トリオレ、一八九六―一九七〇。小説家。モスクワ生まれ。マヤコフスキーの義妹。フランス人技師トリオレと結婚したが、やがて離婚。ゴーリキーに指導されてロシア語で作品を発表。二八年、アラゴンと出会い、結婚してフランスに帰化。三八年、フランス語の処女作『今晩は、テレーズ』を出版。四四年、『最初の綻びの繕いは二百フランかかる』でゴンクール賞。

(3) 『ベリー公のいとも豪華なる時禱書』。 十五世紀フランスの時禱書写本。シャンティイ、コンデ美術館蔵。

(4) エミリー・ブロンテ。 エミリー(・ジェイン)・ブロンテ、一八一八―四八。イギリスの小説家。『嵐が丘』(四七)。

(5) 『エルザの瞳』。 ルイ・アラゴンの詩集(一九四二)。

(6) 『死者の時』。 『けものたち』と合わせてゴンクール賞を受けた(一九五三)。「ガスカール略年表」参照のこと。

(7) 『レットル・フランセーズ』。 第二次世界大戦中のドイツ占領軍に対するレジスタンス運動のなかで、一九四二年、文化新聞として創刊された。戦後、週刊誌として、レジスタンス作家たちの組織である「作家全国委員会」の機関紙という仕事から切り離され、アラゴンを主幹に、共産党系の左翼知識人の言論の場として存続していたが、七一年十月四日付で終刊となる。

(8) サルトル。 ジャン゠ポール・ 一九〇五―八〇。一九五二年ころから平和擁護のため、コミュニストとの連携を主張したが、ハンガリー事件(ハンガリーの民衆蜂起に対するソ連の軍事介入、五六)に際しては強く抗議し、『スターリンの亡霊』(五七)を書く。

(9) ルフュエル。 エクトル・ 一八一〇―八〇。ネオ゠バロックの建築家。

(10) ユジェニー皇后。 ユジェニー・デ・モンティホ・デ・グスマン、一八二六―一九二〇。スペインの伯爵家の娘。一八五三年、ナポレオン三世と結婚。
(11) ラファエル・アルベルティ。一九〇二―　。スペインの詩人、劇作家。
(12) ニコラス・ギリェン。一九〇二―八九。キューバの詩人。スペインの古いロマンセのなかにアフロ・アメリカ詩の詩風を取り入れた。『ソンゴロ・コソンゴ』(三一)。
(13) ミゲル・アンヘル・アストゥリアス。一八九九―一九七四。グアテマラの小説家、詩人、外交官。『大統領閣下』(四六)。ノーベル文学賞(六七)。
(14) パブロ・ネルーダ。パブロ(・ネフタリ・レイエス)・ネルーダ、一九〇四―七三。チリの詩人、外交官。『二十の愛の詩とひとつの絶望の歌』(二四)。ノーベル文学賞(七一)。
(15) 『ガゼット・ド・ローザンヌ』。フランス語によるスイスの日刊紙。
(16) 『聖週間』。ルイ・アラゴンの歴史小説(一九五八)。ナポレオン・エルバ島脱出の報に怯えるルイ十八世一行が都落ちする哀れな旅と、テオドール・ジェリコーの画家としての自立を描く。
(17) ルイ・アンドリュー。一八四〇―一九三一。フランスの政治家。『ある警視総監の思い出』(一八八五)。
(18) ブーランジェ将軍。ジョルジュ・一八三七―九一。軍人、政治家。
(19) 『レ・コミュニスト』。アラゴンが一九三〇年代に「現実世界」と銘打って企画したロマン・シクルの「終編、絶頂」であるが、『レ・コミュニスト』全三部のうち第一部が発表されただけで、未完に終った。
(20) アダモフ。アルテュール・一九〇八―七〇。劇作家、詩人。コーカサスでアルメニア人富豪の子として誕生。フランスのシュルレアリストたちと親交を結ぶ。「アンチ・テアートル」と呼ばれる劇作家の一人。『ピンポン』(五五年上演)。
(21) シモーヌ・ド・ボーヴォワール。一九〇八―八六。実在主義の著作家、小説家。サルトルの同伴者で、ともに『ル・タン・モデルヌ』誌を創刊。『レ・マンダラン』(五四、ゴンクール賞)。

淀んだ水の秘密

(1) ジャン・ロスタン。　一八九四―一九七七。生物学者、エセイスト。単為生殖と性別に関する研究者。モラリストとして数多くの哲学的エセーを書いた。『生命の起源』(四三)。

(2) ヴィル＝ダヴレ。　パリ南西部、ヴェルサイユ北東にある町。

(3) J・H・ファーブル。　ジャン・アンリ・　一八二三―一九一五。昆虫学者。『昆虫記』(一八七九―一九〇七)。

(4) シシリアさそり。　scorpions sicanus.『昆虫記』において詳述されているのは scorpio occitanus (ラングドックさそり) である。『ファーブル昆虫記』(九)、一九九三年、岩波文庫。

(5) 劇作家で詩人の父親。　エドモン・ロスタン、一八六八―一九一八。ヴィクトル・ユゴーに私淑し、そのロマンチスムを継承した劇作家。『シラノ・ド・ベルジュラック』(一八九七)、『シャントクレール』(一九一〇)。

(6) 詩人の母親。　ロズモンド・ロスタン (筆名ロズモンド・ジェラール)、一八七一―一九五三。ジェラール元帥の孫。詩人、劇作家。詩集『鳥笛』(一八八九)、戯曲『腕白小僧』(一九一二、長男モーリスとの合作)。

(7) 詩人の兄。　モーリス・ロスタン、一八九一―?　詩人、小説家、劇作家。『全詩集』(一九五〇)、戯曲『栄光』(一二一)、小説『私の殺した男』(二五)。

(8) T・H・モーガン。　トマス・ハント・　一八六六―一九四五。アメリカの遺伝学者、生物学者。遺伝の染色体理論によりノーベル生理学医学賞 (三三)。

(9) 両分。　〔生物学〕一個の器官または部分が独立した二個に分離する現象。

(10) ソローニュ地方。　パリ盆地南部、ロアール川とシュール川に挟まれた地域。

(11) タクス。　〔情報科学〕計算機内部の仕事の単位。

(12) ポリトーマ。　〔生物学〕緑藻類オオヒゲマワリ目クラミドモナス科の一属。

(13) 植虫類。　〔生物学〕zoophytes. とくに固着的で非運動性の動物を、古い分類体系ではしばしば植虫類と呼んだ。海綿動物・腔腸動物・棘皮動物。

(14) リンボ。〔神学〕洗礼を受けなかった幼児や、キリスト降誕以前に死んだ善人が、死後住むとされた、地獄と天国の中間にある場所。

(15) 『シャントクレール』。訳注(5)参照のこと。野鳥と家畜を登場人物にして人間世界の愛憎の葛藤を暗喩した戯曲。

(16) アンリ・ポワンカレ。一八五四—一九一二。数学者。

(17) その稲妻こそすべてだ。Poincaré, H., *La Valeur de la science*, Flamarion, 1970, p. 187.

(18) マラルメ。ステファン・一八四二—九八。象徴主義の詩人。『牧神の午後』(七六)〔六五—七六執筆〕

(19) モネ。クロード・一八四〇—一九二六。印象主義の代表的画家。『印象——日の出』(一八七二)。

(20) シュヴルール。ミシェル・ウジェーヌ・一七八六—一八八九。一八二八—六四年に色彩心理学を研究。

(21) ジュール・ルナール。一八六四—一九一〇。小説家、劇作家。『メルキュール・ド・フランス』誌の創刊に参加。『にんじん』(小説一八九四、戯曲一九〇〇)、『博物誌』(九六)。『日記』は没後一九二五—二七年の全集刊行の折りに初めて公表された。

(22) 「ジャンは無口だ」。Jules Renard, *Journal*, Gallimard, 1960, p. 1258 (1909. 10. 10).

(23) 「すばらしい知性」。ibid., p. 1227 (1909. 2. 25).

(24) 「モーリスは……」。ibid., p. 1092 (1906. 12. 7).

(25) エドガー・ポーの大鴉。一八四五年一月に発表されて、アメリカにおけるポーの文名を高め、後年、フランス象徴詩に多大の影響を与えた長詩。「ネヴァ モア!」は各詩節の結尾をなすリフレーン。

(26) エクトプラズマ。〔オカルト〕霊媒がトランス状態にあるとき頭部から現れる白っぽい心霊体。

(27) アレクシス・カレル。一八七三—一九四四。生物学者。血管縫合術の完成によりノーベル生理学医学賞(一九一二)。

(28) シャルル・ボネ。　シャルル（・エティエンヌ）・ボネ、一七二〇―九三。スイスの博物学者、哲学者。

亡霊

(1) ルイ・パストゥール。　一八二二―九五。化学者、微生物学者。ドール（ジュラ県）生まれ。
(2) パストゥールの業績に関する本。　Gascar, P., *Du côté de chez Monsieur Pasteur*, Seuil, 1986.
(3) 脳卒中の発作を起し。　パストゥールは一八六八年に脳出血に襲われ、左の上下肢は終生麻痺したままだった。
(4) アルボワ。　フランス中東部、ジュラ県の町。
(5) スパランツァーニ。　ラザロ・　一七二九―九九。イタリアの博物学者。移植実験の成功者。
(6) その一人。　次女セシール（五三―六六）。十二歳で腸チフスのために死亡。なお、このステンドグラスは写真の複製ではなく、絵の複製ではないかと思われる。ジャック・カサボア『ルイ・パストゥール』（京都パストゥール研究所、一九八八年）参照のこと。
(7) ギュスターヴ・クールベ。　オルナン（ドゥー県）生まれの画家。ドゥー県とジュラ県は隣接し、ともにフランシュ＝コンテ地方に属する。
(8) もっと恵まれない名。　la Cuisance. cuisant（苦しい、つらい）。
(9) 『オルナンの埋葬』。　クールベが一八四九―五〇年に制作して五〇年のサロンに出品し、その写実的表現によって物議をかもした油彩大作。ルーヴル美術館蔵。
(10) プルードン。　ピエール・ジョゼフ・　一八〇九―六五。ブザンソン（ドゥー県）生まれの社会主義者、アナーキズムの創始者。『所有とは何か』（四〇）。
(11) 『美術の原理』。　Proudhon, P. J., *Principes de l'art et de sa destination sociale*, Garnier, 1865.　写実派の芸術家たち、とくにクールベを大きく取りあげている。未完のまま没後出版。
(12) 双晶。　〔結晶学〕二個の結晶が結合して一固体をなし、対称に従う位置関係にある場合、この固体を双晶という。（『岩波・理化学辞典』）

（13）サンチアゴ＝デ＝コンポステラ。　スペイン北西部、ガリシア地方の町。使徒ヤコブ殉教の地といわれ、キリスト教三大巡礼地の一つ。

（14）非対称。　いわゆる（分子の）不斉。本書「石たちの倖せ」、訳注（15）参照のこと。

（15）「わたしは……信じている」。　ローラン宛一八七一年四月四日付手紙。Pasteur, *Pages choisies*, Editions sociales, 1970, p. 75.

（16）ローラン。　ジュール・　微生物学者。パストゥールのパリ高等師範学校における最初の教え子で、三人の年少の協力者の一人。

（17）「……ないのである。」　*Œuvres de Pasteur*, t. I, Massonet Cie Éditeurs, 1922, p. 361.

訳者あとがき

本書は Pierre Gascar, *Portraits et souvenirs*, Gallimard, 1991 の全訳である。

ピエール・ガスカールは一九九七年二月に八十歳で亡くなった。没後に三冊の単行本が出版された。晩年には先祖の地に近いボーム修道院から日本の雑誌に寄稿したりしていたので、遺作には宗教的テーマの作品を期待していたのだが、現在までのところそれは出ていない。

訳者はいま『肖像と回想』を内容的にはガスカールの遺作にふさわしい作品とみなしている。七人の文学者、哲学者、科学者をめぐる肖像と回想であるが、彼らはルイ・パストゥール（一八九五年没）を除き、作者が生前に親交をもった人たちばかりである。そして作者が実際に執筆したのは、彼らがみな他界した後だった。忌憚なく人物像を描くための時間が充分に溜《た》められた、とっておきの素材ではなかったかと思う。内容が友人の見方としてはいささか冷淡だと思う読者がいるかもしれない。しかし、ガスカールは単に思い出話を綴っているのではない。記憶のメカニズムについて考察しながら記憶をたどっているのだ。だから、モデルとされる七人の肖像の裏面には作者自身の顔が描かれている。ガスカールの肖像と回想は相手と自分に均等に配分されているのである。

また、テーマも多様で一つにまとめられてはいない。記憶は個人のものばかりでなく、太古からの、集合的な記憶も問題とされ、肖像と回想は人間だけでなく、動物や鉱物も対象とされる。さらに、自画像は真の自己に近づこうとする試みであるのに、記憶のメカニズムには記憶を変貌させ偽装する機能も秘められている。『肖像と回想』の執筆モチーフは複層的に絡まっているのである。

しかし、七編それぞれの複数形テーマにはある共通項が見いだされる。ガスカールは自分の生涯と作品について語ったフランソワ・ゲリフとの対談、『幼少期の陰で』[1]において、その点を明晰に示している。

F・G——自然その他のことを語るとき、あなたはいつも幼少期にたち返りますね。

P・G——子供のそういう経験がおそらく、わたしの作家としてのキャリアに影響を与えているからです。

F・G——でも、あなたの作品はすべて幼少期について語っているわけではありませんね。

P・G——わたしはテーマが多岐にわたること（polygraphie）を心から称賛しています。文筆で身を立てているからです。いくつかのテーマについて書くことに、それぞれの幸福感を味わいます。でも、掘り下げて検討するならば、三つのテーマが優位を占めていることが分かるでしょう。幼少期はもちろんですが、さらに動物と精神病です。〔……〕このことはちぐはぐに見えるかもしれませんが、実際には狂人と動物と子供は何か共通のものを持っているのです。彼らは同じ領域で生きています。下層で、無意識において生きている者の領域。

明晰な自己分析ではあるが、『肖像と回想』の読者は、著者の示したこのシェーマに忠実に従って読み解く必要はないだろう。戦中体験や第三世界旅行を彼の重要なテーマとしてつけ加えることもできる。ガスカールの自画像は、彼がレンブラントの自画像に関して述べているように〔七五―七六ページ〕、この折りには七枚の仮装した自画像を介して、真の自己をつきとめるという、果てしないエセーだったと思う。

ガスカールは特異な、悲惨な幼少期を生きた人である。母は麻薬と飲酒による中毒がもとで精神病院に監禁され、水死（入水？）した。少年は南仏で農業を営む貧しく、情の薄い親戚のなかで暮す。孤独は辺りの自然――植物や動物によって癒されようとする。こういう生活体験からして、ガスカールの作家としての原点は幼少期にこそある、と総括できそうに思われる。彼は先の対談において、自作の主要な三つのテーマは幼少期、動物、精神病だと言っているが、これらはすべてガスカールの生涯に重くのしかかっていたものだ。動物による癒しと言っても、自然は心情面での最後の頼みの綱にすぎず、救済にはならなかったと、彼は何気なく、だがはっきりと言っている〔一〇九ページ〕。だから、主要な三つのテーマは、悲惨な幼少期というテーマだけに収斂させることもできるだろう。そして母がそのシンボルだった。ガスカールの全著作中、このテーマの頻度がもっとも高く、彼は幼少期の不幸という意識を生涯にわたって払拭することができなかった。

とはいえ、ガスカールはテーマが多岐にわたる作家たちを称賛し、みずからその一員とみなしていることこそ重要だと思う。文筆で身を立てる決意をしたとき、中心テーマである幼少期を軸として、そこに含まれている動物と精神病が、それぞれ独立したテーマとして意識された。不幸な幼少期という、われにもあらず課されたテーマにのみ、作家として固執することに甘んじなかった。デビュー作『家具』においてそのことが充分に意識されていたとは言えないものの、次作『閉ざされた顔』では少年ガスカールの感情を阻んだ母の顔が透けて見える。それにつづく『けものたち』、『死者の時』になって初めて、母胎回帰への願望、友愛の対象としての動物、戦争という狂気が、作品の明確なテーマとして表現される。そしていくつかの苦渋に満ちたテーマに携わりながらも、それぞれに作家としての幸福感を味わうようになる。

ガスカールのその後の著作についての詳述は控えるが、三つのテーマは単に文学的テーマに留まらず彼の人生と著作すべてにおいて拡張され深化されてゆく。幼少期のテーマについては、アジア・アフリカへ世界保健機関の伝染病医療班に同行して、人類の揺籃にたち返るような『生者の国々の旅』などに結実する。動物のテーマについては、より広く生物への関心からジュラ地方の小村に私的植物園をつくって観察をつづける一方、『人間と動物』や『パストゥール家の方へ』などを発表する。精神病のテーマについては、しばしば医者たちに伴われて病院を視察し、ゴッホやネルヴァルの狂気を扱った『ネルヴァルとその時代』などを書く。ガスカールはみずからテーマが多岐にわたる、あるいは複数形テーマの作家として成長し成熟を果たした。だから終極的に、作家体験が彼の基本的テーマであったと言うこともできよう。

『肖像と回想』にはガスカールのこれらのテーマがすべて出そろっている。幼少期についてはほぼすべての短編で述べられており、狂気については「ザンクト＝パウリ、ミシェル・フーコー」などで大きく取り上げられ、動物については「闇の友愛、ジャン・コクトー」や、科学者たちを扱った三編の主要部をなす。さらに、「闇の友愛」における「馬たち」をはじめ、しばしば自著に言及することによって、作家体験のテーマも展開されている。ただ、これらのテーマは綯《な》いまぜになり、しかも変換されている場合が多い。

ところで、ガスカールが人間として、また作家として求めていたものは何だろう？　その回答の鍵もまた本書のなかにある。「自尊心の喜びにたいする、社会的成功の悦びとその成功がもたらす物質的贅沢にたいする軽蔑は、本能になって、わたしには力の代りをなし、べつの形の野心のようになっていたのだ。」〔一二六ページ〕幼少期に悲惨な、否定的な体験をした者が、生活と作品において肯定的な目的を見いだすためには、豊かな想像力と強い実行力が必要であろう。ガスカールの人生と著作における課題は、仮構としての肯定的な体験が可能かということだったたと思う。そして彼は悲惨な体験を心理的に逆転させ、自分の人生の宝物に、光源にしたのだった。ガスカールには宗教家の気質が窺えるが、彼ははっきりと自分はクリスチャンではないと言う。この点について、彼が晩年ボーム修道院に滞在していたことには、遺作に対して期待させると同時に、危惧させるものがあった。だが、ガスカールは早くから宗教に関しては、文学上の寓意やメタファーの範囲でしか関わりをもたない立場を表明してきた。彼は作家ガスカールというテーマを全うしたと言えよう。

本書では動物の、広く自然のテーマと関連して、三人の科学者の研究モチーフが探求されているが、ガスカールの関心は「彼らの真の出発点は何だろう？」〔一九一ページ〕という点だった。彼らには共通して「分子の不斉」という現象のもとに、生命の起源の発見に至るという願望があった。そしてガスカールは、彼らがそれぞれの研究テーマにおいて、倖せ、奇蹟、光と呼べるものを必死で見いだそうとしたとみなす。ここでは科学者の生涯も文学者のそれと同じく、専門の枠を超えた領域において、人間として問題にされている。ガスカールの生涯は彼らにあやかることによって、根深いペシミズムの克服を図ったのであろう。

訳者が非力をも省みず、ガスカールの著書を六冊も翻訳することになったのは、ひとえに彼に対する感嘆の念のなせるわざであった。翻訳する過程で幾度も読み返した文章であっても、歳を重ねて読み直すたびに、新たな発見があった。人間について多くを教えられたことに感謝するとともに、衷心よりご冥福を祈る。

編集の松永辰郎さんには『ロベスピエールの影』以来、十五年以上にわたってガスカールの翻訳を担当していただいた。貴重なご意見と丹念なお仕事ぶりに謝意を呈します。

二〇〇一年八月六日　　佐藤和生

注

(1) Gascar, P., *Terres de Mémoire*, Éditions Universitaires, Jean-Pierre Delarge, 1980, p. 116-7.

ピエール・ガスカール略年表

（注）国名記入なしはフランス

	ガスカール関係事項		時 代 背 景
		1914 7・28	第1次世界大戦勃発。
1916 3・13	パリに誕生。　本名ピエール・フルニエ（筆名は先祖の地ガスコーニュに拠る）。父は農家出身だが，パリで下級職につく。		
		1917 11・14	（ソ）ソビエト権力成立。
		1919 1・5 -15	（独）スパルタクス団の蜂起。
			ドイツ労働者党（ナチ党の前身）創立。
		6・28	第1次世界大戦終熄。
1924	母（麻薬と酒の中毒で精神病院に監禁されていた）の水死（入水？）。フランス南西部ロット・エ・ガロンヌ県で農業を営む父方の祖母・叔父夫婦に預けられる。小学校時代は「才能のある子」という評判をえる。教会の聖歌隊員。桃の種子集めで小銭を稼ぐ。		
1928 —33	アジャンとヴェルサイユで中・高校を修了。県の作文コンクールに入賞。しばらく農業に従事。	1933 1・30	（独）ヒトラー，政権掌握。
		12・	スタヴィスキー事件。
1934	パリ，ジャン＝ジャック・ルソー街で，絵画・彫刻・作曲・詩などを志望する仲間たちとの共同生活。さまざまな仕事（銀行の下級職・広告取り・酒のセールスなど）に携わる。コミュニスト青年同盟に加入。仲間たち相手に「経済学の講座」をする。	1934 2・6	右翼諸団体の騒擾事件（2月6日事件）。
		2・12 -15	反ファシズム労働者武装闘争。

	ガスカール関係事項		時代背景
1935	フィリップ・エリヤ，ジョゼフ・ケッセルとの出会い。執筆活動を勧められる。	1935	
		7・14	人民戦線成立。
		1936	
		6・4	ブルム人民戦線内閣成立。
		7・17	スペイン内乱起こる(-39)。
1937	ドイツ国境に近いモーゼル県のマジノ線要塞に歩兵として入隊。	1937	
		6・22	ブルム内閣総辞職。
		1938	
		3・13	第2次ブルム内閣成立。
		11・30	人民戦線完全崩壊。
		1939	
		3・28	(西) マドリード陥落，スペイン内乱終結。
		9・1	独軍，ポーランドに侵攻。第2次世界大戦勃発。
1940	フランス遠征軍の一員として，ノルウェーへ。スコットランドに駐留。北フランス，ソンム県の戦線で捕虜になる。	1940	
		4・9	独軍，デンマークとノルウェーに侵攻。北欧作戦の開始。
—45	ドイツにおいて捕虜生活。2回脱走を試み，ドイツ南西部の山地を彷徨するが，ともに失敗。当時のポーランド領，現在のウクライナ共和国領，ラワ＝ルスカヤの懲戒収容所に。墓掘りや通訳などの仕事に従事。旧ソ連赤軍により解放される。フランスに帰国。『フランス＝ソワール』紙の記者。	7・11	ペタン元帥，国家主席に就任。ヴィシー政権成立。
		9・27	日独伊3国同盟締結。
		10・3	ユダヤ人排斥法公布。
		1942	
		3・28	英空軍，リューベック(独)爆撃，以後都市爆撃強化。
		7・22	(ポーランド) ワルシャワ・ゲットーでユダヤ人の虐殺開始。
		11・8	連合軍，北アフリカ上陸作戦開始。
		1943	
		5・27	レジスタンス全国評議会結成。
		6・3	アルジェに仏国民解放委員会結成。

	ガスカール関係事項		時代背景
		1944	
		6・6	連合軍，ノルマンディ上陸作戦。
		8・25	臨時政府，パリ凱旋。
		1945	
		5・7	(独) 降伏。
		10・21	国民投票と総選挙実施。
		11・16	ユネスコ憲章調印（ロンドン）。
1946	マックス＝ポル・フーシェ編集による文芸誌『フォンテーヌ』に処女短編「馬たち」を発表。 ジャクリーヌ・サルモンと結婚。	1946	
		7・22	世界保健機関憲章調印（ニューヨーク）
		12・17	社会党単独のブルム内閣成立。
		1947	
		2・10	パリ講和条約調印。
		3・4	英仏が独の再侵略に備える防衛協定（ダンケルク協定）を結ぶ。
1949	『家具』の出版。		
1951	『閉ざされた顔』の出版。 長男ジャン＝ピエール誕生。	1951	
		9・14	(国際) 西独軍創設とＮＡＴＯへの編入を決定。
1952	『フランス＝ソワール』紙の文芸欄主任。		
1953	『けものたち』の出版(批評家賞)。 『死者の時』の出版（『けものたち』と合わせてゴンクール賞）。 アラゴンの招待。	1953	
		3・5	スターリン没。
1954	中華人民共和国建国五周年にフランス共産党からの派遣団（代表・クロード・ロワ）の一員として招待される。 次男ジャック誕生。	1954	
		10・23	(国際) 西ドイツの主権回復・再軍備・NATO加盟を承認（55・5・5－6に発効）。
1955	『開かれた中国』，『女たち』，『種子』の出版。		

	ガスカール関係事項		時代背景
1956 —57	離婚。 56年10月から5ヵ月ほど東南アジア・東アフリカへ世界保健機関のリポーターとして伝染病医療班に同行。 『街の草』の出版（57）。	1956 2・14—25	（ソ）第20回党大会，フルシチョフ秘密報告でスターリン批判。
1958	アリス・シモンと結婚。 『生者たちの国々の旅』の出版。 最初で唯一の戯曲『失われた足音』の上演。	1958 5・13	アルジェリアに駐留する仏軍の反乱（仏第4共和制の崩壊）。
		6・1	ド・ゴール，挙国内閣を組閣。
		10・5	新憲法公布。第5共和制成立。
		11・10	総選挙でド・ゴール派勝利。
		12・21	ド・ゴール，大統領に選出（59・1・8就任）。
1960	ベルギー・オランダ・ドイツへの講演旅行。ハンブルクでミシェル・フーコーと会う。 『太陽』の出版。		
1961	『逃亡者』の出版。		
1962	イギリスへの講演旅行。ユネスコのためのテレビ放映に出演。		
1964	テレビドラマ『壁』の放映。		
1967	『ドイツにおけるフランス人捕虜の歴史，1939-1945』の出版。		
1968	パリ，ゲイ＝ルュサック街（5月革命の主要な舞台の1つ）に居住。 アメリカ合衆国に滞在。オースチン市所在テキサス州立大学でランボーに関するセミナーを担当。 フランス・アカデミー文学大賞。	1968 3・22	パリ大学ナンテール分校でベトナム反戦の学生活動家逮捕。学生反乱開始。
		5・3	五月革命始まる。ソルボンヌでの学生集会に警官隊導入，学生逮捕。
		5・10—11	学生大衆，カルチエ・ラタンを占拠。
		・27	政・労・使の代表会議でグルネル協定成立。

	ガスカール関係事項		時代背景
		6・30	仏総選挙第2回投票でド・ゴール与党圧勝。
1971	『ランボーとパリ・コミューン』，『箱船』の出版。		
1973	『カルチエ・ラタン』の出版。	1973	
	ジェラ県の小村に居住。私的植物園を営む。	1・28	南ベトナム全土で停戦発効。
		4・30	ベトナム戦争終結。
		12・28	ソルジェニーツィン，パリで『収容所群島』出版。
1974	『人間と動物』の出版。		
1976	『人間の森のなかで』の出版。		
1978	モナコ公文学賞。 パリに定住。		
1979	『ロベスピエールの影』の出版。		
1980	『ベルナール師匠の秘密』の出版。		
1981	『ネルヴァルとその時代』の出版。	1981	
		5・10	大統領選挙で社会党のミッテラン第一書記当選。
1984	『パリの悪魔』の出版。		
1985	『探検博物学者フンボルト』の出版。		
1986	『パストゥール家の方へ』の出版。	1986	
		3・20	ド・ゴール主義のシラク内閣成立。保革共存体制始まる。
		4・26	チェルノブイリ事故。
1988	『緑の思考』の出版。		
		1989	
		11・9	(東独) 国境を解放，「ベルリンの壁」は実質撤廃。
		1990	
		10・3	(独) 西独が東独を編入する形で統一達成。
		1991	
		2・17	湾岸戦争。
		12・25	ゴルバチョフ大統領，辞意表明，ソ連消滅。

	ガスカール関係事項		時代背景
		1992	
		2・7	EC，欧州連合創設条約（マーストリヒト条約）に調印。
1993	ジュラ県ヴォワトゥール・ボーム修道院に滞在。		
		1995	
		5・7	大統領選挙でシラク当選。
1997	2月没。	1997	
		6・2	ジョスパン左翼連立内閣成立。保革共存体制。
1998	遺作3点の出版。 *Le temps des morts, Le rêve russe* (texte définitif), Gallimard. *Aïssé*, Actes Sud. *Le transsibérien*, Actes Sud.		

《叢書・ウニベルシタス　715》
肖像と回想　自伝的交友録
2001年9月3日　初版第1刷発行

ピエール・ガスカール
佐藤和生 訳
発行所　財団法人　法政大学出版局
〒102-0073 東京都千代田区九段北3-2-7
電話03(5214)5540／振替00160-6-95814
製版，印刷　三和印刷／鈴木製本所

Printed in Japan

ISBN4-588-00715-7

著者

ピエール・ガスカール（Pierre Gascar）

1916年生まれのフランスの作家．戦後，新聞記者をしながら小説の筆をとり，第二次大戦中のナチス強制収容所での体験をもとに小説，戯曲，エッセー，歴史評伝，紀行などを次々と発表し，旺盛な創作活動をつづける．1953年，小説『死者の時』でゴンクール賞を，『けものたち』で批評家賞を受賞．自伝的小説『種子』（55）『街の草』（56），敗戦ドイツを描いた『逃亡者』（61）『火の羊たち』（63），エッセー『シメール』（69）『前兆』（72）『人間の森のなかで』（76），歴史評伝『ロベスピエールの影』（79）『ベルナール師匠の秘密』（80）『パリの悪魔』（84）などがある．1997年死去．

訳者

佐藤和生（さとう　かずお）

1934年生まれ．京都大学文学部仏文科博士課程修了．同志社大学名誉教授．
訳書：ガスカール『ロベスピエールの影』，『ベルナール師匠の秘密』『パリの悪魔』『人間と動物』，『ピエール・ガスカール作品集』，セルトー『歴史のエクリチュール』『パロールの奪取』，デュラス『アウトサイド』『船舶ナイト号』ほか．

叢書・ウニベルシタス

				(頁)
1	芸術はなぜ必要か	E.フィッシャー／河野徹訳	品切	302
2	空と夢〈運動の想像力にかんする試論〉	G.バシュラール／宇佐見英治訳		442
3	グロテスクなもの	W.カイザー／竹内豊治訳		312
4	塹壕の思想	T.E.ヒューム／長谷川鉱平訳		316
5	言葉の秘密	E.ユンガー／菅谷規矩雄訳		176
6	論理哲学論考	L.ヴィトゲンシュタイン／藤本, 坂井訳		350
7	アナキズムの哲学	H.リード／大沢正道訳		318
8	ソクラテスの死	R.グアルディーニ／山村直資訳		366
9	詩学の根本概念	E.シュタイガー／高橋英夫訳		334
10	科学の科学〈科学技術時代の社会〉	M.ゴールドスミス, A.マカイ編／是永純弘訳		346
11	科学の射程	C.F.ヴァイツゼカー／野田, 金子訳		274
12	ガリレオをめぐって	オルテガ・イ・ガセット／マタイス, 佐々木訳		290
13	幻影と現実〈詩の源泉の研究〉	C.コードウェル／長谷川鉱平訳		410
14	聖と俗〈宗教的なるものの本質について〉	M.エリアーデ／風間敏夫訳		286
15	美と弁証法	G.ルカッチ／良知, 池田, 小箕訳		372
16	モラルと犯罪	K.クラウス／小松太郎訳		218
17	ハーバート・リード自伝	北條文緒訳		468
18	マルクスとヘーゲル	J.イッポリット／宇津木, 田口訳	品切	258
19	プリズム〈文化批判と社会〉	Th.W.アドルノ／竹内, 山村, 板倉訳		246
20	メランコリア	R.カスナー／塚越敏訳		388
21	キリスト教の苦悶	M.de ウナムーノ／神吉, 佐々木訳		202
22	アインシュタイン ゾンマーフェルト往復書簡	A.ヘルマン編／小林, 坂口訳	品切	194
23 24	群衆と権力（上・下）	E.カネッティ／岩田行一訳		440 356
25	問いと反問〈芸術論集〉	W.ヴォリンガー／土肥美夫訳		272
26	感覚の分析	E.マッハ／須藤, 廣松訳		386
27 28	批判的モデル集（I・II）	Th.W.アドルノ／大久保健治訳	〈品切〉 〈品切〉	I 232 II 272
29	欲望の現象学	R.ジラール／古田幸男訳		370
30	芸術の内面への旅	E.ヘラー／河原, 杉浦, 渡辺訳	品切	284
31	言語起源論	ヘルダー／大阪大学ドイツ近代文学研究会訳		270
32	宗教の自然史	D.ヒューム／福鎌, 斎藤訳		144
33	プロメテウス〈ギリシア人の解した人間存在〉	K.ケレーニイ／辻村誠三訳	品切	268
34	人格とアナーキー	E.ムーニエ／山崎, 佐藤訳		292
35	哲学の根本問題	E.ブロッホ／竹内豊治訳		194
36	自然と美学〈形体・美・芸術〉	R.カイヨワ／山口三夫訳		112
37 38	歴史論（I・II）	G.マン／加藤, 宮野訳	I・品切 II・品切	274 202
39	マルクスの自然概念	A.シュミット／元浜清海訳		316
40	書物の本〈西欧の書物と文化の歴史, 書物の美学〉	H.プレッサー／轡田収訳		448
41 42	現代への序説（上・下）	H.ルフェーヴル／宗, 古田監訳		220 296
43	約束の地を見つめて	E.フォール／古田幸男訳		320
44	スペクタクルと社会	J.デュビニョー／渡辺淳訳	品切	188
45	芸術と神話	E.グラッシ／榎本久彦訳		266
46	古きものと新しきもの	M.ロベール／城山, 島, 円子訳		318
47	国家の起源	R.H.ローウィ／古賀英三郎訳		204
48	人間と死	E.モラン／古田幸男訳		448
49	プルーストとシーニュ（増補版）	G.ドゥルーズ／宇波彰訳		252
50	文明の滴定〈科学技術と中国の社会〉	J.ニーダム／橋本敬造訳	品切	452
51	プスタの民	I.ジュラ／加藤二郎訳		382

叢書・ウニベルシタス

				(頁)
52 53	社会学的思考の流れ（I・II）	R.アロン／北川, 平野, 他訳		350 392
54	ベルクソンの哲学	G.ドゥルーズ／宇波彰訳		142
55	第三帝国の言語LTI〈ある言語学者のノート〉	V.クレムペラー／羽田, 藤平, 赤井, 中村訳		442
56	古代の芸術と祭祀	J.E.ハリスン／星野徹訳		222
57	ブルジョワ精神の起源	B.グレトゥイゼン／野沢協訳		394
58	カントと物自体	E.アディッケス／赤松常弘訳		300
59	哲学的素描	S.K.ランガー／塚本, 星野訳		250
60	レーモン・ルーセル	M.フーコー／豊崎光一訳		268
61	宗教とエロス	W.シューバルト／石川, 平田, 山本訳	品切	398
62	ドイツ悲劇の根源	W.ベンヤミン／川村, 三城訳		316
63	鍛えられた心〈強制収容所における心理と行動〉	B.ベテルハイム／丸山修吉訳		340
64	失われた範列〈人間の自然性〉	E.モラン／古田幸男訳		308
65	キリスト教の起源	K.カウツキー／栗原佑訳		534
66	ブーバーとの対話	W.クラフト／板倉敏之訳		206
67	プロデメの変貌〈フランスのコミューン〉	E.モラン／宇波彰訳		450
68	モンテスキューとルソー	E.デュルケーム／小関, 川喜多訳	品切	312
69	芸術と文明	K.クラーク／河野徹訳		680
70	自然宗教に関する対話	D.ヒューム／福鎌, 斎藤訳		196
71 72	キリスト教の中の無神論（上・下）	E.ブロッホ／竹内, 高尾訳		234 304
73	ルカーチとハイデガー	L.ゴルドマン／川俣晃自訳		308
74	断　想　1942─1948	E.カネッティ／岩田行一訳		286
75 76	文明化の過程（上・下）	N.エリアス／吉田, 中村, 波田, 他訳		466 504
77	ロマンスとリアリズム	C.コードウェル／玉井, 深井, 山本訳		238
78	歴史と構造	A.シュミット／花崎皋平訳		192
79 80	エクリチュールと差異（上・下）	J.デリダ／若桑, 野村, 阪上, 三好, 他訳		378 296
81	時間と空間	E.マッハ／野家啓一編訳		258
82	マルクス主義と人格の理論	L.セーヴ／大津真作訳		708
83	ジャン=ジャック・ルソー	B.グレトゥイゼン／小池健男訳		394
84	ヨーロッパ精神の危機	P.アザール／野沢協訳		772
85	カフカ〈マイナー文学のために〉	G.ドゥルーズ, F.ガタリ／宇波, 岩田訳		210
86	群衆の心理	H.ブロッホ／入野田, 小崎, 小岸訳	品切	580
87	ミニマ・モラリア	Th.W.アドルノ／三光長治訳		430
88 89	夢と人間社会（上・下）	R.カイヨワ, 他／三好郁郎, 他訳		374 340
90	自由の構造	C.ベイ／横越英一訳		744
91	1848年〈二月革命の精神史〉	J.カスー／野沢協, 他訳		326
92	自然の統一	C.F.ヴァイツゼカー／斎藤, 河井訳	品切	560
93	現代戯曲の理論	P.ションディ／市村, 丸山訳	品切	250
94	百科全書の起源	F.ヴェントゥーリ／大津真作訳	品切	324
95	推測と反駁〈科学的知識の発展〉	K.R.ポパー／藤本, 石垣, 森訳		816
96	中世の共産主義	K.カウツキー／栗原佑訳		400
97	批評の解剖	N.フライ／海老根, 中村, 出淵, 山内訳		580
98	あるユダヤ人の肖像	A.メンミ／菊地, 白井訳		396
99	分類の未開形態	E.デュルケーム／小関藤一郎訳	品切	232
100	永遠に女性的なるもの	H.ド・リュバック／山崎庸一郎訳		360
101	ギリシア神話の本質	G.S.カーク／吉田, 辻村, 松田訳	品切	390
102	精神分析における象徴界	G.ロゾラート／佐々木孝次訳		508
103	物の体系〈記号の消費〉	J.ボードリヤール／宇波彰訳		280

叢書・ウニベルシタス

				(頁)
104	言語芸術作品〔第2版〕	W.カイザー／柴田斎訳	品切	688
105	同時代人の肖像	F.ブライ／池内紀訳		212
106	レオナルド・ダ・ヴィンチ〔第2版〕	K.クラーク／丸山,大河内訳		344
107	宮廷社会	N.エリアス／波田,中埜,吉田訳		480
108	生産の鏡	J.ボードリヤール／宇波,今村訳		184
109	祭祀からロマンスへ	J.L.ウェストン／丸小哲雄訳		290
110	マルクスの欲求理論	A.ヘラー／良知,小箕訳		198
111	大革命前夜のフランス	A.ソブール／山崎耕一訳	品切	422
112	知覚の現象学	メルロ=ポンティ／中島盛夫訳		904
113	旅路の果てに〈アルペイオスの流れ〉	R.カイヨワ／金井裕訳		222
114	孤独の迷宮〈メキシコの文化と歴史〉	O.パス／高山,熊谷訳		320
115	暴力と聖なるもの	R.ジラール／古田幸男訳		618
116	歴史をどう書くか	P.ヴェーヌ／大津真作訳		604
117	記号の経済学批判	J.ボードリヤール／今村,宇波,桜井訳	品切	304
118	フランス紀行〈1787,1788&1789〉	A.ヤング／宮崎洋訳		432
119	供　犠	M.モース,H.ユベール／小関藤一郎訳		296
120	差異の目録〈歴史を変えるフーコー〉	P.ヴェーヌ／大津真作訳	品切	198
121	宗教とは何か	G.メンシング／田中,下宮訳		442
122	ドストエフスキー	R.ジラール／鈴木晶訳		200
123	さまざまな場所〈死の影の都市をめぐる〉	J.アメリー／池内紀訳		210
124	生　成〈概念をこえる試み〉	M.セール／及川馥訳		272
125	アルバン・ベルク	Th.W.アドルノ／平野嘉彦訳		320
126	映画　あるいは想像上の人間	E.モラン／渡辺淳訳		320
127	人間論〈時間・責任・価値〉	R.インガルデン／武井,赤松訳		294
128	カント〈その生涯と思想〉	A.グリガ／西牟田,浜田訳		464
129	同一性の寓話〈詩的神話学の研究〉	N.フライ／駒沢大学フライ研究会訳		496
130	空間の心理学	A.モル,E.ロメル／渡辺淳訳		326
131	飼いならされた人間と野性的人間	S.モスコヴィッシ／古田幸男訳		336
132	方　法　1.自然の自然	E.モラン／大津真作訳	品切	658
133	石器時代の経済学	M.サーリンズ／山内昶訳		464
134	世の初めから隠されていること	R.ジラール／小池健男訳		760
135	群衆の時代	S.モスコヴィッシ／古田幸男訳	品切	664
136	シミュラークルとシミュレーション	J.ボードリヤール／竹原あき子訳		234
137	恐怖の権力〈アブジェクシオン〉試論	J.クリステヴァ／枝川昌雄訳		420
138	ボードレールとフロイト	L.ベルサーニ／山縣直子訳		240
139	悪しき造物主	E.M.シオラン／金井裕訳		228
140	終末論と弁証法〈マルクスの社会・政治思想〉	S.アヴィネリ／中村恒矩訳	品切	392
141	経済人類学の現在	F.プイヨン編／山内昶訳		236
142	視覚の瞬間	K.クラーク／北條文緒訳		304
143	罪と罰の彼岸	J.アメリー／池内紀訳		210
144	時間・空間・物質	B.K.ライドレー／中島龍三訳	品切	226
145	離脱の試み〈日常生活への抵抗〉	S.コーエン, N.テイラー／石黒毅訳		321
146	人間怪物論〈人間脱走の哲学の素描〉	U.ホルストマン／加藤二郎訳		206
147	カントの批判哲学	G.ドゥルーズ／中島盛夫訳		160
148	自然と社会のエコロジー	S.モスコヴィッシ／久米,原訳		440
149	壮大への渇仰	L.クローネンバーガー／岸,倉田訳		368
150	奇蹟論・迷信論・自殺論	D.ヒューム／福鎌,斎藤訳		200
151	クルティウス－ジッド往復書簡	ディークマン編／円子千代訳		376
152	離脱の寓話	M.セール／及川馥訳		178

				（頁）
153	エクスタシーの人類学	I.M.ルイス／平沼孝之訳		352
154	ヘンリー・ムア	J.ラッセル／福田真一訳		340
155	誘惑の戦略	J.ボードリヤール／宇波彰訳		260
156	ユダヤ神秘主義	G.ショーレム／山下，石丸，他訳		644
157	蜂の寓話〈私悪すなわち公益〉	B.マンデヴィル／泉谷治訳		412
158	アーリア神話	L.ポリアコフ／アーリア主義研究会訳		544
159	ロベスピエールの影	P.ガスカール／佐藤和生訳		440
160	元型の空間	E.ゾラ／丸小哲雄訳		336
161	神秘主義の探究〈方法論的考察〉	E.スタール／宮元啓一，他訳		362
162	放浪のユダヤ人〈ロート・エッセイ集〉	J.ロート／平田，吉田訳		344
163	ルフー，あるいは取壊し	J.アメリー／神崎巌訳		250
164	大世界劇場〈宮廷祝宴の時代〉	R.アレヴィン，K.ゼルツレ／円子修平訳	品切	200
165	情念の政治経済学	A.ハーシュマン／佐々木，旦訳		192
166	メモワール〈1940-44〉	レミ／築島謙三訳		520
167	ギリシア人は神話を信じたか	P.ヴェーヌ／大津真作訳	品切	340
168	ミメーシスの文学と人類学	R.ジラール／浅野敏夫訳		410
169	カバラとその象徴的表現	G.ショーレム／岡部，小岸訳		340
170	身代りの山羊	R.ジラール／織田，富永訳	品切	384
171	人間〈その本性および世界における位置〉	A.ゲーレン／平野具男訳		608
172	コミュニケーション〈ヘルメスⅠ〉	M.セール／豊田，青木訳		358
173	道　化〈つまずきの現象学〉	G.v.バルレーヴェン／片岡啓治訳	品切	260
174	いま，ここで〈アウシュヴィッツとヒロシマ以後の哲学的考察〉	G.ピヒト／斎藤，浅野，大野，河井訳		600
175 176 177	真理と方法〔全三冊〕	H.-G.ガダマー／轡田，麻生，三島，他訳		Ⅰ・350 Ⅱ・ Ⅲ・
178	時間と他者	E.レヴィナス／原田佳彦訳		140
179	構成の詩学	B.ウスペンスキイ／川崎，大石訳	品切	282
180	サン=シモン主義の歴史	S.シャルレティ／沢崎，小杉訳		528
181	歴史と文芸批評	G.デルフォ，A.ロッシュ／川中子弘訳		472
182	ミケランジェロ	H.ヒバード／中山，小野訳	品切	578
183	観念と物質〈思考・経済・社会〉	M.ゴドリエ／山内昶訳		340
184	四つ裂きの刑	E.M.シオラン／金井裕訳		234
185	キッチュの心理学	A.モル／万沢正美訳		344
186	領野の漂流	J.ヴィヤール／山下俊一訳		226
187	イデオロギーと想像力	G.C.カバト／小箕俊介訳		300
188	国家の起源と伝承〈古代インド社会史論〉	R.=ターパル／山崎，成澤訳		322
189	ベルナール師匠の秘密	P.ガスカール／佐藤和生訳		374
190	神の存在論的証明	D.ヘンリッヒ／本間，須田，座小田，他訳		456
191	アンチ・エコノミクス	J.アタリ，M.ギヨーム／斎藤，安孫子訳		322
192	クローチェ政治哲学論集	B.クローチェ／上村忠男編訳		188
193	フィヒテの根源的洞察	D.ヘンリッヒ／座小田，小松訳		184
194	哲学の起源	オルテガ・イ・ガセット／佐々木孝訳	品切	224
195	ニュートン力学の形成	ベー・エム・ゲッセン／秋間実，他訳		312
196	遊びの遊び	J.デュビニョー／渡辺淳訳	品切	160
197	技術時代の魂の危機	A.ゲーレン／平野具男訳	品切	222
198	儀礼としての相互行為	E.ゴッフマン／広瀬，安江訳	品切	376
199	他者の記号学〈アメリカ大陸の征服〉	T.トドロフ／及川，大谷，菊地訳		370
200	カント政治哲学の講義	H.アーレント著，R.ベイナー編／浜田監訳		302
201	人類学と文化記号論	M.サーリンズ／山内昶訳		354
202	ロンドン散策	F.トリスタン／小杉，浜本訳		484

				(頁)
253	言語の牢獄	F.ジェームソン／川口喬一訳		292
254	失望と参画の現象学	A.O.ハーシュマン／佐々木, 杉田訳		204
255	はかない幸福―ルソー	T.トドロフ／及川馥訳		162
256	大学制度の社会史	H.W.プラール／山本尤訳		408
257 258	ドイツ文学の社会史（上・下）	J.ベルク,他／山本, 三島, 保坂, 鈴木訳		上・766 下・648
259	アランとルソー〈教育哲学試論〉	A.カルネック／安斎, 並木訳		304
260	都市・階級・権力	M.カステル／石川淳志監訳		296
261	古代ギリシア人	M.I.フィンレー／山形和美訳	品切	296
262	象徴表現と解釈	T.トドロフ／小林, 及川訳		244
263	声の回復〈回想の試み〉	L.マラン／梶野吉郎訳		246
264	反射概念の形成	G.カンギレム／金森修訳		304
265	芸術の手相	G.ピコン／末永照和訳		294
266	エチュード〈初期認識論集〉	G.バシュラール／及川馥訳		166
267	邪な人々の昔の道	R.ジラール／小池健男訳		270
268	〈誠実〉と〈ほんもの〉	L.トリリング／野島秀勝訳		264
269	文の抗争	J.-F.リオタール／陸井四郎, 他訳		410
270	フランス革命と芸術	J.スタロバンスキー／井上尭裕訳		286
271	野生人とコンピューター	J.-M.ドムナック／古田幸男訳		228
272	人間と自然界	K.トマス／山内昶, 他訳		618
273	資本論をどう読むか	J.ビデ／今村仁司, 他訳		450
274	中世の旅	N.オーラー／藤代幸一訳		488
275	変化の言語〈治療コミュニケーションの原理〉	P.ワツラウィック／築島謙三訳		212
276	精神の売春としての政治	T.クンナス／木戸, 佐々木訳		258
277	スウィフト政治・宗教論集	J.スウィフト／中野, 海保訳		490
278	現実とその分身	C.ロセ／金井裕訳		168
279	中世の高利貸	J.ル・ゴッフ／渡辺香根夫訳		170
280	カルデロンの芸術	M.コメレル／岡部仁訳		270
281	他者の言語〈デリダの日本講演〉	J.デリダ／高橋允昭編訳		406
282	ショーペンハウアー	R.ザフランスキー／山本尤訳		646
283	フロイトと人間の魂	B.ベテルハイム／藤瀬恭子訳		174
284	熱　狂〈カントの歴史批判〉	J.-F.リオタール／中島盛夫訳		210
285	カール・カウツキー 1854-1938	G.P.スティーンソン／時永, 河野訳		496
286	形而上学と神の思想	W.パネンベルク／座小田, 諸岡訳		186
287	ドイツ零年	E.モラン／古田幸男訳		364
288	物の地獄〈ルネ・ジラールと経済の論理〉	デュムシェル, デュピュイ／織田, 富永訳		320
289	ヴィーコ自叙伝	G.ヴィーコ／福鎌忠恕訳	品切	448
290	写真論〈その社会的効用〉	P.ブルデュー／山縣熙, 山縣直子訳		438
291	戦争と平和	S.ボク／大沢正道訳		224
292	意味と意味の発展	R.A.ウォルドロン／築島謙三訳		294
293	生態平和とアナーキー	U.リンゼ／内田, 杉村訳		270
294	小説の精神	M.クンデラ／金井, 浅野訳		208
295	フィヒテ-シェリング往復書簡	W.シュルツ解説／座小田, 後藤訳		220
296	出来事と危機の社会学	E.モラン／浜名, 福井訳		622
297	宮廷風恋愛の技術	A.カペルラヌス／野島秀勝訳		334
298	野蛮〈科学主義の独裁と文化の危機〉	M.アンリ／山形, 望月訳		292
299	宿命の戦略	J.ボードリヤール／竹原あき子訳		260
300	ヨーロッパの日記	G.R.ホッケ／石丸, 柴田, 信岡訳		1330
301	記号と夢想〈演劇と祝祭についての考察〉	A.シモン／岩瀬孝監修. 佐藤, 伊藤, 他訳		388
302	手と精神	J.ブラン／中村文郎訳		284

				（頁）
303	平等原理と社会主義	L.シュタイン／石川, 石塚, 柴田訳		676
304	死にゆく者の孤独	N.エリアス／中居実訳		150
305	知識人の黄昏	W.シヴェルブシュ／初見基訳		240
306	トマス・ペイン〈社会思想家の生涯〉	A.J.エイヤー／大熊昭信訳		378
307	われらのヨーロッパ	F.ヘール／杉浦健之訳		614
308	機械状無意識〈スキゾ-分析〉	F.ガタリ／高岡幸一訳		426
309	聖なる真理の破壊	H.ブルーム／山形和美訳		400
310	諸科学の機能と人間の意義	E.パーチ／上村忠男監訳		552
311	翻　訳〈ヘルメスIII〉	M.セール／豊田, 輪田訳		404
312	分　布〈ヘルメスIV〉	M.セール／豊田彰訳		440
313	外国人	J.クリステヴァ／池田和子訳		284
314	マルクス	M.アンリ／杉山, 水野訳	品切	612
315	過去からの警告	E.シャルガフ／山本, 内藤訳		308
316	面・表面・界面〈一般表層論〉	F.ダゴニェ／金森, 今野訳		338
317	アメリカのサムライ	F.G.ノートヘルファー／飛鳥井雅道訳		512
318	社会主義か野蛮か	C.カストリアディス／江口幹訳		490
319	遍　歴〈法, 形式, 出来事〉	J.-F.リオタール／小野康男訳		200
320	世界としての夢	D.ウスラー／谷　徹訳		566
321	スピノザと表現の問題	G.ドゥルーズ／工藤, 小柴, 小谷訳		460
322	裸体とはじらいの文化史	H.P.デュル／藤代, 三谷訳		572
323	五　感〈混合体の哲学〉	M.セール／米山親能訳		582
324	惑星軌道論	G.W.F.ヘーゲル／村上恭一訳		250
325	ナチズムと私の生活〈仙台からの告発〉	K.レーヴィット／秋間実訳		334
326	ベンヤミン-ショーレム往復書簡	G.ショーレム編／山本尤訳		440
327	イマヌエル・カント	O.ヘッフェ／薮木栄夫訳		374
328	北西航路〈ヘルメスV〉	M.セール／青木研二訳		260
329	聖杯と剣	R.アイスラー／野島秀勝訳		486
330	ユダヤ人国家	Th.ヘルツル／佐藤康彦訳		206
331	十七世紀イギリスの宗教と政治	C.ヒル／小野功生訳		586
332	方　法　2. 生命の生命	E.モラン／大津真作訳		838
333	ヴォルテール	A.J.エイヤー／中川, 吉岡訳		268
334	哲学の自食症候群	J.ブーヴレス／大平具彦訳		266
335	人間学批判	レペニース, ノルテ／小竹澄栄訳		214
336	自伝のかたち	W.C.スペンジマン／船倉正憲訳		384
337	ポストモダニズムの政治学	L.ハッチオン／川口喬一訳		332
338	アインシュタインと科学革命	L.S.フォイヤー／村上, 成定, 大谷訳		474
339	ニーチェ	G.ピヒト／青木隆嘉訳		562
340	科学史・科学哲学研究	G.カンギレム／金森修監訳		674
341	貨幣の暴力	アグリエッタ, オルレアン／井上, 斉藤訳		506
342	象徴としての円	M.ルルカー／竹内章訳		186
343	ベルリンからエルサレムへ	G.ショーレム／岡部仁訳		226
344	批評の批評	T.トドロフ／及川, 小林訳		298
345	ソシュール講義録注解	F.de ソシュール／前田英樹・訳注		204
346	歴史とデカダンス	P.ショーニュー／大谷尚文訳		552
347	続・いま, ここで	G.ピヒト／斎藤, 大野, 福島, 浅野訳		580
348	バフチン以後	D.ロッジ／伊藤誓訳		410
349	再生の女神セドナ	H.P.デュル／原研二訳		622
350	宗教と魔術の衰退	K.トマス／荒木正純訳		1412
351	神の思想と人間の自由	W.パネンベルク／座小田, 諸岡訳		186

叢書・ウニベルシタス

No.	書名	著者／訳者		(頁)
352	倫理・政治的ディスクール	O.ヘッフェ／青木隆嘉訳		312
353	モーツァルト	N.エリアス／青木隆嘉訳		198
354	参加と距離化	N.エリアス／波田, 道籏訳		276
355	二十世紀からの脱出	E.モラン／秋枝茂夫訳		384
356	無限の二重化	W.メニングハウス／伊藤秀一訳		350
357	フッサール現象学の直観理論	E.レヴィナス／佐藤, 桑野訳		506
358	始まりの現象	E.W.サイード／山形, 小林訳		684
359	サテュリコン	H.P.デュル／原研二訳		258
360	芸術と疎外	H.リード／増渕正史訳	品切	262
361	科学的理性批判	K.ヒュプナー／神野, 中才, 熊谷訳		476
362	科学と懐疑論	J.ワトキンス／中才敏郎訳		354
363	生きものの迷路	A.モール, E.ロメル／古田幸男訳		240
364	意味と力	G.バランディエ／小関藤一郎訳		406
365	十八世紀の文人科学者たち	W.レペニース／小川さくえ訳		182
366	結晶と煙のあいだ	H.アトラン／阪上脩訳		376
367	生への闘争〈闘争本能・性・意識〉	W.J.オング／高柳, 橋爪訳		326
368	レンブラントとイタリア・ルネサンス	K.クラーク／尾崎, 芳野訳		334
369	権力の批判	A.ホネット／河上倫逸監訳		476
370	失われた美学〈マルクスとアヴァンギャルド〉	M.A.ローズ／長田, 池田, 長野, 長田訳		332
371	ディオニュソス	M.ドゥティエンヌ／及川, 吉岡訳		164
372	メディアの理論	F.イングリス／伊藤, 磯山訳		380
373	生き残ること	B.ベテルハイム／高尾利数訳		646
374	バイオエシックス	F.ダゴニェ／金森, 松浦訳		316
375 376	エディプスの謎（上・下）	N.ビショッフ／藤代, 井本, 他訳		上・450 下・464
377	重大な疑問〈懐疑的省察録〉	E.シャルガフ／山形, 小野, 他訳		404
378	中世の食生活〈断食と宴〉	B.A.ヘニッシュ／藤原保明訳	品切	538
379	ポストモダン・シーン	A.クローカー, D.クック／大熊昭信訳		534
380	夢の時〈野生と文明の境界〉	H.P.デュル／岡部, 原, 須永, 荻野訳		674
381	理性よ，さらば	P.ファイヤアーベント／植木哲也訳		454
382	極限に面して	T.トドロフ／宇京賴三訳		376
383	自然の社会化	K.エーダー／寿福真美監訳		474
384	ある反時代的考察	K.レーヴィット／中村啓, 永沼更始郎訳		526
385	図書館炎上	W.シヴェルブシュ／福本義憲訳		274
386	騎士の時代	F.v.ラウマー／柳井尚子訳		506
387	モンテスキュー〈その生涯と思想〉	J.スタロバンスキー／古賀英三郎, 高橋誠訳		312
388	理解の鋳型〈東西の思想経験〉	J.ニーダム／井上英明訳		510
389	風景画家レンブラント	E.ラルセン／大谷, 尾崎訳		208
390	精神分析の系譜	M.アンリ／山形頼洋, 他訳		546
391	金《かね》と魔術	H.C.ビンスヴァンガー／清水健次訳		218
392	自然誌の終焉	W.レペニース／山村直資訳		346
393	批判的解釈学	J.B.トンプソン／山本, 小川訳		376
394	人間にはいくつの真理が必要か	R.ザフランスキー／山本, 藤井訳		232
395	現代芸術の出発	Y.イシャグプール／川俣晃自訳		170
396	青春　ジュール・ヴェルヌ論	M.セール／豊田彰訳		398
397	偉大な世紀のモラル	P.ベニシュー／朝倉, 羽賀訳		428
398	諸国民の時に	E.レヴィナス／合田正人訳		348
399 400	バベルの後に（上・下）	G.スタイナー／亀山健吉訳		上・482 下・
401	チュービンゲン哲学入門	E.ブロッホ／花田監修・菅谷, 今井, 三国訳		422

				（頁）
402	歴史のモラル	T.トドロフ／大谷尚文訳		386
403	不可解な秘密	E.シャルガフ／山本, 内藤訳		260
404	ルソーの世界〈あるいは近代の誕生〉	J.-L.ルセルクル／小林浩訳	品切	378
405	死者の贈り物	D.サルナーヴ／菊地, 白井訳		186
406	神もなく韻律もなく	H.P.デュル／青木隆嘉訳		292
407	外部の消失	A.コドレスク／利沢行夫訳		276
408	狂気の社会史〈狂人たちの物語〉	R.ポーター／目羅公和訳		428
409	続・蜂の寓話	B.マンデヴィル／泉谷治訳		436
410	悪口を習う〈近代初期の文化論集〉	S.グリーンブラット／磯山甚一訳		354
411	危険を冒して書く〈異色作家たちのパリ・インタヴュー〉	J.ワイス／浅野敏夫訳		300
412	理論を讃えて	H.-G.ガダマー／本間, 須田訳		194
413	歴史の島々	M.サーリンズ／山本真鳥訳		306
414	ディルタイ〈精神科学の哲学者〉	R.A.マックリール／大野, 田中, 他訳		578
415	われわれのあいだで	E.レヴィナス／合田, 谷口訳		368
416	ヨーロッパ人とアメリカ人	S.ミラー／池田栄一訳		358
417	シンボルとしての樹木	M.ルルカー／林 捷 訳		276
418	秘めごとの文化史	H.P.デュル／藤代, 津山訳		662
419	眼の中の死〈古代ギリシアにおける他者の像〉	J.-P.ヴェルナン／及川, 吉岡訳		144
420	旅の思想史	E.リード／伊藤誓訳		490
421	病のうちなる治療薬	J.スタロバンスキー／小池, 川那部訳		356
422	祖国地球	E.モラン／菊地昌実訳		234
423	寓意と表象・再現	S.J.グリーンブラット編／船倉正憲訳		384
424	イギリスの大学	V.H.H.グリーン／安原, 成定訳		516
425	未来批判 あるいは世界史に対する嫌悪	E.シャルガフ／山本, 伊藤訳		276
426	見えるものと見えざるもの	メルロ=ポンティ／中島盛夫監訳		618
427	女性と戦争	J.B.エルシュテイン／小林, 廣川訳		486
428	カント入門講義	H.バウムガルトナー／有福孝岳監訳		204
429	ソクラテス裁判	I.F.ストーン／永田康昭訳		470
430	忘我の告白	M.ブーバー／田口義弘訳		348
431 432	時代おくれの人間（上・下）	G.アンダース／青木隆嘉訳		上・432 下・546
433	現象学と形而上学	J.-L.マリオン他編／三上, 重永, 檜垣訳		388
434	祝福から暴力へ	M.ブロック／田辺, 秋津訳		426
435	精神分析と横断性	F.ガタリ／杉村, 毬藻訳		462
436	競争社会をこえて	A.コーン／山本, 真水訳		530
437	ダイアローグの思想	M.ホルクウィスト／伊藤誓訳		370
438	社会学とは何か	N.エリアス／徳安彰訳		250
439	E.T.A.ホフマン	R.ザフランスキー／識名章喜訳		636
440	所有の歴史	J.アタリ／山内昶訳		580
441	男性同盟と母権制神話	N.ゾンバルト／田村和彦訳		516
442	ヘーゲル以後の歴史哲学	H.シュネーデルバッハ／古東哲明訳		282
443	同時代人ベンヤミン	H.マイヤー／岡部仁訳		140
444	アステカ帝国滅亡記	G.ボド, T.トドロフ編／大谷, 菊地訳		662
445	迷宮の岐路	C.カストリアディス／宇京頼三訳		404
446	意識と自然	K.K.チョウ／志水, 山本監訳		422
447	政治的正義	O.ヘッフェ／北尾, 平石, 望月訳		598
448	象徴と社会	K.バーク著, ガスフィールド編／森常治訳		580
449	神・死・時間	E.レヴィナス／合田正人訳		360
450	ローマの祭	G.デュメジル／大橋寿美子訳		446

			(頁)
451	エコロジーの新秩序	L.フェリ／加藤宏幸訳	274
452	想念が社会を創る	C.カストリアディス／江口幹訳	392
453	ウィトゲンシュタイン評伝	B.マクギネス／藤本, 今井, 宇都宮, 髙橋訳	612
454	読みの快楽	R.オールター／山形, 中田, 田中訳	346
455	理性・真理・歴史〈内在的実在論の展開〉	H.パトナム／野本和幸, 他訳	360
456	自然の諸時期	ビュフォン／菅谷暁訳	440
457	クロポトキン伝	ピルーモヴァ／左近毅訳	384
458	征服の修辞学	P.ヒューム／岩尾, 正木, 本橋訳	492
459	初期ギリシア科学	G.E.R.ロイド／山野, 山口訳	246
460	政治と精神分析	G.ドゥルーズ, F.ガタリ／杉村昌昭訳	124
461	自然契約	M.セール／及川, 米山訳	230
462	細分化された世界〈迷宮の岐路III〉	C.カストリアディス／宇京頼三訳	332
463	ユートピア的なもの	L.マラン／梶野吉郎訳	420
464	恋愛礼讃	M.ヴァレンシー／沓掛, 川端訳	496
465	転換期〈ドイツ人とドイツ〉	H.マイヤー／宇京早苗訳	466
466	テクストのぶどう畑で	I.イリイチ／岡部佳世訳	258
467	フロイトを読む	P.ゲイ／坂口, 大島訳	304
468	神々を作る機械	S.モスコヴィッシ／古田幸男訳	750
469	ロマン主義と表現主義	A.K.ウィードマン／大森淳史訳	378
470	宗教論	N.ルーマン／土方昭, 土方透訳	138
471	人格の成層論	E.ロータッカー／北村監訳・大久保, 他訳	278
472	神　罰	C.v.リンネ／小川さくえ訳	432
473	エデンの園の言語	M.オランデール／浜﨑設夫訳	338
474	フランスの自伝〈自伝文学の主題と構造〉	P.ルジュンヌ／小倉孝誠訳	342
475	ハイデガーとヘブライの遺産	M.ザラデル／合田正人訳	390
476	真の存在	G.スタイナー／工藤政司訳	266
477	言語芸術・言語記号・言語の時間	R.ヤコブソン／浅川順子訳	388
478	エクリール	C.ルフォール／宇京頼三訳	420
479	シェイクスピアにおける交渉	S.J.グリーンブラット／酒井正志訳	334
480	世界・テキスト・批評家	E.W.サイード／山形和美訳	584
481	絵画を見るディドロ	J.スタロバンスキー／小西嘉幸訳	148
482	ギボン〈歴史を創る〉	R.ポーター／中野, 海保, 松原訳	272
483	欺瞞の書	E.M.シオラン／金井裕訳	252
484	マルティン・ハイデガー	H.エーベリング／青木隆嘉訳	252
485	カフカとカバラ	K.E.グレーツィンガー／清水健次訳	390
486	近代哲学の精神	H.ハイムゼート／座小田豊, 他訳	448
487	ベアトリーチェの身体	R.P.ハリスン／船倉正憲訳	304
488	技術〈クリティカル・セオリー〉	A.フィーンバーグ／藤本正文訳	510
489	認識論のメタクリティーク	Th.W.アドルノ／古賀, 細見訳	370
490	地獄の歴史	A.K.ターナー／野﨑嘉信訳	456
491	昔話と伝説〈物語文学の二つの基本形式〉	M.リューティ／高木昌史, 万里子訳　品切	362
492	スポーツと文明化〈興奮の探究〉	N.エリアス, E.ダニング／大平章訳	490
493 494	地獄のマキアヴェッリ（I・II）	S.de.グラツィア／田中治男訳	I・352 II・306
495	古代ローマの恋愛詩	P.ヴェーヌ／鎌田博夫訳	352
496	証人〈言葉と科学についての省察〉	E.シャルガフ／山本, 内藤訳	252
497	自由とはなにか	P.ショーニュ／西川, 小田桐訳	472
498	現代世界を読む	M.マフェゾリ／菊地昌実訳	186
499	時間を読む	M.ピカール／寺田光徳訳	266
500	大いなる体系	N.フライ／伊藤誓訳	478

			（頁）
501	音楽のはじめ	C.シュトゥンプ／結城錦一訳	208
502	反ニーチェ	L.フェリー他／遠藤文彦訳	348
503	マルクスの哲学	E.バリバール／杉山吉弘訳	222
504	サルトル，最後の哲学者	A.ルノー／水野浩二訳	296
505	新不平等起源論	A.テスタール／山内昶訳	298
506	敗者の祈禱書	シオラン／金井裕訳	184
507	エリアス・カネッティ	Y.イシャグプール／川俣晃自訳	318
508	第三帝国下の科学	J.オルフ＝ナータン／宇京賴三訳	424
509	正も否も縦横に	H.アトラン／寺田光徳訳	644
510	ユダヤ人とドイツ	E.トラヴェルソ／宇京賴三訳	322
511	政治的風景	M.ヴァルンケ／福本義憲訳	202
512	聖句の彼方	E.レヴィナス／合田正人訳	350
513	古代憧憬と機械信仰	H.ブレーデカンプ／藤代，津山訳	230
514	旅のはじめに	D.トリリング／野島秀勝訳	602
515	ドゥルーズの哲学	M.ハート／田代，井上，浅野，暮沢訳	294
516	民族主義・植民地主義と文学	T.イーグルトン他／増渕，安藤，大友訳	198
517	個人について	P.ヴェーヌ他／大谷尚文訳	194
518	大衆の装飾	S.クラカウアー／船戸，野村訳	350
519 520	シベリアと流刑制度（I・II）	G.ケナン／左近毅訳	I・632 II・642
521	中国とキリスト教	J.ジェルネ／鎌田博夫訳	396
522	実存の発見	E.レヴィナス／佐藤真理人，他訳	480
523	哲学的認識のために	G.-G.グランジェ／植木哲也訳	342
524	ゲーテ時代の生活と日常	P.ラーンシュタイン／上西川原章訳	832
525	ノッツ nOts	M.C.テイラー／浅野敏夫訳	480
526	法の現象学	A.コジェーヴ／今村，堅田訳	768
527	始まりの喪失	B.シュトラウス／青木隆嘉訳	196
528	重　合	ベーネ，ドゥルーズ／江口修訳	170
529	イングランド18世紀の社会	R.ポーター／目羅公和訳	630
530	他者のような自己自身	P.リクール／久米博訳	558
531	鷲と蛇〈シンボルとしての動物〉	M.ルルカー／林捷訳	270
532	マルクス主義と人類学	M.ブロック／山内昶，山内彰訳	256
533	両性具有	M.セール／及川馥訳	218
534	ハイデガー〈ドイツの生んだ巨匠とその時代〉	R.ザフランスキー／山本尤訳	696
535	啓蒙思想の背任	J.-C.ギユボー／菊地，白井訳	218
536	解明　M.セールの世界	M.セール／梶野，竹中訳	334
537	語りは罠	L.マラン／鎌田博夫訳	176
538	歴史のエクリチュール	M.セルトー／佐藤和生訳	542
539	大学とは何か	J.ペリカン／田口孝夫訳	374
540	ローマ　定礎の書	M.セール／高尾謙史訳	472
541	啓示とは何か〈あらゆる啓示批判の試み〉	J.G.フィヒテ／北岡武司訳	252
542	力の場〈思想史と文化批判のあいだ〉	M.ジェイ／今井道夫，他訳	382
543	イメージの哲学	F.ダゴニェ／水野浩二訳	410
544	精神と記号	F.ガタリ／杉村昌昭訳	180
545	時間について	N.エリアス／井本，青木訳	238
546	ルクレティウスのテキストにおける物理学の誕生	M.セール／豊田彰訳	320
547	異端カタリ派の哲学	R.ネッリ／柴田和雄訳	290
548	ドイツ人論	N.エリアス／青木隆嘉訳	576
549	俳　優	J.デュヴィニョー／渡辺淳訳	346

			(頁)
550	ハイデガーと実践哲学	O.ペゲラー他,編／竹市,下村監訳	584
551	彫　像	M.セール／米山親能訳	366
552	人間的なるものの庭	C.F.v.ヴァイツゼカー／山辺建訳	852
553	思考の図像学	A.フレッチャー／伊藤誓訳	472
554	反動のレトリック	A.O.ハーシュマン／岩崎稔訳	250
555	暴力と差異	A.J.マッケナ／夏目博明訳	354
556	ルイス・キャロル	J.ガッテニョ／鈴木晶訳	462
557	タオスのロレンゾー〈D.H.ロレンス回想〉	M.D.ルーハン／野島秀勝訳	490
558	エル・シッド〈中世スペインの英雄〉	R.フレッチャー／林邦夫訳	414
559	ロゴスとことば	S.プリケット／小野功生訳	486
560 561	盗まれた稲妻〈呪術の社会学〉(上・下)	D.L.オキーフ／谷林眞理子,他訳	上・490 下・656
562	リビドー経済	J.-F.リオタール／杉山,吉谷訳	458
563	ポスト・モダニティの社会学	S.ラッシュ／田中義久監訳	462
564	狂暴なる霊長類	J.A.リヴィングストン／大平章訳	310
565	世紀末社会主義	M.ジェイ／今村,大谷訳	334
566	両性平等論	F.P.de ラ・バール／佐藤和夫,他訳	330
567	暴虐と忘却	R.ボイヤーズ／田部井孝次・世志子訳	524
568	異端の思想	G.アンダース／青木隆嘉訳	518
569	秘密と公開	S.ボク／大沢正道訳	470
570 571	大航海時代の東南アジア（I・II）	A.リード／平野，田中訳	I・430 II・
572	批判理論の系譜学	N.ボルツ／山本,大貫訳	332
573	メルヘンへの誘い	M.リューティ／高木昌史訳	200
574	性と暴力の文化史	H.P.デュル／藤代,津山訳	768
575	歴史の不測	E.レヴィナス／合田,谷口訳	316
576	理論の意味作用	T.イーグルトン／山形和美訳	196
577	小集団の時代〈大衆社会における個人主義の衰退〉	M.マフェゾリ／古田幸男訳	334
578 579	愛の文化史(上・下)	S.カーン／青木,斎藤訳	上・334 下・384
580	文化の擁護〈1935年パリ国際作家大会〉	ジッド他／相磯,五十嵐,石黒,高橋編訳	752
581	生きられる哲学〈生活世界の現象学と批判理論の思考形式〉	F.フェルマン／堀栄造訳	282
582	十七世紀イギリスの急進主義と文学	C.ヒル／小野，圓月訳	444
583	このようなことが起こり始めたら…	R.ジラール／小池,住谷訳	226
584	記号学の基礎理論	J.ディーリー／大熊昭信訳	286
585	真理と美	S.チャンドラセカール／豊田彰訳	328
586	シオラン対談集	E.M.シオラン／金井裕訳	336
587	時間と社会理論	B.アダム／伊藤,磯山訳	338
588	懐疑的省察 ABC〈続・重大な疑問〉	E.シャルガフ／山本,伊藤訳	244
589	第三の知恵	M.セール／及川馥訳	250
590 591	絵画における真理(上・下)	J.デリダ／高橋,阿部訳	上・322 下・390
592	ウィトゲンシュタインと宗教	N.マルカム／黒崎宏訳	256
593	シオラン〈あるいは最後の人間〉	S.ジョドー／金井裕訳	212
594	フランスの悲劇	T.トドロフ／大谷尚文訳	304
595	人間の生の遺産	E.シャルガフ／清水健次,他訳	392
596	聖なる快楽〈性，神話，身体の政治〉	R.アイスラー／浅野敏夫訳	876
597	原子と爆弾とエスキモーキス	C.G.セグレー／野島秀勝訳	408
598	海からの花嫁〈ギリシア神話研究の手引き〉	J.シャーウッドスミス／吉田,佐藤訳	234
599	神に代わる人間	L.フェリー／菊地,白井訳	220
600	パンと競技場〈ギリシア・ローマ時代の政治と都市の社会学的歴史〉	P.ヴェーヌ／鎌田博夫訳	1032

			（頁）
601	ギリシア文学概説	J.ド・ロミイ／細井，秋山訳	486
602	パロールの奪取	M.セルトー／佐藤和生訳	200
603	68年の思想	L.フェリー他／小野潮訳	348
604	ロマン主義のレトリック	P.ド・マン／山形，岩坪訳	470
605	探偵小説あるいはモデルニテ	J.デュボア／鈴木智之訳	380
606 607 608	近代の正統性〔全三冊〕	H.ブルーメンベルク／斎藤，忽那 佐藤，村井訳	I・328 II・ III・
609	危険社会〈新しい近代への道〉	U.ベック／東，伊藤訳	502
610	エコロジーの道	E.ゴールドスミス／大熊昭信訳	654
611	人間の領域〈迷宮の岐路II〉	C.カストリアディス／米山親能訳	626
612	戸外で朝食を	H.P.デュル／藤代幸一訳	190
613	世界なき人間	G.アンダース／青木隆嘉訳	366
614	唯物論シェイクスピア	F.ジェイムソン／川口喬一訳	402
615	核時代のヘーゲル哲学	H.クロンバッハ／植木哲也訳	380
616	詩におけるルネ・シャール	P.ヴェーヌ／西永良成訳	832
617	近世の形而上学	H.ハイムゼート／北岡武司訳	506
618	フロベールのエジプト	G.フロベール／斎藤昌三訳	344
619	シンボル・技術・言語	E.カッシーラー／篠木，高野訳	352
620	十七世紀イギリスの民衆と思想	C.ヒル／小野，圓月，箭川訳	520
621	ドイツ政治哲学史	H.リュッベ／今井道夫訳	312
622	最終解決〈民族移動とヨーロッパのユダヤ人殺害〉	G.アリー／山本，三島訳	470
623	中世の人間	J.ル・ゴフ他／鎌田博夫訳	478
624	食べられる言葉	L.マラン／梶野吉郎訳	284
625	ヘーゲル伝〈哲学の英雄時代〉	H.アルトハウス／山本尤訳	690
626	E.モラン自伝	E.モラン／菊地，高砂訳	368
627	見えないものを見る	M.アンリ／青木研二訳	248
628	マーラー〈音楽観相学〉	Th.W.アドルノ／龍村あや子訳	286
629	共同生活	T.トドロフ／大谷尚文訳	236
630	エロイーズとアベラール	M.F.B.ブロッチェリ／白崎容子訳	
631	意味を見失った時代〈迷宮の岐路IV〉	C.カストリアディス／江口幹訳	338
632	火と文明化	J.ハウツブロム／大平章訳	356
633	ダーウィン，マルクス，ヴァーグナー	J.バーザン／野島秀勝訳	526
634	地位と羞恥	S.ネッケル／岡原正幸訳	434
635	無垢の誘惑	P.ブリュックネール／小倉，下澤訳	350
636	ラカンの思想	M.ボルク=ヤコブセン／池田清訳	500
637	羨望の炎〈シェイクスピアと欲望の劇場〉	R.ジラール／小林，田口訳	698
638	暁のフクロウ〈続・精神の現象学〉	A.カトロッフェロ／寿福真美訳	354
639	アーレント＝マッカーシー往復書簡	C.ブライトマン編／佐藤佐智子訳	710
640	崇高とは何か	M.ドゥギー他／梅木達郎訳	416
641	世界という実験〈問い，取り出しの諸カテゴリー，実践〉	E.ブロッホ／小田智敏訳	400
642	悪　あるいは自由のドラマ	R.ザフランスキー／山本尤訳	322
643	世俗の聖典〈ロマンスの構造〉	N.フライ／中村，真野訳	252
644	歴史と記憶	J.ル・ゴフ／立川孝一訳	400
645	自我の記号論	N.ワイリー／船倉正憲訳	468
646	ニュー・ミメーシス〈シェイクスピアと現実描写〉	A.D.ナトール／山形，山下訳	430
647	歴史家の歩み〈アリエス　1943-1983〉	Ph.アリエス／成瀬，伊藤訳	428
648	啓蒙の民主制理論〈カントとのつながりで〉	I.マウス／浜田，牧野監訳	400
649	仮象小史〈古代からコンピューター時代まで〉	N.ボルツ／山本尤訳	200

			(頁)
650	知の全体史	C.V.ドーレン／石塚浩司訳	766
651	法の力	J.デリダ／堅田研一訳	220
652 653	男たちの妄想（I・II）	K.テーヴェライト／田村和彦訳	I・816 II
654	十七世紀イギリスの文書と革命	C.ヒル／小野，圓月，箭川訳	592
655	パウル・ツェラーンの場所	H.ベッティガー／鈴木美紀訳	176
656	絵画を破壊する	L.マラン／尾形，梶野訳	272
657	グーテンベルク銀河系の終焉	N.ボルツ／識名，足立訳	330
658	批評の地勢図	J.ヒリス・ミラー／森田孟訳	550
659	政治的なものの変貌	M.マフェゾリ／古田幸男訳	290
660	神話の真理	K.ヒュプナー／神野，中才，他訳	736
661	廃墟のなかの大学	B.リーディングズ／青木，斎藤訳	354
662	後期ギリシア科学	G.E.R.ロイド／山野，山口，金山訳	320
663	ベンヤミンの現在	N.ボルツ，W.レイイェン／岡部仁訳	180
664	異教入門〈中心なき周辺を求めて〉	J.-F.リオタール／山縣，小野，他訳	242
665	ル・ゴフ自伝〈歴史家の生活〉	J.ル・ゴフ／鎌田博夫訳	290
666	方　法　3. 認識の認識	E.モラン／大津真作訳	398
667	遊びとしての読書	M.ピカール／及川，内藤訳	478
668	身体の哲学と現象学	M.アンリ／中敬夫訳	404
669	ホモ・エステティクス	L.フェリー／小野康男，他訳	
670	イスラームにおける女性とジェンダー	L.アハメド／林正雄，他訳	422
671	ロマン派の手紙	K.H.ボーラー／高木葉子訳	382
672	精霊と芸術	M.マール／津山拓也訳	474
673	言葉への情熱	G.スタイナー／伊藤誓訳	612
674	贈与の謎	M.ゴドリエ／山内昶訳	362
675	諸個人の社会	N.エリアス／宇京早苗訳	308
676	労働社会の終焉	D.メーダ／若森章孝，他訳	394
677	概念・時間・言説	A.コジェーヴ／三宅，根田，安川訳	448
678	史的唯物論の再構成	U.ハーバーマス／清水多吉訳	438
679	カオスとシミュレーション	N.ボルツ／山本尤訳	218
680	実質的現象学	M.アンリ／中，野村，吉永訳	268
681	生殖と世代継承	R.フォックス／平野秀秋訳	408
682	反抗する文学	M.エドマンドソン／浅野敏夫訳	406
683	哲学を讃えて	M.セール／米山親能，他訳	312
684	人間・文化・社会	H.シャピロ編／塚本利明，他訳	
685	遍歴時代〈精神の自伝〉	J.アメリー／富重純子訳	206
686	ノーを言う難しさ〈宗教哲学的エッセイ〉	K.ハインリッヒ／小林敏明訳	200
687	シンボルのメッセージ	M.ルルカー／林捷，林田鶴子訳	590
688	神は狂信的か	J.ダニエル／菊地昌実訳	218
689	セルバンテス	J.カナヴァジオ／円子千代訳	502
690	マイスター・エックハルト	B.ヴェルテ／大津留直訳	320
691	マックス・プランクの生涯	J.L.ハイルブロン／村岡晋一訳	300
692	68年－86年　個人の道程	L.フェリー，A.ルノー／小野潮訳	168
693	イダルゴとサムライ	J.ヒル／平山篤子訳	704
694	〈教育〉の社会学理論	B.バーンスティン／久冨善之，他訳	420
695	ベルリンの文化戦争	W.シヴェルブシュ／福本義憲訳	380
696	知識と権力〈クーン，ハイデガー，フーコー〉	J.ラウズ／成定，網谷，阿曽沼訳	410
697	読むことの倫理	J.ヒリス・ミラー／伊藤，大島訳	230
698	ロンドン・スパイ	N.ウォード／渡辺孔二監訳	506
699	イタリア史〈1700－1860〉	S.ウールフ／鈴木邦夫訳	1000